華山劍宗
화산검종

한정수 新무협 판타지 소설
FANTASTIC ORIENTAL HEROES

화산검종 9
한성수 新무협 판타지 소설

초판 1쇄 찍은 날 § 2009년 2월 25일
초판 1쇄 펴낸 날 § 2009년 3월 5일

지은이 § 한성수
펴낸이 § 서경석

편집장 § 문혜영
편집 § 서지현

펴낸곳 § 도서출판 청어람
등록번호 § 제1081-1-89호
등록일자 § 1999. 5. 31
어람번호 § 제2-1685호

주소 § 경기도 부천시 원미구 심곡2동 163-2 서경B/D 3F (우) 420-822
전화 § 032-656-4452 팩스 § 032-656-4453
http://www.chungeoram.com
E-mail § eoram99@chollian.net

ⓒ 한성수, 2008

ISBN 978-89-251-1704-1 04810
ISBN 978-89-251-1227-5 (세트)

※ 파본은 구입하신 서점에서 교환하여 드립니다.
※ 저자와 협의하여 인지를 붙이지 않습니다.
※ 이 책은 도서출판 청어람과 저작자의 계약에 의해 출판된 것이므로,
   무단 전재 및 유포·공유를 금합니다.

華山劍宗

화산문하(華山門下)

화산검종

Fantastic Oriental Heroes
한성수 新무협 판타지 소설

9

[완결]

目次

81장 각골명심(刻骨銘心)	7
82장 마기폭발(魔氣爆發)	41
83장 견성성불(見性成佛)	73
84장 무덕유무(無德有武)	103
85장 천계만략(千計萬略)	133
86장 유구무언(有口無言)	161
87장 무상지도(無上之道)	191
88장 화산문하(華山門下)	221
89장 결전전야(決戰前夜)	251
90장 자하구벽(紫霞九擘)	283
그 후의 이야기 몇 가지……	323

第八十一章

각골명심(刻骨銘心)
뼈에 새기고 마음속 깊이 새겨두고 잊지 않을 것이다!

華山
劍宗

쾅쾅!
쾅쾅쾅쾅쾅쾅쾅!
몰아치는 찬바람 드세기만 하다.
광활하게 펼쳐져 있는 대지를 뒤흔드는 모래바람이 이유다.
용권풍(龍卷風)!
달리 용오름이라고도 불리는 눈앞의 현상은 사막이나 초원에서 종종 볼 수 있는 대자연의 맹위이다. 어떤 놀라운 존재라도 일단 마주치기만 하면 고개를 숙여야만 한다. 절대로 저항을 보이거나 맞서려 해서는 안 되었다.

대종교의 성전이 위치한 파단고림사한을 목표로 섬서성을 떠난 일단의 무리 역시 마찬가지였다.

그들은 얼른 얼굴을 천 조각으로 휘감은 채 고개를 숙여 보였다. 부근에는 둥그런 원을 그린 채 바닥에 주저앉아 있는 말들 역시 보인다. 인간보다 동물이 이런 경우엔 조금 더 대처가 빠른 것이다.

맹렬한 모래바람 속에 일행의 좌장인 현명 진인 곁으로 세 명의 무인이 다가들었다. 하나같이 현명 진인에 결코 못지않는 기도를 지닌 자들이었다.

"진인, 잠시 땅이라도 파고서 시간을 보내는 편이 어떻겠습니까? 쉽사리 그칠 만한 모래바람이 아닌 것 같은데요?"

"그렇습니다."

"정말로 무서운 모래바람입니다."

연달아 의견을 개진하는 무인들에게 현명 진인이 미미하게 고개를 저어 보였다.

"용권풍은 일 다향이 지나기 전에 사라질 것이외다. 마침 방향을 바꾸고 있는 중이니, 잠시만 이곳에서 기다리면 될 것이오."

"일 다향이라니!"

제일 먼저 현명 진인에게 말했던 다부진 체격의 사내가 믿기 힘들다는 시선을 던졌다.

모래바람을 막기 위해 꽁꽁 가려진 얼굴.

유일하게 겉으로 드러나 있는 두 눈이 강렬한 신광을 발한다.

웬만한 무인이라 해도 이 눈빛과 마주친다면 오금이 저려서 일시 정신을 차리지 못할 듯하다. 그 정도의 시선이 현명진인을 향한 것이었다.

현명 진인은 태연하게 눈빛을 받아들였다. 상대가 누구인지를 알고 있기 때문이다.

"빈도의 말은 사실이외다. 전날 이 척박한 대지를 지나간 적이 있으니 말이오."

"그러시군요."

현명 진인을 압박하고 있던 신광이 사라졌다. 자신의 눈빛을 태연히 받아내는 것에 대한 작은 경탄 역시 잊지 않는다.

"솔직히 소생은 현명 진인께서 구정회의 회주를 역임하고 계시다는 걸 맨 처음 알았을 때 조금 뜨악한 기분이었습니다. 그래서 가주님의 이번 원정 명령 역시 의구심을 가지고 받아들였습니다만, 역시 구정회는 명불허전이로군요."

"빈도 역시 놀라긴 마찬가지올시다. 동패 산동악가에서 이번 원정에 진천무쌍곤(震天無雙棍) 악경 대협을 보내주리라곤 생각지 못했으니 말이외다."

"진인께서 지나친 과찬을 하십니다. 곽가와 양가에서 나온 분들도 결코 소생에 못지않은 것으로 알고 있는데 말입니다."

악경의 겸양 섞인 말에 곧바로 반론이 일어났다. 그를 쫓아 현명 진인에게 다가온 두 사람이었다.

"소생 철검호(鐵劍虎) 곽무진이 비록 무적곽가를 대표하긴 하오만, 어찌 진천무쌍곤과 어깨를 나란히 할 수 있겠습니까? 악 대협의 지나친 겸양을 거둬주십시오."

"소생 일격단악창(一擊斷岳槍) 양일환 역시 동의합니다. 곽 대협과 소생은 결코 악 대협과 함께 이름을 올릴 수 없습니다. 절대로요."

"이런이런……."

악경이 난감한 기색을 겉으로 드러내면서도 더 이상 겸양의 말을 내뱉지는 않았다.

그럴 수밖에 없다.

철검호 곽무진과 일격단악창 양일환.

누가 뭐라 해도 남패 무적곽가와 북패 신창양가를 대표하는 검과 창의 절정고수들이었다. 두 사람 모두 각 가문의 십대고수에 당당히 이름을 올리고 있는 것이다.

그러나 그들은 결코 진천무쌍곤 악경이란 이름 앞에서 자신들을 내세울 수 없었다.

등급이 다를까?

사패에 속한 두 가문의 십대고수인 두 사람과 달리 악경은 산동악가의 최고 고수였다. 현 가주이자 사촌 형인 동방곤왕(東方棍王) 악전조차 승부를 장담할 수 없다 알려진 당대

천하제일곤인 거다.

당연히 현명 진인은 악경을 충분할 정도로 존중했다.

전대 구정회주이기 이전에 화산파의 전대 장문인인 자신의 위치나 배분을 앞세워 원정대에서 악경과 권력을 다투지 않았다. 곽무진과 양일환을 합친 것보다 대막마신을 죽이기 위한 이번 원정에서 악경의 힘이 필요할 거라 여긴 까닭이다.

'그렇다곤 하나 악경의 무위는 내 예상을 상당 부분 상회하는구나! 어째서 곤왕이 구마련과의 정마대전 이후 가문에 틀어박혀 무공 수련에만 매진했는지 이해가 갈 정도야.'

현명 진인의 뇌리로 구정회주를 하는 동안 우연찮게 알게 된 산동악가 내부의 이상 기류가 스쳐 갔다. 현 가주인 악전이 얼마나 눈앞의 악경이란 존재를 부담스러워했는지와 함께 말이다.

물론 그 같은 생각은 곧 사라졌다.

악전이 다른 사패와 달리 산동악가 제일의 전력인 악경을 원정대에 포함시킨 본심 같은 건 관심없다. 개의치 않는다는 편이 더 옳을 터였다. 지금 중요시할 필요가 없기 때문이다.

현명 진인은 단지 악경이란 소중한 전력을 어떻게 이용해서 목표인 대막마신을 죽일까만 생각했다. 그 외의 사항은 현재 그의 뇌리 속에 존재할 이유가 없었다.

'부수적으로 이곳까지 오는 동안 대종교의 성전에서 중원으로 향하던 몇 패의 무리들을 괴멸시켰다! 그거면 충분해!

이번 대종교의 중원정벌은 우현이 알아서 막아낼 거야. 틀림없이.'

평생 지우인 우현을 떠올리며 현명 진인이 눈을 빛냈다. 그리고 뒤이어 근래 자신에게 버림받은 화산파의 명예를 드높이고 있는 제자 운검 역시 뇌리를 스쳐 갔다. 일평생 자신이 만났던 최고의 천재가 멋지게 재기했다는 소식을 듣고 얼마나 홀로 기뻐했었던가!

내심 고개를 흔들어 운검의 얼굴마저 흩뜨려 버린 현명 진인이 어느새 현격히 위세를 잃은 눈앞의 모래바람에 주목했다. 슬슬 눈앞에서 방향을 튼 용권풍이 꼬리를 말며 사라져 갈 때가 됐다는 판단이었다.

"좋아!"

나직이 중얼거린 현명 진인이 자신을 주목하고 있는 삼 인에게 고개를 끄덕여 보였다.

"다행히 빈도의 예상이 옳았던 것 같소이다."

"그럼?"

"용권풍이 방향을 크게 틀었으니, 슬슬 움직이면 될 것 같소이다. 아마 다음 녹주(오아시스)에는 저녁이 넘어서야 도착할 거외다."

"진인, 용권풍으로 인해 지형이 바뀐 건 어찌할 작정이신지요?"

"지도와, 바람, 별빛을 조금 더 활용해야 하지 않겠소이까?"

"예!"

악경이 간명한 대답과 함께 슬쩍 뒤편으로 손짓해 보였다.

곽무진과 양일환 역시 마찬가지다.

그렇게 이번 원정대의 핵심이랄 수 있는 삼 인이 신호를 보내자 배후에서 모래를 뚫고 족히 백 명이 넘는 인원들이 모습을 드러냈다.

대종교와 대막마신을 주살하기 위해 조성된 원정대!

삼패를 중심으로 이뤄진 이 백여 명의 고수들이 지닌 파괴력은 중원의 어떤 대문파에 못지않았다. 좌장인 현명 진인과 삼패의 주요 고수들을 제외하고도 말이다.

그들을 지그시 눈으로 살핀 현명 진인이 최선두를 자처하곤 모래밭을 걷기 시작했다.

아직도 바람에 흩날리는 모래 알갱이.

그 속으로 태연히 걸어 들어갔다. 무언중에 원정대 전부를 독촉하면서 말이다.

"출발!"

악경이 일성대갈을 터뜨렸다. 곽무진과 양일환이 일말의 망설임도 없이 그의 양익을 자처했음은 물론이었다.

* * *

섬서성 수해촌.

근래 들어 섬서성 전체는 뒤숭숭한 기운에 휩싸여 있었다.

봄기운이 완연해지면서부터 섬서와 감숙의 접경 지역에서 들려온 흉흉한 소문이 원인이다.

─정마대전 발발!

육 년여 전 정파의 승리로 끝난 구마련과의 대혈전 후 처음 있는 일이다. 그것도 구마련같이 중원에서 태동한 세력이 아닌 새외의 제왕이라 불리는 대종교가 이번 정마대전의 주축이란 소문이 파다했다. 어쩌다 보니 정마대전의 중심지가 되어버리고 만 섬서성 전체가 들끓어오르지 않는 게 오히려 이상할 터이긴 하다.

수해촌 역시 이 같은 소란통을 비껴가진 못했다.

섬서에서도 촌구석이나 다름없는데다 변변찮은 무관이나 문파 하나 존재하지 않지만, 혈기방장한 사내들은 제법 있었다.

그들은 삼삼오오 모이기만 하면 정마대전을 떠들어댔다.

당장 감숙성과의 접경지대로 달려가서 이번 정마대전에 참전할 것처럼 흥분해서 침을 튀겨댔다. 그렇게라도 하지 않으면 이번과 같은 역사적인 상황 속에서 도태되기라도 할 것처럼 말이다.

시끌시끌!

왁자지껄!

근래 들어 몇 배는 시끄러워진 운옥객점 안을 정신없이 돌아다니고 있던 유옥의 얼굴에 잠시 근심이 담겼다.

맑은 얼굴.

어떤 힘든 일이 있어도 절대 겉으로 티를 내지 않던 평소와는 조금 다른 모습이다.

그렇게 잠시 멍청한 표정이 된 유옥의 곁으로 근래 받아들인 점소이가 슬며시 다가왔다. 본래 눈치가 굉장히 빠른 편이라 젊은 여주인의 복잡한 심사를 대충이나마 짐작을 하고 있었다.

"유옥 아가씨, 이곳은 저 아진하고 주방의 금 숙수님이 어찌해 볼 테니까 염려 마시고 나가보도록 하세요!"

"으응?"

"그렇게 멍청한 표정 짓지 마시고, 어서 영호 대형한테 가보시라구요! 근래 들어 영호 대형이 운옥객점에 자주 안 들러서 유옥 아가씨 완전히 넋이 나가 버리셨잖아요!"

"……."

유옥이 대답 대신 얼굴을 살짝 붉혔다.

아진의 말.

꽤나 호들갑스럽긴 하나 사실이다.

한 달쯤 전 수해촌 부근에 화산파의 화산호검 곽철원을 비롯한 매화칠검수가 온 뒤부터 영호준은 크게 달라졌다. 여전히 운옥객점에 부지런히 식재료를 사다 나르고 다른 분점 등을 오가며 궂은일을 도맡아했으나 점차 발길이 뜸해졌다. 하루 중 대부분을 매화칠검수들과 함께 보내게 된 까닭이다.

그렇다고 해서 유옥이 큰 불편함을 느끼진 않았다.

영호준은 그동안 운옥객점과 기타 분점 등에서 유옥을 도와줄 성실하고 능력있는 직원들을 적절하게 고용해 놨다. 당장 그가 관리를 그만둔다 해서 문제가 생길 일은 없었다. 어찌 됐든 유옥과 운옥객점의 뒤에는 부근 하오문이 든든한 바람막이가 되어주고 있었기 때문이다.

다만 유옥은 영호준의 발길이 뜸해진 근래 부쩍 외로움을 느끼고 있었다.

그럴 수밖에 없다.

운검과 헤어진 후 유옥의 곁에는 항상 영호준이 있었다. 그가 있었기에 운옥객점이 성공적으로 수해촌에 자리 잡을 수 있었고, 영업상의 어려움도 쉽사리 헤쳐 나갈 수 있었다. 그러다 보니 어느새 마음속 깊은 곳에 그가 자리 잡게 된 건 지극히 자연스러운 일이라 할 수 있었다.

그 같은 유옥의 심사를 운옥객점에서 일하는 사람들은 대부분 알고 있었다. 특히 점소이답게 영특한 성격인 아진은 은근히 두 사람이 잘되길 내심 빌고 있을 정도였다. 운옥객점에 들어왔을 때부터 유옥과 영호준이 무척 잘 어울린다고 생각하고 있었기 때문이다.

'에구! 영호 대형이나 유옥 아가씨나! 얼굴도 괜찮고 성격도 좋은데… 항상 자기들 일에는 맹추 같다니까들!'

내심 혀를 찬 아진이 여전히 얼굴을 붉힌 채 머뭇거리고만 있는 유옥을 채근했다.

"유옥 아가씨, 빨랑 영호 대형한테 가보세요! 지금 가지 않으시면 후일 분명히 후회하실 거예요! 반드시 그러실 거라구요!"

"왜? 왜 후회를 하게 되는데?"

"제가 어젯밤에 우연찮게 영호 대형이 화산파의 도사님들과 연무를 하곤 하는 동네 어귀를 지나치게 되지 않았겠습니까?"

거짓말이다.

아진은 영호준과의 인연을 구실 삼아 화산파의 제자가 되고 싶었을 뿐이다. 물론 그들의 엄청난 연무를 구경하곤 혼비백산해서 깨끗하게 화산파 입문을 포기했지만 말이다.

"그래서 어쩌다 보니 그 화산파 도사님들과 영호 대형이 대화하시는 걸 듣게 되어버렸습니다. 요 근래 소문이 자자한 새외 대종교와의 정마대전 때문에 화산으로 급히 돌아가야 할 것 같다는 말을요."

"그게 무슨……."

"아이구! 내 답답해서! 그러니까 근래 영호 대형이 화산파

도사님들과 굉장히 친해지지 않았습니까? 평상시에도 강호의 협사가 되길 꿈꾸던 분인데, 이번 기회에 화산파로 함께 떠나지 않는다고 어떻게 장담하겠습니까? 내 말은!"

"……."

유옥이 또다시 입을 다물었다.

그러나 그녀의 붉게 달아올라 있던 안색은 어느새 차갑게 식어 있었다. 본래보다 더욱 하얗게 질려서 당장 쓰러지지 않을까 걱정이 될 정도였다.

아진이 깜짝 놀라 다가서자 유옥이 손을 가볍게 내저어 보였다. 괜찮다는 뜻이다. 그리고 신형을 돌려세우다 잠시 머리를 짚는 것이 현기증을 느낀 것 같다.

'에구! 내가 괜한 입방정을 놀린 건가? 아직 유옥 아가씨하고 영호 대형은 주변에 알려진 것과는 달리 그렇고 그런 관계는 안 됐는데 말야!'

아진은 은연중 스스로 머리에 군밤을 먹였다.

너무 앞서 갔다는 생각에서다.

그런데 그런 그의 행동을 아랑곳하지 않고 이마를 손으로 짚고 있던 유옥이 갑자기 신형을 돌려세웠다. 창백하게 질려 있던 안색은 어느새 안정을 되찾아 있고, 두 눈에는 결연한 기운이 담겨져 있었다.

"아진 동생, 잠시 이곳을 맡아주겠어?"

"아무렴요!"

"고마워!"

아진에게 고개를 숙여 감사를 표한 유옥이 주방 쪽에 들러서 금 숙수에게 몇 가지 부탁을 한 후 객점을 빠져나갔다.

종종거리는 걸음.

다른 때처럼 그녀에게 지분거리기를 포기치 않는 취객들을 아진이 얼른 떼어냈다. 미리부터 준비하고 있었던 까닭이다.

'아가씨, 힘내세요! 영호 대형은 정말 멋진 남자라구요! 반드시 쟁취하셔야만 해요!'

아진이 두 주먹을 부르르 떨어 보였다.

수해촌 외곽의 너른 공터.

언제부터인지 밤이 아니라 대낮에도 영호준은 이곳을 자주 찾게 되었다.

이유가 없을 리 만무하다.

전날 현명 진인을 만난 후 화산파 제일의 후기지수인 곽철원은 영호준을 사형제나 다름없이 대하고 있었다. 사실은 자신이 수장으로 있는 매화검수의 일원으로 받아들이기 위해 영호준을 연공시키는 중이었다.

당연히 영호준 홀로 태극매화권을 연공할 때와는 사정이 달랐다.

곽철원은 엄격한 성격답게 영호준을 매섭게 가르쳤다. 그에게 검을 들게 한 후 화산파 검법의 정통 수련법의 첫 단계인 육합검법을 기초부터 세세하게 연공하게 만들었다. 근래 영호준이 운옥객점을 찾는 횟수가 떨어지게 된 까닭이기도 했다.

그러나 영호준은 군말이 없었다.

그에게 있어 연공은 기쁨이었다.

즐거움 그 자체였다.

타고난 무골인데다 협사를 꿈꿔왔던 터다. 드디어 화산파 무공의 정수라 할 수 있는 검법에 입문한 만큼 기껍지 않을 리 만무했다. 그야말로 전심전력을 다할 수밖에 없었다.

그 결과는 놀라웠다.

단 두 달간의 연공만으로 영호준은 육합검법을 거의 완벽하게 자신의 것으로 만들었다.

운검과 현명 진인에게 태극매화권과 육합구소공의 정수를 얻은 데다 곽철원의 엄격한 훈도를 받은 걸 감안하더라도 대단히 빠른 진경이었다.

파팟!

파파파파팟!

눈앞에서 검광을 연신 번쩍거리며 육합검법을 시전하고 있는 영호준을 곽철원은 묵묵히 바라봤다. 세세히 검광의 움직임을 살피는 눈빛 속엔 경이의 기색마저 은은히 감돌고 있다.

'대단하구나! 고작해야 두 달간의 연공만으로 육합검법의 변화를 완벽하게 익혔을뿐더러, 제법 그럴듯한 검화(劍花)를 만들어낼 정도가 되다니!'

보통 화산 검법의 단계는 이렇다.

검초와 식을 익숙하게 연마하여 시전할 수 있는 검광(劍光).

검초식을 단숨에 몇 개 이상 만들어내는 검화.

검에 기를 담아서 멀리 떨어진 상대를 제압할 수 있는 검기점혈.

하나같이 육합검법으로부터 시작되는 체계적인 화산 검법의 단계를 밟아나가야만 이룰 수 있는 경지들이다. 결코 적당히 중간 과정을 건너뛸 순 없었다.

그런데 곽철원의 눈앞에서 예외가 생겨났다.

뒤늦게 얻은 사제 격인 영호준은 화산 검법 중에서도 가장 기초에 속하는 육합검법을 두 달 만에 완성했을뿐더러 검화까지 만들어냈다. 놀랍고 기특하지 않을 수 없었다. 그리고 향후 발전이 무척 기대되기도 했다.

'하긴 저 정도의 기재가 아니라면 어찌 운검 사숙의 제자가 될 수 있었을 것이며, 사조님의 눈에 들어 절학을 가르침 받을 수 있었겠는가!'

곽철원은 내심 고개를 끄덕여 보였다.

전날의 그는 화산제일의 기재라는 오만함과 무적곽가에서

버려진 낙오자란 생각으로 인해 다소 삐뚤어져 있었다. 어떻게든 최고가 되어야 한다는 생각만으로 주변을 둘러보는 시야가 협소해져 그 자신의 본래 능력을 십분 발휘하지 못했다.

그러나 지금은 다르다.

운검에게 자하구벽검을 전수받고, 부친인 남방검제 곽무령에게 가문의 무적지의를 이어받았다.

그동안 무공만 일취월장한 것이 아니라 사람 자체가 크게 성장했다. 예전처럼 영호준의 기재를 발견한 후 속 좁은 질투를 보일 리 만무하다.

진지한 눈빛으로 영호준의 연공을 살핀 곽철원이 슬쩍 목청을 돋워 말했다.

"영호 사제, 그만하면 됐네!"

"예?"

"더 이상 육합검법을 연마할 필요가 없다는 뜻일세!"

"……."

연속된 곽철원의 외침에 영호준이 육합검법의 시전을 멈추고 진지하게 검결지를 취해 보였다. 화산 검법의 기초답게 형식과 절차가 자못 복잡한 육합검법다운 끝맺음이었다.

'허허, 운검 사숙의 제자가 저토록 격식에 엄격함을 보일 줄이야! 정말 놀랄 일이로구나!'

내심 가볍게 혀를 찬 곽철원이 손짓해서 영호준을 불렀다.

그에게 확답을 받을 일이 있었기 때문이다.

"오늘의 연공은 이것으로 끝나는 겁니까?"

어느새 호흡을 가다듬고 다가온 영호준이 눈을 빛내며 질문하자 곽철원이 고개를 끄덕여 보였다.

"그렇네. 영호 사제의 육합검법은 이미 충분할 정도로 진경에 올랐으니, 더 배울 것은 없네."

"그럼……."

"본래는 육합검법의 다음 단계인 십사수 소매화검법(小梅花劍法)의 수련에 들어가야 하네만, 지금은 그럴 여가가 없구만."

"십사수… 소매화검법이오? 그 유명한 매화검법을 말씀하시는 겁니까?"

"소매화검법은 열네 개의 검초로 이뤄진 매화검법의 기초 검법일세. 육합검법보다는 높은 수준이지만, 화산파의 진산 검법인 매화삼십육검(梅花三十六劍)과는 상당한 거리가 있다네."

"그렇군요……."

영호준이 버릇처럼 안색을 붉힌 채 고개를 주억거렸다. 자신이 생각해도 고작 검법을 배운 지 두 달 만에 화산파의 진산 검법을 배운다는 건 말이 안 되었다. 괜스레 혼자 흥분에 들떴던 게 부끄럽다.

툭툭!

곽철원이 영호준의 어깨를 한차례 두드려 줬다. 그리고 한마디 의미심장한 말을 한다.

"사제의 진경은 경이적일 정도일세. 역대로 매화삼십육검을 완성한 자는 오직 매화검수밖엔 없었고, 당대엔 고작해야 일곱뿐일세. 이번에 여덟 번째가 나오길 이 사형은 기대하고 있다네."

"그, 그런……."

영호준의 얼굴이 더욱 붉어졌다. 곽철원이 한 말의 의미를 짐작한 까닭이다.

곽철원이 입가에 미소를 보이곤 말을 이었다.

"그래서 말인데, 영호 사제도 이젠 슬슬 마음을 결정해야만 하지 않겠는가?"

"내일… 사형들께선 화산으로 돌아가신다고 하셨지요?"

"그렇네. 전에도 말했다시피 곧 섬서성은 육 년 전에 벌어졌던 구마련과의 정마대전에 버금가는 전장이 될 가능성이 높네. 소문에 현재 감숙성 쪽에 집결해 있는 대종교를 중심으로 한 마도 세력은 과거 구마련의 전력에 결코 떨어지지 않는다더군. 그러니 비록 장문인의 명이 지엄하고 아직 운검 사숙님을 뵙지 못했긴 하나 어찌 화산으로 돌아가지 않을 수 있겠는가?"

"당연한 말씀이십니다!"

"하면 영호 사제도 마음의 결정을 내린 것인가? 사조님의 명에 의해서 나는 영호 사제를 훈도하고 보살필 책임이 있다네. 운검 사숙님이 다시 화산으로 찾아오실 때까지 말일세."

"그건, 그렇기는 합니다만……."

영호준이 곤혹스런 표정으로 말끝을 흐렸다.

그동안 곽철원을 비롯한 매화칠검수가 수해촌에 머문 건 전적으로 영호준의 연공을 돕기 위함이었다. 죽었다고 알려졌던 조사 현명 진인의 명에 의해서 영호준을 새로운 매화검수로 키울 작정을 한 거였다.

그런데 근래 들어 무림의 사정이 급변했다.

대막을 거쳐 청해성과 감숙성을 휘몰아친 혈풍이 서서히 섬서성을 향해 몰려들고 있었다. 곽철원을 비롯한 매화칠검수가 사문인 화산파를 걱정하지 않을 수 없는 상황이었다. 자칫 섬서성까지 전장이 확전이 될 경우를 대비해야만 하기 때문이다.

영호준 역시 과거와 같은 어린애가 아니었다. 그 같은 사정을 모를 리 만무하다.

'하지만 나는 운검 사부님을 대신해서 유옥 소저를 지켜야만 한다! 북궁 사제도 없는 상황에서 나마저 화산으로 떠나버린다면 유옥 소저는 다시 혼자가 되고 말아.'

지나친 관심이다.

적어도 사부 운검을 이유로 드는 걸론 그러하다.

현재 운옥객점을 비롯한 유옥의 사업은 수해촌 일대에서

완전히 자리를 잡은 상태였다. 영호준과 인근 하오문의 입김이 작용한 면이 크긴 했으나 전부는 아니었다. 유옥의 좋은 평판과 음식 솜씨, 그리고 운검과의 관계로 인한 급성장이라 할 만했다.

당연히 그녀의 주변엔 현재 꽤나 많은 사람들이 몰려든 상황이었다. 여태까지처럼 영호준이 반드시 곁에 있어야만 할 이유는 찾기 어려웠다.

그래도 영호준은 머뭇거렸다.

과거 같은 의협심이나 불같은 성질머리 때문이 아니다. 그냥 유옥을 놔둔 채 떠나는 것이 걱정스러웠다. 사실은 단지 그녀의 곁을 떠나고 싶지 않아서일지도 모르겠다.

내심 자신의 속마음을 반추해 본 영호준이 안색을 굳혔다. 마음을 결정한 것이다.

꾸벅!

곽철원에게 정중하게 허리를 접어 보인 영호준이 단호한 목소리로 말했다.

"죄송합니다! 저는 사형들과 함께 화산으로 가지 못할 것 같습니다!"

"그런가?"

"예!"

망설였던 것과 달리 단호한 영호준의 대답에 곽철원이 천천히 고개를 끄덕여 보였다.

그 역시 보는 눈이 있다.

지난 두 달여.

영호준은 불철주야 육합검법의 수련에 전념하면서도 항시 운옥객점의 일을 돕는 걸 잊지 않았다. 자는 시간마저 아껴가며 전력으로 무공 수련을 했으면서도 그러했다. 어찌 그 속에 담겨져 있는 진정성을 눈치 채지 못할 리 있겠는가.

'그래도 참 아쉽구나! 본래 철이란 달아올랐을 때 더욱 두드려야 하는 법! 이대로 영호 사제에게 소매화검법을 연마하게 한다면 여태까지와 같이 빠른 진경을 기대할 수 있을 터인 것을. 하지만 운검 사숙의 제자인 그에게 내가 화산행을 강요할 순 없을 터인즉!'

곽철원은 잠시 뇌리 속에 자리 잡았던 아쉬움을 접었다.

사숙 운검에 대한 마음의 짐.

영호준을 제대로 가르쳐 매화검수가 되게 하는 것으로 일정 부분이나마 덜고 싶었다. 그 같은 욕심이 있었다. 그러나 무림중의 정세가 급변한 이때 개인적인 고집만으로 대사를 그르칠 수 없는 것도 사실이었다.

툭툭!

다시 손을 내밀어 그때까지도 깊게 접은 허리를 펴지 않고 있는 영호준의 어깨를 두들겨 보인 곽철원이 말했다.

"영호 사제의 뜻은 잘 알겠네."

"죄송합니다!"

"죄송할 것 없네. 다만… 이대로 사제와 헤어지긴 아쉬우니, 새벽에 다시 이곳으로 찾아오도록 하게나. 소매화검법의 심결과 기본식을 할 수 있는 데까지 전수해 주겠네."

"그렇게까지 제게……."

"고마워할 필요는 없네. 자네의 사부이신 운검 사숙님께 이 사형은 형언할 수 없을 정도로 큰 은혜를 입은 바 있으니 말일세. 단!"

뒷말에 슬쩍 힘을 주어 보인 곽철원이 영호준에게 형형하게 안광을 발하며 말을 이었다.

"영호 사제는 훗날이라도 반드시 화산에 와야만 하네. 그래서 사조님께서 명하신 대로 본 파의 매화검수가 되어야만 할 것이네. 그 점 명심하게나."

"예! 각골명심(刻骨銘心)하겠습니다!"

"각골명심이라… 그래, 반드시 그래야만 할 것일세."

그 말을 끝으로 곽철원이 영호준의 어깨에서 손을 떼어냈다. 그리고 신형을 돌려세우니, 저만치 먼 곳에 나머지 매화검수들이 모습을 드러내고 있었다. 며칠 전부터 수해촌을 떠나 화산으로 돌아가기를 계속 졸라왔던 사제들이 다시 곽철원을 찾아온 거였다.

'영호 소협…….'

유옥이 공터에 도착한 건 막 곽철원과 영호준이 대화를 끝마쳤을 무렵이었다.

의미심장한 대화 끝의 헤어짐.

묵묵히 곽철원과 매화검수들을 향해 연신 허리를 숙여 보이고 있는 영호준을 발견한 유옥은 잠시 멍하게 서 있었다. 더할 나위 없이 잘 어울리는 매화칠검수와 영호준의 모습에 더럭 겁이 난 까닭이다.

'…역시 영호 소협은 무림에 속한 사람이구나! 검을 들고 서 있는 모습이 정말로 잘 어울려! 그런데 그런 분이 나 같은 것 때문에 객점에 식재료나 사다 나르고 있었어. 정말 나는 여태까지 영호 소협에게 못할 짓을 하고 있었구나. 정말 그래.'

속마음과 달리 유옥은 가냘픈 몸을 바들거리며 떨었다. 지금 이대로 지켜보고만 있다간 영호준이 자신을 떠나 무림의 세계로 사라져 버릴 것만 같았기 때문이다.

그런 그녀가 영호준의 눈에 띄었다.

곧 평상시와 같은 밝고 예절 바른 미소가 뒤따른다.

"유 소저, 이곳에는 어쩐 일이십니까? 혹시 객점에 문제라도 발생한 건가요?"

"아니, 그런 건 아니고요……."

"그럼 혹시 제게 볼일이 있어서 오신 겁니까?"

"……."

유옥이 대답 대신 얼굴을 화악 붉혔다. 대답을 한 것이나 다름없는 모습이다.
 덕분에 별 뜻 없이 질문을 던진 영호준도 얼굴이 붉어졌다.
 목석이라 해도 알 수 있다.
 오랫동안 함께해 온 두 사람이니 당연하다.
 한 쌍의 남녀는 그렇게 부끄러워 죽을 것 같은 얼굴을 한 채 한참 동안 서로의 시선을 피했다. 갑자기 뚜렷하게 다가온 감정의 교류 속에서 일시 어찌해야 할 바를 모르게 된 것이다.
 영호준이 사내답게 먼저 용기를 냈다.
 여전히 붉은 기가 남아 있는 얼굴을 한 채 그가 말했다.
 "그렇지 않아도 연무가 대충 끝났기에 객점에 찾아갈 생각을 하고 있었습니다. 뜻하지 않던 장소에서 유 소저를 만나서 놀랍기도 하고 반갑기도 합니다."
 "저도……."
 "그럼 잠시 그늘에 앉아서 얘기라도 나누시겠습니까?"
 "…예."
 여전히 기어들어 가는 목소리였으나 유옥은 또렷하게 대답했다.
 영호준과의 사적인 대화.
 지금 가장 하고 싶은 것이었다. 그에게 질문할 게 산더미같이 많고 확인해 두고 싶은 것 역시 있었다. 지금이 아니면 결코 할 수 없는 것들 말이다.

그렇게 공터 한 켠을 족히 백 년 이상 지키고 있던 버들나무 그늘로 찾아든 두 사람이 사이 좋게 앉았다. 방금 전까지 쭈뼛거리며 서로 시선을 피하던 걸 고려하면 가히 장족의 발전이라 할 만한 상황이다.
 그러나 거기까지만이었다.
 영호준이나 유옥이나 그늘에 앉아 더위를 피하고 있었을 뿐, 누구 하나 다시 먼저 입을 열려 하지 않았다. 사실은 딱히 할 얘기가 없었기도 하다.
 '지금은 한참 손님이 많이 들 시간이다. 이런 때 유 소저가 객점을 비운다는 건 있을 수 없는 일인데… 어째서 아무런 말도 없는 것일까?'
 '어떻게! 영호 소협한테 도대체 무슨 말을 해야만 하는 거람? 나는 무슨 생각으로 이곳으로 쫓아온 거냐고!'
 두 사람은 내심 고심했다.
 침묵은 길어질 수밖에 없었다.
 결국 참지 못한 영호준이 다시 입을 열려 할 때였다. 유옥이 가까스로 용기를 쥐어짜 내 말했다.
 "영호 소협, 곧 화산파의 도사님들과 함께 이곳을 떠날 작정이시라고요?"
 "그걸 어떻게……."
 '역시, 그렇구나!'
 내심 억장이 무너지는 소리를 들은 유옥의 안색이 파리하게 변했다.

 이곳으로 달려오는 동안 내심 각오한 바 있다.

 반드시 영호준의 뜻을 존중하자고. 그는 충분할 정도로 자신에게 잘해주었노라고. 절대로 그의 앞길을 가로막는 장해물이 되어선 안 된다고.

 그러나 그 같은 마음 한 켠에는 절대로 영호준을 떠나보내고 싶지 않다는 여심이 숨어 있었다. 평생을 통틀어 자신에게 가장 잘해주었고, 힘들 때 계속 있어줬던 유일한 사람과 절대로 헤어질 수 없다는 의지였다. 그게 극도로 이기적인 생각이라 해도 말이다.

 그때 충격으로 잠시 말문이 막힌 유옥에게 영호준이 고개를 가로저어 보였다.

 "저는 화산에 가지 않을 겁니다."

 "예? 어째서……."

 "화산파는 제게 있어서 꿈과 같은 곳입니다. 언제가 됐든 반드시 찾아가 볼 작정입니다만, 지금은 아직 때가 되지 않은 것 같습니다."

 "그건 설마 저 때문에……."

 "유 소저, 이젠 슬슬 객점으로 돌아가 봐야 하지 않겠습니까? 아진과 금 숙수님께서 많이 힘들어하고 계실 것 같은데요?"

 "……."

유옥이 다시 입을 다물었다. 심중에선 천언만어와 같은 의문이 구름같이 피어올랐으나 입 밖으로 낼 수 없었다. 혹여 영호준이 진짜로 자신을 위해 화산행을 포기했을까 봐 두려웠기 때문이다.
'나는… 나는……'
벌써 저만치 앞서 걸어가고 있는 영호준의 뒤를 따르며 유옥이 연신 아랫입술을 깨물었다.
어느 때보다 넓어 보이는 영호준의 등판.
왠지 모르게 무척 고독해 보인다. 결코 자신으로선 어찌해 줄 수 없을 정도로 말이다.

이른 새벽.
영호준은 차가운 대기 속을 헤치며 운옥객점을 빠져나왔다. 곽철원과의 약속을 지키기 위함이다.
'오늘이 곽 사형과의 마지막 수련일이로구나……'
아쉬움과 안타까움.
없을 리가 만무하다. 근래 들어 서서히 재미를 붙이기 시작한 검법 수련을 생각하면 더욱 그러했다. 그만큼 검법에는 여태까지 수련해 왔던 권법이나 내공과는 다른 묘미가 담뿍 담겨져 있었다.
흔들.
영호준이 고개를 가로저었다.

각골명심(刻骨銘心) 35

머릿속 한 켠에 자리 잡은 상념을 깨끗이 털어버린 것이다.

이미 결정한 바다.

이제 와서 다시 고민에 휩싸이는 건 열혈남아 영호준답지 않은 행동이었다.

그렇게 막 영호준이 운옥객점을 빠져나가려 할 때였다. 느닷없이 그의 배후에서 바스락거리는 소리와 함께 귀에 익은 목소리가 들려왔다. 유옥이다.

"영호 소협, 잠시만 기다려 주세요!"

"유 소저……."

영호준이 고개를 돌려 유옥을 발견하곤 눈에 이채를 발했다. 그녀가 품에 안고 있는 커다란 보퉁이를 발견한 때문이다.

유옥이 말했다.

"영호 소협, 부탁이니 부디 화산파의 도사님들과 함께 화산으로 가주세요!"

"유 소저, 그건……."

"다른 말씀은 말아주세요!"

"……."

"영호 소협이 어떤 마음으로 여태까지 저와 함께해 주셨는지 잘 알고 있어요. 정말 감사드려요. 하지만 저는 영호 소협의 앞을 가로막고 싶진 않아요. 그런 존재가 된다면 절대로 저 자신을 용서하지 못할 것 같아요. 그러니… 부디 화산으로 가주세요. 그래서 영호 소협이 원하던 삶을 살아주세요. 제발요!"

떨리는 목소리로 오랫동안 연습해 왔던 말을 빠짐없이 내뱉은 유옥이 품 안의 보퉁이를 영호준에게 불쑥 내밀었다. 그녀가 저녁부터 정성을 다해 싼 여행용 건량과 옷가지, 은자 등을 전달하고자 한 거였다.

영호준은 목이 메이는 걸 느꼈다.

반론을 사전에 막은 채 마구 퍼붓듯 쏟아낸 유옥의 진심.

손끝에 닿을 듯 느껴진다.

더할 나위 없이 따뜻하면서도 아프게 가슴을 후벼 판다. 그러면서도 부인할 수 없었다. 그녀가 한 말 속에 자신의 망설임이 고스란히 담겨져 있었기 때문이다.

'나는 화산에 가고 싶다! 곽 사형에게 계속 검법을 가르침 받고 싶다! 그래서 운검 사부님이나 북궁 사제처럼 당당한 무림인이 되고 싶다! 하지만 정말 그래도 되는 걸까?'

망설임이 섞인 영호준의 시야 속으로 유옥의 얼굴이 가득히 파고들어 왔다. 어느새 그렁그렁하니 눈물을 두 눈 가득 담고 있는 사랑스런 여인이 고개를 끄덕이고 있었다. 마치 그의 망설임을 깨끗이 지워주기라도 하려는 것처럼 말이다.

"유 소저, 나는……."

"가세요! 가서… 영호 소협이 원하던 사람이 되세요! 그게 지금 소녀가 바라는 단 한 가지예요!"

"…알겠습니다."

결국 영호준이 고개를 끄덕여 보였다. 더 이상 유옥의 눈물 젖은 얼굴 속에 담겨져 있는 강한 권유를 외면할 수 없었다. 그게 후일 어떤 결과로 자신에게 돌아올지 몰랐지만.

점차 멀어져 가는 영호준.

자신이 건네준 보퉁이를 든 채 뒤 한 번 돌아보지 않고 떠나가는 무정한 사내를 유옥이 처연하게 배웅했다.

어느새 참고 참았던 눈물이 하염없이 두 볼을 물들이며 떨어져 내리고 있었다.

하지만 그녀는 눈물을 닦지 않았다. 잠시라도 영호준의 뒷모습을 시야에서 거두고 싶지 않았기 때문이다.

"영호 소협, 부디… 부디……."

뒷말은 이어지지 못했다. 그렇게 할 수 없었다. 만약 입 밖으로 내면 바닥에 주저앉아 엉엉 울음을 터뜨리고 말 것 같았기 때문이다.

'유 소저, 오늘의 일을 나 영호준, 반드시 각골명심하겠습니다! 반드시 뼈에 새기고 마음속 깊이 새겨서 절대로 잊지 않겠습니다. 그리고 유 소저에게 다시 돌아올 겁니다. 오늘의 일을 잊지 않고서요.'

영호준은 뒤를 돌아보지 않았다.

희뿌연 새벽의 대기를 헤치며 묵묵히 걸음만을 옮겼다. 지금 뒤를 돌아본다면 울고 있는 유옥을 절대로 떠날 수 없을 거라 생각한 까닭이다.
 그래선 안 되었다.
 그는 화산에 가서 매화검수가 되어야만 하고, 명실상부한 정파의 협객이 되어 유옥에게 돌아와야만 했다. 그러지 않고선 오늘 그녀가 보여준 은의(恩義)를 갚을 길이 없었다. 그렇게 생각하고 있었다.

第八十二章

마기폭발(魔氣爆發)

갈증? 피로써 풀어버린다. 아무런 거침 없이…….

華山劍宗

서화(西和).

감숙과 섬서의 접경지대에 위치한 작은 성시다.

지난 수년간 사람들이 모여서 떠들 만한 큰일이 전혀 없다시피 했던 곳이다.

그런 이곳이 근래 크게 흉흉해져 있었다.

원인은 간단하다.

지난 수일에 걸쳐 이 작은 성시 부근을 대종교 중심의 마도와 강북 녹림 세력이 속속 집결해 북적거리게 된 까닭이다.

일이 이렇게 되자 서화의 주민들은 인근의 관부나 관청으로 일제히 몰려갔다. 그동안 거둬간 세금에 대한 대가로 어찌

공권력을 좀 발휘해 보라는 취지에서다.

그러나 어느새 관부나 관청의 대문은 굳게 닫아 걸려져 있었다. 주민들이 몰려와 아무리 난리를 피워도 대문의 걸쇠를 단단히 걸어놓고 모르쇠로 일관했다.

하긴 그들도 눈이 있고 귀가 있었다. 이미 감숙과 청해 일대의 무림 세력들 대부분이 병합되거나 초토화당했음을 아는 터에 괜스레 나서서 피를 볼 까닭은 없었다.

그리고 또 한 가지가 있다.

서화의 바로 코앞까지 황궁 최고의 고수들이라 불리는 동창과 금의위의 무사들이 집결한 지 오래였다. 그들을 이끄는 건 명실 공히 황궁제일고수인 하북팽가의 무적도 팽무군이었다.

고래 싸움.

그것도 아주 큼지막한 대경(大鯨)들끼리 붙었다.

바짝 엎드려서 싸움이 끝나기를 기다리는 것이 새우가 취할 확실한 도리였다.

"……."

사우영은 특유의 여유로운 표정으로 묵묵히 시립해 있는 살왕 포진을 바라보고 있었다.

겉보기론 그다지 달라진 게 없는 모습.

그러나 사우영의 예리한 눈은 금세 미묘한 문제점을 포착

해 냈다. 포진이 기다란 장포로 가리고 있는 다리 쪽의 균형이 과거와 달리 살짝 어긋나 있음을 말이다.

'흠! 의족을 단 것치고는 나쁘지 않은 모습이나 과거와 같은 살왕을 기대하긴 힘들겠군.'

내심 눈을 빛내 보인 사우영이 슬쩍 입가에 미소를 만들어 냈다.

"아직 전력을 다하긴 곤란할 듯싶소만?"

"무적도의 목을 딸 정도는 된다고 봅니다."

"그건 곤란하군. 전대 정파의 양대기인이라 불리는 무적도 팽무군의 목숨을 취하는 역할은 내가 맡을 작정이니 말이오."

"그럼……."

"살왕은 동창을 맡아주도록 하시오. 이미 염왕이 금의위를 치러 떠났으니 말이오."

"……."

포진의 무심한 얼굴에 슬쩍 놀람의 기색이 스쳐 갔다.

감숙과 섬서의 접경 지역에 포진되어 있는 일단의 무리의 정체.

다름 아닌 무적도 팽무군의 하북팽가와 황궁의 창위에 속한 무인들이었다. 한마디로 여태까지 상대해 왔던 일반적인 무림 세력이 아니란 뜻이다.

그런데 그 같은 점을 잘 알면서도 젊은 주인 사우영은 호쾌하게 공격을 명령했다. 은연중 중원 무림의 제패 이후까지를 염두에 둔 장대한 전략을 구상하고 있던 포진으로서는 놀라지 않을 도리가 없다.

그 같은 포진의 의중을 눈치 챘음이리라!

사우영이 여전히 묵직한 표정을 한 채 말했다.

"그리 놀라실 것 없소이다. 당장 북경으로 달려가서 황제의 목을 자를 생각까진 없으니까 말이오."

"하면?"

"황제는 한동안 무림 쪽에 시선을 돌릴 수 없을 것이오. 장성 밖에 머물고 있는 오이랏을 비롯한 몽고 왕조의 침입을 막아내는 데만도 정신이 없을 테니 말이오."

"……."

포진은 내심 더욱 크게 놀랐다. 설마하니 대종교가 북방의 강성한 유목 민족에게까지 입김을 발휘할 수 있을 줄은 몰랐기 때문이다.

사우영이 말을 이었다.

"게다가 무적도 팽무군은 황궁 내부에서도 지나칠 정도로 파벌을 형성한 자요. 현 황제가 비록 무능한 암군(暗君)이긴 하지만, 팽무군이 무림에서까지 강력한 세력을 굳히는 걸 바라진 않을 것이오. 물론 이 같은 점은 구정회의 군사인 우현 역시 익히 알고 있을 테지만 말이오."

"우현도 알고 있다는 뜻입니까?"

"물론이오. 여태까지 구정회는 정파무림의 일에도 본격적으로 뛰어들지 않는 걸 미덕으로 여겼소. 그래서 지난 수백 년에 걸쳐 본 교와 대립하면서도 명맥을 유지할 수 있었고 말이오. 그런데 갑자기 황궁의 세력까지 끌어들였소. 어찌 숨은 속셈이 없을 수 있겠소? 아마 무적도 팽무군과 황궁의 무인들은 우현에게 있어 버리는 패일 것이오."

"그렇다면 역시 구정회가 지금 노리고 있는 곳은 서패 북궁세가이겠군요?"

"그럴 것이오. 이미 오래전에 북궁세가 쪽에서 접촉을 해와야만 했었는데, 종종 무소식이니 말이오. 그러니 살왕은 의심없이 내 명령에 따라주시오."

"존명!"

포진이 복명과 함께 허리를 접어 보였다. 바로 동창을 상대하기 위해서 휘하의 살왕령 살수들을 전원 소집하러 떠났음은 물론이었다.

그 후에도 사우영은 바빴다.

그동안 병합한 강북 녹림도의 새로운 총수인 혈해마부(血海魔斧) 하후웅에게 돌격대를 꾸리게 하고, 핵심 마두들의 전의를 고취시켰다. 공동파를 격파한 전후로 받아들이고 흡수한 마도 세력은 아직까지 충성심이나 결속력이 부족했다. 최초로 강적과 맞닥뜨린 상황이니만치 세세한 부분까지 신경을 쓰지 않을 수 없었다.

'세력을 형성하고 유지시킨다는 건 역시 어렵군. 사부님께서 중원에서 일을 도모할 때 소리장도 유성월과 긴밀한 관계를 유지하라 하신 이유를 알겠어.'

사우영은 빠르게 일을 처리하며 내심 고개를 가로저었다.

모사.

머리로써 세상을 사는 자들과 그는 궁합이 가히 좋지 못했다. 사부의 심복인 유성월과는 미묘한 균열을 느꼈고, 천종독심 가극염과도 쉽사리 일이 풀리진 못했다. 애초에 잔머리를 잘 굴리는 자들과는 배포가 맞지 않았기 때문이다.

그러나 달리 모사들이 천하 각처의 요직을 장악하고 있는 게 아니다. 대종교를 배제한 새로운 마도 세력을 꾸리며 사우영은 연속적으로 어려움을 겪어야만 했다. 몇 차례나 시행착오를 경험하기도 했고 말이다.

'그나저나 어째서 아직까지 대막 쪽에서 아무런 연락이 없는지 모르겠군. 분명히 지금쯤이면 대막을 벗어나 중원의 다른 지역으로 은밀히 진격을 감행하고 있어야만 할 터인데 말야. 이것도 역시 유성월 그자의 농간인 것인가?'

생각이 길어지자 꼬이기 시작한다.

무공을 연마할 때와 달리 복잡해진 상념에 골치를 썩이고 있던 사우영의 귓전으로 익숙한 울음소리가 파고들었다.

메에!

사우영이 시선을 던지자 희귀한 하얀 털을 자랑하는 모우 백묘와 그림같이 함께하고 있는 북궁상아가 모습을 드러냈다. 공동파를 함락시키며 기적적으로 구출해 낸 직후 심하게 앓은 탓인지 얼굴이 하얗다 못해 파리하다.

"사매……."

"……."

사우영의 선 굵은 미소에 북궁상아는 대답이 없다. 대신 부근에 서 있던 백묘가 곰 같은 덩치로 은근슬쩍 그녀를 앞으로 밀어냈다.

근래 잇달아 주인이 바뀌었다.

이젠 모우가 아니라 너구리나 여우같이 눈치가 빨라지지 않을 도리가 없다.

그렇게 억지로 백묘에게 떠밀려 사우영 앞에 주춤거리며 나선 북궁상아가 잠시 머뭇거리다 눈을 빛냈다.

흑백이 또렷한 눈빛.

미녀살혼을 억지로 익혔을 때와는 다르다. 완전히 달라진 눈빛으로 북궁상아는 사우영을 바라보고 있었다. 표정 역시 만감이 교차하는 듯하다.

사우영이 굵직한 입꼬리를 슬쩍 치켜올렸다.

"아직 결정을 내리지 못한 것 같군. 언제든 날 떠나도 된다고 했는데 말야."

"떠나도 된다……."

"그래, 미녀살혼이 소멸되며 사매는 수련으로 인해 잃어버렸던 이지를 되찾았다. 그러니 이제 더 이상 날 따라야 할 이유가 없지 않나? 아니면 내 곁을 맴돌다가 가문의 복수를 할 생각인가?"

"아버님과 어머님을 죽인 건 당신이 아닙니다! 그분들을 죽이고 가문을 차지한 건……."

"창천혈도 북궁정. 그자가 맞다. 하지만 그도 결국 내 사제이다. 그가 패륜을 저지르고 북궁세가를 차지하는 데는 나와 사부님의 도움이 절대적이었어. 그러니 사매와 내가 불구대천의 원수지간이란 점은 달라지지 않는다."

"그렇죠. 분명 그래요."

나직한 중얼거림과 함께 북궁상아가 몇 차례 고개를 끄덕여 보였다. 딱히 납득한 것 같진 않다. 그냥 사우영이 태연자약하게 하는 말에서 반론의 여지를 찾지 못한 것뿐이다.

그럴 수밖에 없다.

그녀는 잇따른 중상과 공동파 서화 진인과의 조우로 인해 미녀살혼을 잃어버렸다. 사우영의 압도적인 내공의 도움을 받아 목숨을 건지긴 했으나 향후 무공을 되찾을 가능성 역시 별로 없었다. 무인으로서의 인생이 거진 끝장이 난 것이나 다름없었다.

그렇게 이지를 되찾았다. 한동안 혼란 속에 빠진 것은 당연했다. 이지를 되찾았다고 해서 지난날 사우영의 뒤를 쫓으며 느꼈던 감정의 교류가 사라진 것은 아니었기 때문이다.

아니다.

오히려 더했다.

그냥 동물적인 본능으로 느꼈던 감정의 교류가 이성으로 접하게 되었다. 일시 가슴이 뛰고 정신이 혼란스러워지지 않을 수 없었다. 첫사랑을 느낀 상대가 하필이면 가문의 원수이자 정파무림 전체를 위협하는 악마 같은 자라니!

하지만 과연 북궁상아에게 있어 사우영은 악마 같은 자인건가? 그는 그렇게 계속해서 그녀를 대해왔던 것인가? 정말로 그렇게 생각하고 있는 것인가?

북궁상아는 그 점을 확신할 수 없었다.

그래서 계속 사우영의 뒤를 따르고 있었다. 그가 데려다 준 하얀 털이 너무나 사랑스러운 모우 백묘와 함께 공동파를 떠난 후 줄곧 따라다녔다. 이지를 잃어버렸을 때와 다름없이 말이다.

'그런데 지금 이 사람은 내게 선택을 강요하고 있다. 아주 큰 싸움을 앞두고서 말야. 그럼 나는 어떤 결정을 내려야만 할까? 어떤?'

내심 탄식을 토해낸 북궁상아가 다시 사우영을 바라봤다.

거구.

변함없이 흔들림을 보이지 않는 사내다.

그런 그가 그녀를 바라보고 있었다. 어떤 선택을 하든 수용하겠다는 뜻을 밝히고 있는 것이다. 더할 나위 없을 정도의 존중을 표하고 있음이다.
 '아직! 아직이다! 나는 아직 이 사내를 모른다! 그에 대한 내 마음이 어떠한지 모르고 있어!'
 결국 북궁상아가 고개를 흔들어 보였다. 그리고 말한다.
 "저는 계속 당신의 곁을 따르겠어요!"
 "언제까지?"
 "북궁세가에 도착할 때까지. 그 후 결정을 내릴 겁니다."
 "사매의 의사를 존중하지."
 "……."
 여전히 흔쾌한 대답이다. 그와 함께 천천히 거구의 덩치를 돌려세우는 사우영을 북궁상아가 혼란스런 시선으로 바라봤다. 마냥 그리할 수밖에 없었다.

 사우영은 내심 한숨을 내쉬었다.
 겉으로 보이는 철벽과 같은 외양.
 그 속에는 처음으로 여자로 느낀 사매 북궁상아에 대한 뜨거운 감정이 숨겨져 있었다. 혹여 그녀를 잃어버릴까 봐 두려워하는 사내의 심약함 말이다.
 '북궁세가에 도착한 후 결정을 내리겠다. 무슨 뜻이지? 어쩌면 내게 아직 기회가 남아 있다는 뜻인 건가?'
 가슴이 뛴다.
 입가에는 어느새 평소의 두 배쯤 밝은 미소가 깃들어 있었다.

좋은 느낌이다!

특히 대전을 치르기엔 말이다.

자신도 모르게 평소보다 몇 배는 빠른 속도로 앞으로 나선 사우영이 주변에 빽빽할 정도로 포진해 있던 휘하의 마인, 녹림도, 사파인들을 향해 벽력같이 소리쳤다.

"곧 섬서 땅이다! 한 줌 먼지와 같은 자들이 이 앞에 포진해 있긴 하나 개의치 말아라! 마도천하를 위한 대장정의 제물에 불과한 자들일지니!"

"우와아아!"

"우와아아!"

사우영의 신과 같은 위세.

이미 몇 차례나 목도한 바 있다. 특히 구대문파의 일좌인 감숙의 맹호 공동파를 몰살시킬 때의 무위란 가히 폭풍이나 다름없었다.

그런 그가 마도천하의 대장정을 입에 담았다.

어찌 환호하지 않을 수 있으랴!

거의 광기에 가까운 수하들의 환호성에 화답하듯 사우영이 다시 소리쳤다. 아니, 선언했다.

"이후로 내 앞을 가로막는 모든 문파를 몰살시키고, 부숴 버릴 것이다! 마도천하를 위해서!"

"우와아아!"

"우와아아!"

또다시 터져 나온 환호성!

그를 뒤로하고 사우영이 천신같이 하늘 위로 떠올랐다. 또다시 전설상의 마신비행을 펼쳐 보인 것이다.

* * *

이름 모를 평야.

감숙과 섬서의 경계치곤 꽤나 넓다. 멀리 연이은 산등성이들이 그림자로밖엔 보이지 않을 정도다.

그런 곳에 족히 삼백이 넘는 무사들이 집결해 있다.

하북팽가!

지난 수백 년간 무림과 황궁, 양쪽에서 명성을 드날려 온 무가의 정예였다. 적어도 하북팽가 총전력의 칠 할이 넘는 고수들이 가문 역사상 최초로 한자리에 모인 것이다.

당연히 그 중심에는 현 하북팽가의 최정상에 군림하고 있는 무적도 팽무군이 있었다. 그는 약간이라도 병법을 알고 있는 자라면 이해할 수 없는 허술한 진세를 이곳에 펼쳐 놓은 장본인이기도 했다.

어째서 이런 일이 일어난 것일까?

거기에는 겉으론 우둔한 반면 지독하리만큼 교활한 심사가 숨겨져 있었다.

'공동파를 순식간에 괴멸시켰다지? 젊은 놈이 대단하군. 그 점은 칭찬해 줄 만해. 하지만 내 손녀딸을 죽인 건 결국 놈이 여태까지의 마도 세력처럼 패도만을 앞세울 뿐 지략이 없다는 걸 의미한다. 그렇게 좋은 협상의 패를 함부로 버리다니 말야. 그러니 이번 싸움은 결국 내 승리가 될 것이다!'

총애했던 무영화 팽인영을 잃고도 냉철함을 유지하는 심사.

독심이다.

하북팽가를 떠나 무수히 많은 모략과 정쟁이 난무하는 황궁에서 여태까지 살아남은 자의 진짜 모습 말이다.

그러니 이같이 허술한 현재의 진세가 결코 진실일 리 없다. 숨겨진 패가 분명히 존재했다. 황궁에서 이끌고 온 동창과 금의위의 병력이 그러했다.

선진과 기습대.

동창과 금의위의 병력을 팽무군은 사석(死石)으로 삼았다.

버리는 돌이다.

그들로써 사우영이 이끄는 대종교의 중원정벌대에게 기습적인 타격을 가한 후 하북팽가의 고수들과 함께 팽무군이 나서려 한 거였다.

'그리고 나는 당당하게 사우영, 그 버릇없는 대종교의 애송이의 수급을 취할 것이다! 내가 그동안 고심참담한 끝에 완성한 무형심도(無形心刀)라면 충분할 것이다!'

무형심도!

오래전 하북팽가에서 도마제 독고천휘에 의해 실전된 자전십팔도법의 후삼초 중 하나다.

팽무군은 반평생을 자전십팔도법에 전심전력을 다한 끝에 실전된 후삼초 중 하나를 자신의 것으로 만들었다. 황궁무고에서 불완전한 형태의 후삼초를 찾아낸 지 삼십 년 만의 일이었다.

당연히 그는 하북팽가 수백 년 내 최강의 고수 중 한 명이었다.

천하를 오시하는 자존심을 지닌 구정회의 회주로서 대종교의 대존주인 대막마신이 아닌 제자 정도는 크게 신경이 쓰이지 않을 수밖에 없었다.

게다가 그는 병법의 대가이기도 했다.

현 무림을 사분한 채 위세를 자랑하고 있는 사패주조차 한 수 아래로 접어보는 건 바로 그 때문이었다. 무공의 수위는 동수, 아니면 반수 정도 위지만 실제 집단전으로 전투를 벌인다면 백전백승할 자신이 있어서였다.

그 같은 생각에 젖어 있던 팽무군의 배후로 오십대 초반쯤으로 보이는 중년의 문사가 다가들었다.

하북팽가의 정보 조직인 백련각(白蓮閣)의 수장이자 군사인 문초인이었다. 신중한 성격을 자랑하는 그가 다소 긴장한 표정으로 말했다.

"태상 가주님, 서패 북궁세가의 북풍단이 자취를 감췄습니다. 우려했던 대종교와 북궁세가의 양동작전은 걱정하지 않으셔도 될 것 같습니다."

"우현이 약속대로 해냈구만. 하긴 그 정도도 해주지 않으면 곤란하지. 그 속에 무얼 숨겨놨는지 알 수 없는 능구렁이가 말씀이야."

"우현과 구정회의 절정고수들이 서패 북궁세가를 제압할 수 있다면 일은 조금 쉬워질 것입니다. 하지만 저들도 청해와 감숙을 제압하며 세력을 키운 자들인만큼 전력을 삼분한 것은 조금 성급한 판단이셨던 것 같습니다."

"그건 어쩔 수 없는 선택이었어. 동창과 금의위는 본래 황궁 내에서도 항시 아웅다웅하는 터라 한데 모아놓으면 반드시 문제가 생길 터이니 말야. 게다가 대종교 놈들에 대해서도 너무 높게 평가할 필요는 없어. 자네도 미리 백련각의 밀정들을 풀어서 알고 있겠지만, 전 구마련의 잔존 세력을 제외하면 녹림이나 기타 사마외도의 잡스런 녀석들을 끌어모았을 뿐이야. 그런 놈들은 일단 강력한 타격을 연달아준 후에 정예를 모아서 정처럼 쪼아버리면 끝이야. 나머지는 도주하는 자들을 차근차근 사냥하면 그만이고 말야."

"탁월한 판단이십니다!"

문초인이 언제 우려의 기색을 드러냈냐는 듯 얼굴에 감탄의 기색을 담았다. 자신의 생각보다 훨씬 치밀한 판단하에 전술전략을 발휘하고 있는 태상 가주 팽무군에게 완전히 승복한 표정이었다.

그러나 속마음은 조금 다르다.

'아무리 황궁에서 오랫동안 속해 있었어도 속은 역시 패도를 추앙하는 무인. 결국 태상 가주님은 자신의 무력으로 대종교의 소존주를 죽이고 싶은 것이다. 이런 때에 괜스레 입바른 소리를 해봤자 손해일 뿐이니, 침묵하는 것이 좋다!'

모사의 판단이 아니다.

실속과 실익의 무게를 재는 소인배의 판단이었다.

그렇게 문초인이 삼분한 세력에 대해서 침묵하기로 마음먹었을 때였다. 썰렁할 정도로 넓은 벌판에 진세를 구축하고 있던 하북팽가의 진중에서 가벼운 소요가 일어났다.

최전방.

척후의 역할을 수행하고 있던 안법의 고수들로부터 일어난 소란이었다.

*　　　*　　　*

마신비행은 단점이 하나 있다.

너무 빠르다는 거다.

특히 뒤따르는 자들 중에 고수가 얼마 없을 때는 더욱 그렇다.

스스슥!

사우영은 호기당당한 일성대갈을 토한 여세를 몰아 마신비행을 펼쳤다. 그렇게 곧바로 척후들로부터 일찌감치 알아냈던 하북팽가의 본진 앞에 도착할 수 있었다.

주변에 전혀 거칠 것이 없는 널따란 벌판.

그 한복판에 한눈에 간파가 될 정도로 어설픈 하북팽가의 본진이 펼쳐져 있었다. 주변이 확 트여져 있는 상황임에도 제대로 된 방책조차 세워져 있지 않을뿐더러, 강력한 진법을 펼친 것도 아닌 것 같았다.

'세력을 삼등분한 것으로도 모자라 저렇게까지 허술한 진세를 펼쳐 놓다니! 나더러 그냥 달려들라고 유혹하는 것만 같군?'

정말 그렇다.

사우영은 그런 충동을 강하게 느꼈다. 운검에게서 마신흉갑을 강탈하고 구천마제 위극양의 마정을 뽑아내 흡수한 직후 평상시보다 패도가 더욱 강해졌다. 무공의 상승을 뛰어넘을 정도로 강렬한 자신감에 휩싸인 거였다.

까닥!

사우영이 굵직한 목을 한차례 풀어 보였다.

예비 동작이다.

그다음은 뻔하다. 그는 잠시 뇌리 속에 떠오른 생각을 곧장 실천으로 옮겼다. 열심히 뒤따라 달려오고 있을 수하들을 기다리지 않고 곧바로 하북팽가의 진중으로 뛰어든 것이다.

"…미친놈!'
팽무군은 나직이 중얼거렸다.
방금 전 척후의 보고를 받았다. 그의 예상을 뛰어넘는 방식으로 사우영이 모습을 드러냈음을 알게 된 거다.
팽무군쯤 되는 사람이 그런 정도의 일로 당황하진 않는다.
백전노장답게 그는 곧바로 하북팽가의 전열을 가다듬게 만들었다. 여태까지 은근히 느슨하게 놔뒀던 예기를 본래의 상태로 되돌려놓은 거다.
삼백이란 숫자.
피와 살이 튀는 전장에선 그리 대단할 것이 없다. 적어도 국가와 국가 간의 전쟁에선 그러하다.
그러나 그 숫자를 이루고 있는 게 무림의 고수라면 얘기가 달라진다. 전장에서 창칼받이의 용도로밖엔 쓰이지 못할 일반 병사들이 아니라 도기를 유형화시킬 수 있을 정도의 일류급 고수라면 말이다.
그런 일류 급 고수들이 일제히 도를 빼 들었다.
일시 일어난 수백 개의 도기!
이름 모를 평원의 하늘이 무자비할 정도로 찢어발겨졌다. 도기와 함께 발출된 살기에 그렇게 변했다. 팽무군이 일부러 느슨하게 전열을 유지하게끔 만들었던 이유가 밝혀지는 순간이었다.
 그런데 놀랍게도 사우영은 그 속으로 홀로 뛰어들었다.
 뒤따르는 수하?
 단 한 명도 없었다. 오로지 혼자서 그는 이런 말도 안 되는 짓을 감행한 것이다.
 혹여 숨겨진 병력이 있을 것을 의심해 잠시 동안 사우영을 공격하는 걸 뒤로 미뤘던 팽무군으로선 기막히지 않을 수 없었다. 이런 멍청한 짓을 하는 자를 상대하러 자신이 직접 나섰다는 게 화가 날 지경이었다.
 그러나 팽무군은 곧 눈살을 크게 찌푸려 보였다. 사우영의 어처구니없는 공격을 막기 위해 나선 본대의 일진이 그가 보는 앞에서 삽시간에 박살나 버린 까닭이다.
 일진의 인원은 삼십 명이다.
 서른 명이나 되는 일류고수 급 도객들이 차륜전의 수법으로 전력을 쏟아내게 편성되어졌다.
 그 위력은 대단하다.
 웬만한 초절정 급의 고수라 해도 쉽사리 이 같은 차륜전을 벗어날 순 없었다. 애초에 그 정도 되는 고수를 붙잡아놓고서 기력을 소진할 목적으로 만들어진 전법이었기 때문이다.
 사우영에겐 통하지 않았다.
 그는 충동적으로 하북팽가의 본진으로 뛰어들었다. 뭔가를 깊이 생각하거나 계산 같은 것은 하지 않았다. 당연히 처음부터 자신의 능력을 극한까지 발휘했다. 기갑호신으로 일진이 펼친 최초의 일격을 막아낸 후 혈천강살을 쏟아냈다.

결과는 자명하다.

일진 중 천하에 삼십 개가 넘는 도기를 맨몸으로 받아낼 괴물이 있으리라 예상한 자가 있을 리 만무하다.

기갑호신과 더불어 펼쳐진 혈천강살의 수십 가닥 뇌강은 천공의 칼날이 되었다. 그대로 일진 삼십 명 도객의 연환되는 도기를 박살 내어버렸다.

칼이 없으면 사람도 없는 법!

전력으로 도기를 일으켰던 일진 삼십 명은 전원 즉사했다. 단말마조차 내뱉지 못하고 일제히 바닥에 무너져 내렸다. 몰살당해 버린 것이다.

"허!"

팽무군이 이번엔 입을 가볍게 벌렸다. 자신도 모르게 탄성까지 내뱉고 말았다. 설마하니 이런 말도 안 되는 광경을 목도할 줄은 몰랐기 때문이다.

그의 뒤에 서 있던 문초인은 조금 더 침착했다.

그 역시 사우영의 예상을 한참 뛰어넘는 무위에는 놀랐다. 그러나 어차피 그래 봤자 일개인의 무용이었다. 뒤따르는 수하 한 명 없는 상황임을 감안한다면 오히려 즐거운 상황이 되었다고 판단할 수도 있었다.

사삭!

문초인이 미리 준비하고 있던 깃발을 올렸다.

적색과 흑색.

일진과 비슷한 시기에 출전 준비를 마치고 있던 이진과 삼진이 곧바로 움직임을 보였다.

당연하달까?

일진과 같진 않았다. 완전히 공격 방법이 바뀌었다.

완전히 박살나서 바닥에 널브러진 일진 삼십 명의 도객의 배후로 이진 삼십 명이 다가들었다. 도는 이미 들고 있지 않았다. 등에 매달고 있던 단궁의 시위에 화살을 재고 있었다.

도(刀) 다음은 궁(弓)이었다.

쉬쉭!

쉬쉭쉬쉭쉬쉭!

일진 삼십 명의 도객을 혈천강살 일격으로 박살 낸 사우영의 얼굴을 가로지른 검상이 꿈틀거렸다.

귓전을 파고드는 날카로운 소성.

웬만한 강판마저 아무렇지 않게 꿰뚫을 수 있을 만한 강전이 날아드는 소리였다. 굳이 눈으로 확인하지 않더라도 알 수 있는 일이었다.

'그렇다면 극한에 이른 호신강기는 어떠할까? 궁금해지는군!'

보통의 호신강기.

결코 강판의 강도를 뛰어넘지 못한다. 그게 일반적인 절정고수조차 황궁의 대군을 쉽사리 대하지 못하는 이유였다. 더군다나 그런 고수를 상대하기 위해서 날리는 화살이라면 애초에 호신강기를 박살 내는 건 여반장일 터였다.

그러나 사우영은 어깨를 한차례 으쓱해 보였을 뿐이다.

그런 상태로 자신을 노리는 수십 발의 강전을 맞아들였다. 자신의 호신기갑을 완벽할 정도로 믿은 것이다.

그의 믿음은 옳았다.

수십 발의 강전이 막 사우영의 전신을 꿰뚫기 직전 거짓말처럼 공중에서 멈춰 버렸다.

시간이 정지했는가?

그런 건 아니었다. 절대 그렇지 않았다.

스륵!

사우영의 수장이 자신의 앞에서 잠시 멈춰 버린 강전을 수수깡마냥 휘감았다. 그리고 강하게 집어던져 버린다. 마침 마상전투에서나 사용할 법한 청룡장도를 들고서 바람같이 파고들고 있던 삼조 삼십 명의 도객들이 있는 방향이었다.

"크악!"

최선두에 섰던 도객이 비명을 터뜨렸다.

호신강기마저 우습게 꿰뚫는 강전에 얼굴을 관통당했다. 더불어 복부에도 화살이 박혀 들어갔다. 비명을 터뜨리지 않을 도리가 없다.

"크악!"

"카악!"

"크아아아!"

그의 뒤를 따르던 자들 역시 마찬가지다. 손에 손에 청룡장도를 든 채 돌격해 오던 삼조 도객들이 처절한 비명 속에 무너져 내렸다.

수해를 만난 둑이다.

그렇게 삽시간에 삼조 삼십 명의 도객들은 별다른 저항조차 해보지 못하고 무너져 내렸다. 일조와 그리 다를 것도 없는 최후였다.

사우영이 계속 구경만 할 까닭이 없다.

그가 다시 움직였다.

큰 걸음으로 선진이 완전히 지리멸렬한 삼조 도객들에게 달려들었다.

피의 폭풍!

가까스로 살아남았던 삼조 도객들이 아무렇게나 휘두른 사우영의 권장에 얻어맞고 이리저리 나뒹굴었다. 양 떼 속에 한 마리 대호가 뛰어든 것이나 다름없었다. 그런 형세였다.

이조는?

그들은 곧바로 다시 단궁에 화살을 재우려다가 동작을 주춤거렸다. 어느새 사우영이 삼조 도객들과 뒤엉켜 버린 상황임을 인지한 까닭이다.

그때 그들의 배후에서 전황을 차가운 시선을 살피고 있던 문초인이 다시 깃발을 흔들어 보였다. 대기하고 있던 사조와 오조, 육조가 동시에 움직임을 보였음은 물론이다.

그렇다면 이조는 뒤로 빠지는 게 마땅하다.

본래 단궁은 거리를 어느 이상 벌렸을 때 가장 큰 위력을 발휘한다.

사조, 오조, 육조가 사우영에게 도기를 일으키며 달려드는 사이 이조는 얼른 문초인 쪽으로 물러났다. 그에게 후속 명령을 받기 위해서였다.

"좋다! 아주 좋아!"

사우영은 삼조 청룡도객들을 박살 낸 후 또다시 자신을 노리며 달려들기 시작한 구십 명의 도객들을 향해 크게 부르짖었다.

허장성세(虛張聲勢)?

결코 아니다.

그는 진짜로 현 상황이 흡족했다. 오랫동안 막혔던 속이 확 풀리는 느낌이었다. 지금과 같은 상황을 줄곧 기다려 왔던 것 같기도 하다.

운검에게서 마신흉갑을 강탈하고 구천마제 위극양의 본신이라 할 수 있는 마정에 깃든 귀원마공을 흡수한 직후부터다.

그는 점차 자신이 변해가는 걸 느꼈다. 여태까지와 달리 패도보다는 기묘하게도 피와 살육이 땡기기 시작했다는 뜻이다.

이를 직접적으로 깨달은 건 공동파를 멸문시켰을 때였다.

그는 최후까지 단 한 명도 물러섬없이 결사의 항전을 보였던 공동파 도사들을 몰살시켜 버렸다. 탄쟁협을 시산혈해로 만들어 버린 것이다.

다른 때의 그였다면 있을 수 없는 일이다.

그는 패도를 추구할 뿐 피와 살육을 탐닉하는 일반적인 마인이 아니었기 때문이다.

고심이 없을 리 만무하다.

그는 혹시 자신이 구천마제 위극양의 귀원마공을 완벽하게 흡수한 게 아닐지도 모른다는 생각까지 떠올렸다. 그런 의심을 지울 수가 없었다. 마지막까지 악귀처럼 저항했던 위극양의 모습이 눈에 선한 까닭이었다.

그런데 지금은 그 같은 고심조차 사라져 버렸다.

양손을 가득 적신 핏물.

아무렇게나 휘둘러 사람의 두개골을 부수고 내장을 파헤쳐 냈다. 혼자서 그리했다.

갈증?

피로써 풀어버린다.

아무런 거침도 없는 것이다.

그런 상황에서 또다시 제물들이 달려들고 있었다. 좀 전보다 더욱 늘어난 점이 좋다. 아직 제대로 풀리지 않은 갈증을 풀고서 마음껏 자유를 만끽할 수 있게 된 거다.

콰득!

손을 내밀어 제일 먼저 달려든 도객의 두개골을 부숴 버렸다.

다른 손 또한 놀지 않는다.

뒤이어 달려든 도객의 목줄기를 뜯어버리고 경력을 담아서 내던져 버린다.

그리고 앞으로 내달린다. 기갑호신을 유형화시킨 채로.

또다시 일어난 피의 폭풍!

이번에는 규모가 좀 전보다 훨씬 크다.

"저런 말도 안 되는!"

전방을 주시하고 있던 팽무군의 목소리엔 노성이 깃들어 있었다. 도무지 현재 그의 눈앞에서 벌어지고 있는 일방적인 도살극을 인정할 수 없었기 때문이다.

그의 배후를 줄곧 지키고 있던 문초인의 목소리가 침중하게 흘러나왔다. 표정 역시 평소와 달리 딱딱하게 굳어져 있다.

"태상 가주님, 결정을 내리셔야만 할 것 같습니다."

"무슨 결정?"

"퇴각이냐 항전이냐입니다."

"퇴각? 퇴각이라고 말한 것이냐!"

"예."

어느새 시선을 돌려 자신을 노려보고 있는 팽무군을 향해 문초인이 얼른 대답했다.

흔들림이 보이지 않는 표정.

방금 한 말이 진심임을 알 수 있었다.

팽무군이 볼살을 꿈틀거려 보였다. 어느새 노기가 조금 가신 모습이다.

"노부가 질 가능성이 있다고 여기는 것인가?"

"지금은 그렇습니다."

"지금은?"

"저자는 지금 기세를 탄 상황입니다. 태상 가주님과의 무공 격차가 거의 없다고 볼 때 정당한 대결을 벌일 상황은 아니라고 사료됩니다. 게다가……."

"게다가?"

"…게다가 저자는 이곳에 혼자 왔습니다. 처음엔 광증이 돈 게 아닌가 했습니다만, 지금은 걱정이 됩니다."

"곧 본진이 도착할 것이 걱정된다는 말인가?"

"그렇습니다. 저 정도의 무위를 지닌 자가 수장으로 있는 집단에 구마련의 잔존 세력이 함께한다고 들었습니다. 동창과 금의위의 고수들이라 한들 예상했던 정도의 성과를 거뒀으리라곤 보장할 수 없다고 사료됩니다."

"……."

팽무군이 물끄러미 문초인을 바라봤다.

속된 성격이긴 하나 모사로서의 능력은 대단히 탁월하다. 그래서 오랫동안 중용한 자다. 그런 그가 자부심 강한 자신에게 이 정도로까지 말한다는 건 현 상황을 정말 심각하게 느끼고 있다는 뜻이었다.

'하지만 이곳에서 뒤로 물러선다는 건 대종교의 중원침공을 허락하는 것이 된다! 본 가뿐 아니라 중원의 정파무림 전체가 피를 피로 씻는 혈전에 빠져들게 된다는 걸 의미해! 그렇다면 본 가가 사패를 뛰어넘을 기회란 다시없을 게 분명해!'

육 년 전의 정마대전.

황궁 깊숙한 곳에서 정쟁을 벌이느라 진을 빼고 있던 팽무군은 구경꾼으로 남을 수밖에 없었다. 정파를 대표하는 무인으로서 당연히 해야만 할 일을 하지 못했다.

하물며 지금의 그는 이제 내일을 장담치 못할 고령이었다.

다시는 오늘과 같은 영광된 싸움을 벌이지 못하게 될 가능성이 많았다.

'그렇다고 문초인의 말을 듣지 않는 것도 문제다. 만약 그의 예상대로 내가 저 괴물 같은 녀석을 본 가의 정예와 함께 막아내는 데 실패하게 된다면 공동파와 같이 팽가의 미래는 암담한 상황이 될 터인즉!'

생각은 길었으나 팽무군은 곧 마음의 결정을 내렸다. 후속 명령 역시 바로 뒤따른다.

"자네 말이 옳네. 명령을 내리겠네."

"예."

"자네는 지금 즉시 이조와 팔조, 구조, 십조의 사 개 조를 이끌고 이곳을 빠져나가도록 하게나. 즉각적으로 전장에서 퇴각하란 말일세."

"그럼 태상 가주님께서는?"

"노부는 저 괴물 같은 애송이와 한차례 붙어봐야겠네. 만약 노부의 무형심도가 제대로 된 위력을 발휘한다면, 곧바로 자네의 뒤를 따라 퇴각하겠네."

"……"

문초인은 곧바로 반대 의견을 내려고 했다. 평생 동안 주인으로 모셨던 팽무군이 지금 섶을 짊어지고 불속으로 뛰어들 작정을 하고 있었기 때문이다.

그러나 그는 팽무군의 성품을 누구보다 잘 알고 있었다.

하늘을 찌를 정도의 자부심!

그에 어울릴 정도의 능력 또한 함께 겸비한 늙은이였다. 지금과 같이 한번 고집을 부리기 시작하면 어느 누가 감히 그 뜻을 꺾을 수 있겠는가.

'게다가 태상 가주가 나서주신다면 퇴각이 용이해진다. 살아날 가능성이 크게 올라가는 것이야. 지금 가장 급한 것은 저 괴물 같은 작자의 본대가 몰려오기 전에 전장을 벗어나는

거야.'

계산은 빠르게 끝났다.

곧바로 정중하게 허리를 숙여 보인 문초인이 다소 떨리는 목소리로 말했다.

"부디… 건승을 빌겠습니다!"

"자네는 누구보다 셈이 빠른 사람일세. 내 우둔한 자식놈을 반드시 잘 보위해야만 할 것이야."

"최선을 다하겠습니다."

"가게!"

문초인에게 손짓해 보인 팽무군이 다시 시선을 전방으로 향했다. 마음의 부담 없이 문초인이 팽가의 전력들과 함께 퇴각하게끔 배려한 거였다.

잠시 망설이는 기색을 보이던 문초인이 다시 품에서 깃발을 끄집어내 흔들어 보였다.

모사.

나아갈 때보다 물러설 때를 더욱 잘 선택할 줄 알아야만 한다.

第八十三章

견성성불(見性成佛)
자기 본래의 성품인 자성을 깨달아 부처가 된다

華山劍宗

지잉!

광란에 가까울 정도로 잔혹한 피의 잔치를 벌이고 있던 사우영의 이마로 핏줄 하나가 튀어나왔다.

극도로 흥분한 상태.

자칫 실수를 저지르기 쉬운 때였다. 그런 상황에서도 그의 위험 본능은 자신을 노리며 파고드는 거창할 정도로 압도적인 무형의 도강을 간파해 냈다.

'이건······.'

생각이 앞선 것이 아니다.

거진 백수십 명이 넘는 일류의 도객들을 도살하고 있던 와

중이니 더욱 그렇다.

 사우영은 생각보다 먼저 움직였다.

 더욱 강력해진 기갑호신!

 더불어 그의 엄지손가락이 높게 치켜올라 갔다. 풍우뇌벽의 기운을 모아서 자신을 섬뜩하게 만든 무형의 도강에 맞서려 한 것이다.

 쩌쩡!

 순간 파란 불꽃이 허공을 수놓았다.

 풍우뇌벽이 모여 형성된 순수한 지강(指罡)이 무형의 도강과 부딪치며 벌어진 현상이다.

 당연히 그것만으로 끝일 리 없다.

 여타 하북팽가의 도객들과 다름없이 신도합일한 상태 그대로 허공중에 잠시 머물렀던 팽무군이 곧 신형을 이동시켰다. 거짓말처럼 신도합일을 거두고 바닥으로 떨어져 내린 것이다. 그리고 다시 수중의 직도를 횡으로 휘두른다.

 번쩍!

 사우영은 살육을 시작한 후 처음으로 신형을 움찔거려 보였다.

 기갑호신에 이은 풍우뇌벽.

 그 사이를 뚫고 거짓말처럼 신형을 이동해 옆구리 사이로 도를 찔러 들어왔다. 이런 말도 안 되는 일을 가능케 할 만한 자가 있으리라 상상조차 하지 못했음은 당연하다.

그러나 여전히 사우영은 생각보다 행동이 먼저 움직이고 있었다.

놀람 이전에 그의 피투성이 수장이 움직였다.

번개같이 옆구리를 노리며 파고든 직도의 일격을 막아냈다.

저릿한 통증!

운검과 마신흉갑을 놓고 싸웠을 때를 제외하면 처음이라 할 수 있겠다.

'게다가 지금의 나는 귀원마공까지 손에 넣었는데 말야!'

사우영은 자신이 최강의 상대를 만났음을 깨달았다.

최소한 사패주와 동수.

아니다.

그들보다 반수 정도는 위라고 생각했다.

"무적도 팽무군?"

기습적인 신도합일 후 회심의 무형심도를 펼쳤다. 어떤 상황에서도 상대방의 사각을 파고들 수 있는 자전십팔도법 최강의 후삼초를 펼친 것이다.

그런데 붙잡혀 버렸다.

강철조차 베어버릴 자신의 무형심도가 한낱 피륙으로 된 인간의 손에 단단히 쥐어졌다. 옴짝달싹도 하지 못할 정도로 그리된 거였다.

'이런 괴물 같은 놈 같으니!'

내심 이를 간 팽무군이 노성을 터뜨리듯 소리쳤다.
"그렇다! 내가 팽무군이다! 이 괴물 같은 대종교의 종자야!"
"그렇군."
사우영이 납득했다는 듯 고개를 끄덕여 보였다. 그사이 손에서 힘이 조금 빠져나갔는가.

흔들.

팽무군이 수중의 직도와 함께 뒤로 신형을 물렸다.

기다렸다는 듯 사우영의 손에서 핏물이 주루룩 떨어져 내린다. 여태까지 그가 사냥하듯 살육했던 도객들의 것이 아니다. 줄곧 그의 몸속을 흘러 다니고 있던 피다.

낼름.

사우영이 혀로 손바닥을 핥았다.

입가.

어느새 피로 범벅이 되어 있다. 주변의 참혹한 광경과 어우러져 마치 마신이 강림한 것처럼 무시무시한 광경을 연출한다.

팽무군은 개의치 않았다.

첫 번째 기습이 실패로 돌아갔다. 더 이상의 기회는 없을 줄 알았더니, 운 좋게도 두 번째를 얻게 되었다. 집중하지 않을 수가 없다.

'다시 한 번 무형심도로 사각을 노린다! 녀석의 호신기공

이 놀랍긴 하나 내 무형심도로 사혈을 찌른다면 반드시 죽일 수 있다!'

 일합의 대결.

 그것만으로 이미 팽무군은 사우영의 무위가 자신보다 위라는 걸 깨달았다.

 하물며 현재의 사우영은 문초인의 말처럼 엄청난 살육으로 인해 투기가 하늘까지 치솟아올라 있는 상태였다. 보통 때보다 더욱 압도적인 무위를 발휘하리란 건 자명한 사실이었다. 팽무군으로서도 요행수를 바랄 수밖에 없는 건 당연하다.

 바로 그때였다.

 두 사람의 초고수를 중심으로 시산혈해 속에서도 포진을 풀지 않고 있던 하북팽가 도객들의 입에서 신음이 터져 나왔다.

 "저런 대병력이라니……."

 "하필이면 이럴 때에……."

 "어찌 이런 일이 벌어질 수가……."

 느닷없이 마신비행을 펼쳐 떠나간 사우영의 뒤를 쫓아 부랴부랴 쫓아온 대종교 본진의 숫자는 무려 이천이 넘었다. 강북녹림십팔채의 녹림도들과 그동안 병합된 마도사파의 인원들이 한데 뭉쳐져 있는 까닭이었다.

 그래 봤자 하북팽가 정도의 명문정파의 입장에서 보면 숫자만 많은 잡배들에 불과하다. 일류도객 혼자서 열 명쯤은 너

견성성불(見性成佛) 79

끈히 상대할 수 있을 만한 수준이라 할 수 있었다. 팽무군이 이같이 너른 평원에 본진을 둔 이유이기도 했다.

다만 지금은 상황이 달랐다.

사우영의 무지막지한 무력에 밀려서 하북팽가는 일패도지하고 있었다. 태상 가주이자 최강의 고수인 팽무군이 참전함으로써 양상이 조금 바뀌긴 했으나 심적인 충격은 이미 심각할 정도로 침범한 상태였다.

그 같은 때에 대군이 나타났다.

비록 개개인이 일류고수 급의 무력을 지녔다곤 하나 공포에 질리지 않을 수 없다. 당장 사우영과 팽무군을 중심으로 포진하고 있던 도객들의 손이 덜덜 떨렸다. 도기 역시 평상시보다 훨씬 미약해졌음은 물론이다.

갑자기 일어난 주변의 소란!

줄곧 사우영에게만 신경을 집중하고 있던 팽무군에게도 영향을 끼치지 않을 수 없다.

'문초인의 말이 옳았구나! 저런 대군을 본대로 뒤에 남겨두고 있었을 줄이야!'

팽무군은 내심 침음했다.

문초인의 말이 결국 사실로 드러났다. 비록 부동심을 지닌 그라 해도 마음이 초조해지는 건 어쩔 수 없는 일이다. 더불어 승부 역시 빨리 걸게 되었다.

스슥!

일순 현란할 정도의 속도로 신형을 좌우로 분신시킨 팽무군의 직도가 눈부신 광채를 연달아 발산해 냈다.

도광(刀光)!

보통의 몇 배는 밝다. 그것도 급속히 번뜩임을 보였다.

이유가 없을 리 만무하다.

'먼저 눈을 가린다! 그다음은 귀다!'

도광을 발산한 데 이어 팽무군의 직도가 정신없을 정도로 대기를 찢어발겼다.

도파(刀破)!

고속으로 움직이는 직도가 찢어발긴 대기가 일순 주변에 초음파에 가까운 음의 파장을 만들어냈다. 그로 인해 가장 가까운 곳에 머물러 있던 도객 몇이 귀에서 피를 흘리며 바닥에 무너져 버렸다. 그 외의 도객들도 귀를 막으며 고통스런 표정을 지어 보였다.

당연히 목표로 한 사우영이 입은 청각적인 피해는 더욱 심했다. 순식간에 시각에 이어 청각까지 손상을 당한 것이다. 적어도 팽무군의 계획으로는 그러했다.

'그리고 승부다!'

팽무군의 눈이 번뜩였다.

그가 사우영을 향해 펼쳐 보인 수법은 엄밀히 말해서 무공이 아니다. 병법이었다. 언젠가 불사의 마신이라 불리는 대종교의 대존주 대막마신을 상대하기 위해 오랫동안 고안해 놨던 걸 제자인 사우영에게 사용한 것이다.

필승의 각오가 없을 리 만무하다.

일순 그 자신이 찢어발긴 대기 사이로 팽무군이 파고들었다.

처음과 다름없는 은밀함.

눈으로 보고도 믿을 수 없을 정도의 움직임으로 팽무군의 직도가 사우영의 사각을 노렸다. 그의 왼쪽 어깻죽지 아래를 통해 가슴 근육을 끊으며 역사선을 그리며 쾌속의 이동을 보이려 했다.

뿌득!

처음과 같은 결과.

순간적으로 이목을 모조리 봉쇄당한 사우영의 수장에 또다시 가로막히지 않았다면 분명 그리했을 터였다.

"이런 말도 안 되는……."

"좋은 도법!"

팽무군의 망연자실한 말에 대한 사우영의 답이다. 첫 번째 무형심도의 일격을 운으로 막아낸 게 아님을 분명케 하는 대답이기도 하다.

뚜드득!

일순 팽무군의 어깨가 탈구를 일으켰다. 직도를 강철 집게처럼 옥죈 사우영의 수장에서 일어난 혈천강살의 뇌강을 견디지 못한 까닭이다.

그것만으로 끝일 리 만무하다.

성큼 팽무군의 앞으로 크게 한 걸음 다가선 사우영의 엄지손가락이 풍우뇌벽의 지강을 쏟아냈다.

쩌적!

팽무군의 인당에서 섬뜩한 파골음이 일어났다. 두개골이 산산조각 나버린 것이다.

당연히 그 속에 담겨져 있던 뇌수 역시 폭발하듯 끓어 넘쳤다.

단 일격!

그것만으로 전설적인 전대 정파 이대고수 중 한 명인 무적도 팽무군을 절명케 하는 데는 충분했다.

"태상 가주님!"

"태상 가주님!"

사우영과 팽무군의 인간의 한계를 뛰어넘는 대결에 감히 끼어들지 못하고 있던 하북팽가 도객들의 입에서 절규가 터져 나왔다.

마지막 희망이 꺾였다.

그들이 보는 앞에서 말이다.

절규에 이은 분노의 폭주가 뒤잇는 건 어쩔 수 없는 일이었다.

그러나 이미 그들에게 기회란 남아 있지 않았다. 어느새 사우영의 본대가 엄청난 먼지 바람을 일으키며 몰려들고 있었

견성성불(見性成佛) 83

기 때문이다.

그렇게 또다시 일어난 거대한 도살극!

그를 뒤로하고 사우영은 또다시 피로 범벅이 된 자신의 손바닥을 혀로 핥았다. 팽무군을 죽이는 것으로 갈증은 풀렸다. 더 이상 피의 광풍 속에 머물 이유는 없었다.

'나는… 조금 변한 것 같군. 뭐, 결코 나쁘지 않은 기분이지만 말야.'

사우영은 뇌까림과 함께 히죽 웃었다.

처절한 도살극의 저편.

여전히 백묘와 함께하고 있는 북궁상아의 아리따운 모습이 보였다. 혐오와 혼란을 동반한 표정을 한 채로.

*   *   *

근래 바삐 돌아다니던 소금주가 돌아왔다.

진영언을 앞에 둔 그녀의 안색이 평상시와 다르다.

어떤 상황에서도 웃음을 잃지 않는 낙천적인 표정을 싹 지운 채 이맛살을 잔뜩 찌푸리고 있었다. 꾀를 부리는 것도 아니요, 엄살을 피우려 함은 더욱 아니다.

"뭔 일인데?"

진영언의 질문에 곧장 대답이 돌아왔다.

"이곳에서 그리 멀지 않은 감숙과 섬서의 경계에서 며칠

전에 엄청난 싸움이 벌어진 것 같아요."
 "엄청난 싸움?"
 "대종교가 주축이 된 마도 세력과 황궁과 하북팽가의 연합군이 붙은 거예요. 얼마나 사람이 많이 죽었는지 십 리 밖에서도 까마귀 떼가 하늘을 배회하는 게 보일 정도라더군요."
 "결과는?"
 "황궁과 하북팽가의 연합군이 일패도지당한 것 같아요. 곧바로 인근에 있던 무림문파들이 완전히 뒤집어져 버렸으니까 말예요."
 "그건 큰일이구만. 그 밖엔?"
 고개를 끄덕이는 진영언의 표정은 심드렁했다. 천하 무림을 완전히 뒤집어놓을 정도의 얘기를 들었지만 전혀 관심이 없는 표정이다.
 그도 그럴 수밖에 없는 게 그녀는 강남 녹림의 총표파자였다. 정파에도 마도에도 속하지 않은 정사중도라 할 수 있었다. 육 년 만에 다시 정마대전이 벌어진다 한들 크게 신경이 쓰일 리 만무했다.
 현재 그녀가 관심을 갖는 단 한 가지!
 강남을 떠난 진정한 이유인 운검의 행적이었다. 근래 운검의 행적을 백방으로 수소문하고 다니다 돌아온 소금주가 관심도 없는 정마대전 얘기만 해대자 심드렁한 기색이 되는 것도 무리는 아니다.

'칫! 이 정도 정보의 값어치는 족히 천금이 넘는데, 영언 언니는 그런 것도 모르고서…….'

내심 입술을 삐죽이 내밀어 보인 소금주가 말을 이었다.

"그리고 서패 북궁세가의 북풍단이 자취를 감췄어요. 아무래도 서안으로 돌아간 것 같아요. 얼마 전에 사부님한테 기별을 받았거든요. 서안의 북궁세가에서 곧 큰일이 터질 것 같다고 말예요."

"그것도 통과!"

"토, 통과……."

"그래서 운검 자식의 행적은 수소문이 된 거야? 내가 고작 그런 일들을 들으려고 이런 시골구석에서 지난 십수 일간 죽치고 있었던 건 아니잖아!"

"……."

소금주의 입술이 진짜로 튀어나왔다.

정보 전문가.

그런 관점으로 볼 때 대박 급의 정보를 두 가지나 물어왔다. 그런데 진영언은 구박이다. 억울한 심사가 들지 않을 수 없다. 그래도 그녀는 곧 표정을 바꿨다. 진영언의 주먹에 힘이 들어가는 모습을 곁눈질로 본 까닭이다.

"운검 가가와 관련된 소식이 없는 건 아니에요."

"말해봐!"

"운검 가가는 얼마 전까지 공동파에 머물렀던 것 같아요."

"공동파? 거긴 대종교 녀석들한테 얼마 전에 완전히 몰살당한 곳이잖아!"

"완전히는 아녜요. 상당수의 정예가 몰래 빠져나온 것 같아요. 그들을 대종교로부터 숨겨준 게 강북 하오문의 몇몇 지부였거든요."

"그래서?"

"그들에게 얻은 정보를 종합해 보면 운검 가가는 대종교의 소존주 사우영이란 자와 대결을 벌인 후 종적이 묘연해졌어요."

"졌단 말야? 그 자식이!"

"…예."

목청이 두 배쯤 커진 진영언의 외침에 소금주가 자라처럼 목을 쑥 집어넣은 채 대답했다. 진영언에게서 섬뜩할 정도의 살기가 뿜어져 나와서 무서웠기 때문이다.

그만큼 진영언의 현재 모습은 무서웠다.

있는 대로 살기를 발산하며 평소 요염의 극을 이루던 눈꼬리를 바짝 치켜올리고 있는 모습이 홍염마녀란 별호가 어떻게 붙은 것인지를 알 수 있게 했다.

'무서워! 무서워! 무서워!'

소금주는 작은 어깨를 바들거리며 떨었다. 평소 친언니처럼 따르면서도 은연중 두려워하던 진영언이다. 그녀가 이처럼 노골적으로 살기를 드러내자 정말 무섭게 느껴졌다.

그도 잠시뿐.

진영언은 강남제일의 여걸답게 곧 본래의 신색을 되찾았다.

"시체가 발견된 건 아니지?"

"당연하죠! 만약 그런 말을 들었다면 당장 공동산으로 뛰어갔을 거예요!"

"그럼 어떻게 된 거야?"

"정보를 취합해서 분석해 본 결과 운검 가가는 누군가의 도움으로 싸움터에서 도주한 것 같아요. 그렇다면 한시라도 빨리 공동파 근처에서 벗어나려 했을 거 아녜요?"

"그렇겠지."

"그래서 저는 감숙에서 섬서로 이어지는 길목에 대한 정보를 싸그리 훑어봤어요. 아주 작은 의구심 나는 점도 놓치지 않으려고 노력했지요. 그리고 그 결과 한 가지 정보를 얻을 수 있었어요."

"운검에 대한?"

"예."

대답과 함께 고개를 크게 끄덕여 보인 소금주가 눈을 반짝이며 말했다.

"운검 가가는 섬서로 들어왔어요. 그리고 목적지는 아마도 화산일 거예요."

"화산?"

"예, 운검 가가는 본래 화산파의 제자잖아요. 그런 분이 육년 만에 정마대전이 벌어지는 현 시점에서 가긴 어딜 가겠어요. 당장 화산으로 화산파의 제자들이 속속 집결하고 있는 상황이고 말예요."

"그거 확실한 거냐?"

"제 정보 분석력을 의심하시는 거예요? 그렇다면 금주는 혼자서 화산으로 가겠어요!"

"흐음!"

진영언이 의심 섞인 표정으로 소금주를 잠시 바라봤다. 그녀가 한 말이 맞는지에 대해서 잠시 판단을 유보한 것이다.

그러나 현 시점에서 소금주의 의견을 무시할 순 없었다. 감숙과 섬서의 경계가 전쟁터로 변한 터라 더욱 그러했다.

그때 뇌리를 스치는 의문이 하나 있었다. 운검을 그 엄청난 싸움터에서 구해 화산으로 데려가고 있는 자가 누구냐는 거였다.

그리고 또 한 가지!

어째서 소금주가 그 중요한 사실을 아예 입 싹 씻고 말하지 않느냐는 거였다.

"너! 나한테 숨기는 거 있지?"

"예? 그게 무슨……."

"시치미 떼도 소용없어! 이미 나한테 걸려들었으니까! 운검을 구해서 화산으로 데려가고 있는 게 누구야? 혹시 여자

아냐?"

"헉!"

소금주가 숨막힌 표정을 지어 보였다. 사레라도 든 것 같다. 그 정도로 놀란 거였다.

반면 진영언의 두 눈에선 홍염의 불꽃이 넘실거렸다.

혹시나 했다.

문득 뇌리를 스쳐 가는 기분 나쁜 그림자 하나가 있었다.

그래서 찔러본 건데 소금주의 이 놀란 토끼 같은 표정을 보니 확실하다. 굳이 뒷얘기를 듣지 않아도 알 것 같다. 그래도 확인은 해야 했다.

"그년이지?"

"무슨……."

"구마련의 소수여제인가 하는 요녀 말야!"

"……."

소금주는 침묵했다. 고개만 말없이 숙여 보였다. 진영언이 미친 듯이 날뛸까 봐 완전히 겁을 먹어버린 것이다.

오해다.

진영언은 오히려 낯빛을 풀었다. 더 이상 화를 내지 않고서 차갑게 가라앉은 표정으로 염두를 굴렸다. 그리고 환하게 미소 짓는다.

"잘됐군!"

"잘돼요?"

"그년이 무공을 회복한 거잖아! 그년이 생긴 건 완전 붙여시 같지만 무공은 쓸 만하거든. 그년이 운검을 맡았다면 최소한 안전은 보장받은 거나 다름없을 거야. 그리고 어차피 운검은 그년이 무공을 잃어버려서 찾아 나섰을 뿐이야. 무공을 회복한 이상 그년이 계속 치댈 수 있는 거리는 없는 거야."

"화아! 그렇군요! 과연……."

"과연은 무슨!"

느닷없이 소금주에게 버럭 소리를 지른 진영언이 갸름한 턱으로 슬쩍 추어 보였다.

"당장 앞장서!"

"화산으로 가시게요?"

"당연하지. 너는 가지 않을 거야?"

"당연히 가야지요! 이렇게 된 이상 운검 가가의 무사함을 반드시 이 눈으로 확인할 거라구요!"

"그럼 어서 앞장서!"

"예!"

소금주가 기합이 단단히 든 표정으로 대답했다. 그때 문득 뇌리를 스쳐 가는 생각 하나.

'북궁세가의 안주인 자리를 노리라구? 북궁휘 공자는 물론 멋진 사람이긴 하지만… 나한테는 아직 운검 가가밖엔 보이지 않는다구. 그러니 사부님에겐 좀 미안하지만 역시 서안보다는 화산에 가야겠어.'

사부 귀왕 소연명의 신신당부를 소금주는 깨끗이 머릿속에서 털어내 버렸다.
북궁휘가 마음에 들지 않아서가 아니다.
그보다 훨씬 더 운검의 안위에 마음이 갔기 때문이다.

*   *   *

몇 날 며칠이 지나갔는가?
거의 시체나 다름없는 몸을 한 채 위소소에게 몸을 의탁하고 있던 운검은 문득 입가에 고소를 담았다.
그를 책임지고 있는 여인.
천하제일의 미녀라 해도 과언이 아니다. 웬만큼 정심이 바르지 못한 사내라면 그냥 한차례 쳐다보는 것만으로 정신줄을 놓아버릴 정도의 마력적인 미모를 지니고 있었다.
게다가 몸매는 어떠한가?
어려서부터 무공으로 다져진 몸의 곡선은 여염집의 아녀자와는 비교조차 되지 못한다. 그 정도로 탄력이 넘치면서도 미끈한 몸매를 위소소는 가지고 있었다. 아마 상대가 될 만한 사람을 굳이 꼽자면 요염의 극치를 이룬 진영언 정도나 갖다 댈 수 있을 터였다.
그런 미녀의 등에 업힌 채 며칠을 이동했다.
어찌 생각하면 평생 동안 가장 큰 호사를 누리는 셈이라 해도 과언은 아니었다. 만약 운검의 현 상태를 모르는 자라면 보자마자 살기를 드러내다 못해 당장 죽이지 못하는 걸 한스럽게 여길지도 모르겠다.

그러나 운검은 현 상황이 전혀 즐겁지 않았다.

두 번째 주화입마!

진짜 하늘을 향해 주먹질을 하며 마구 욕설이라도 내뱉고 싶은 심정이었다.

어떻게 되찾은 무공이고, 어떤 고통을 참아내며 유지시켰던 자하신공이었던가!

운검의 뇌리로 첫 번째 주화입마 후 마정의 저주을 견디며 화산지학을 다시 수련하던 때가 스쳐 지나갔다. 그때의 모멸감과 분노, 허탈, 좌절 역시 기다렸다는 듯 생생하게 살아나서 마음을 크게 괴롭혔다.

'제길! 그래도 그 빌어먹을 마정의 저주에서 벗어나고 마신흉갑의 금제에서 벗어났으니 불행 중 다행이라고 생각해야 하려나?'

그렇지 않다.

마정의 저주와 마신흉갑의 금제를 운검은 근래 들어 어느 정도 극복한 상황이었다. 오히려 그 둘의 기묘한 상성과 화산지학의 깨달음을 이용해서 상당 부분 전성기 시절의 무학을 회복하는 데 성공하기까지 했다.

그래도 운검은 이미 두 번째 주화입마를 당한 상황이었다.

계속 자신의 재수없음을 한탄하며 늘어져 있을 순 없었다. 그런 찌질한 짓거리는 전날 화산에서 충분할 정도로 해봤다. 다시 되풀이할 필요는 없었다.

으쓱!

빠르게 앞으로 내달리고 있는 위소소의 등에 찰싹 몸을 붙인 채 염두를 굴리던 운검이 갑자기 어깨를 추어 보였다. 위소소에게 잠시 걸음을 멈춰달라는 신호를 보낸 것이다.

스슥!

위소소가 곧바로 화답했다.

그녀는 절정의 은행마영을 거두고 무게가 느껴지지 않는 깃털처럼 바닥에 내려섰다. 거의 육지비행술(陸地飛行術)이나 다름없는 수준의 신법을 거둔 거다.

"운 소협, 무슨 일이죠?"

위소소의 조심스런 질문에 운검이 대답했다.

"잠시 날 내려주시오. 위 소저 덕분에 크게 땀을 흘릴 일이 없다 보니, 쉽사리 요의가 느껴지는구만."

"죄송해요."

"죄송할 것까지야."

운검이 씨익 웃으며 위소소의 가녀리나 탄탄한 몸에서 떨어져 나왔다. 표정이나 말투만 보면 십여 일 전 죽음 직전까지 몰렸던 사람이라곤 상상조차 할 수 없다.

후다닥!

운검은 얼른 주변의 돌무더기 쪽으로 달려갔다. 그동안 위소소가 매일같이 완성된 소수현마경으로 손상된 기맥을 치료해 준 덕분에 발걸음이 한결 가볍다. 그냥 겉으로 보기에는 멀쩡해 보이기까지 한다.

그러나 그게 겉모습만이란 걸 위소소는 알고 있었다. 그동안 운검의 손상된 기맥을 치료하며 하단전의 진기가 완전히 소멸해 버린 걸 몇 번이고 확인한 바 있었기 때문이다.

'참 모를 사람이로구나. 어찌 그런 말도 안 되는 몸 상태를 하고서 저렇게 밝은 표정을 유지할 수 있단 말인가? 일반적인 무인이라면 절망감으로 자살 충동을 느낄 만한 상황인 것을.'

그냥 생각뿐이다.

위소소는 내심 운검을 의아스레 바라보면서도 큰 마음의 동요를 느끼진 않았다. 그 같은 인간적인 감정은 사라진 지 오래였다. 다만 차가운 이성으로써 이해하려 노력하고 있을 뿐이었다. 아직 인간이 아닌 존재가 되고 싶진 않은 까닭이다.

그래서 그녀는 근래 운검에게 최선을 다하고 있었다.

그가 원하는 걸 해주고 충실하게 보호해 주었다. 치료에도 전심전력을 다 기울였고 말이다.

덕분에 운검은 지금같이 무공만을 잃어버렸을 뿐 내외상이 없는 상태가 되었다. 어찌 보면 전날 마정의 저주로 인해

견성성불(見性成佛) 95

내공을 전혀 사용하지 못했던 화산파에서와 비슷한 상황에 놓이게 된 거다.

단! 그는 더 이상 천사심공을 사용할 수 없었다. 자의로든 타의로든 어떠한 종류의 위기 상황이든 미리 알고 피할 수 있었던 초능력이 사라져 버렸다는 뜻이다.

운검 또한 그 점을 안다.

그는 꽤나 오랫동안 참고 있던 요의를 해소하며 눈매를 가늘게 만들어 보였다. 염두를 굴리는 거다. 어떻게 다시 무공을 되찾을 수 있을까를 말이다.

'위 소저의 도움으로 기경팔맥을 비롯한 기맥의 치료는 끝났다. 비록 그 속을 마음껏 내달릴 내공진기는 모조리 흩어져 버렸지만, 심장에서 마정이 사라졌으니 새롭게 자하신공을 일으켜 원정지기를 채우는 것도 불가능한 일은 아닐 거야. 꽤나 오랜 세월이 필요하겠지만 말야.'

운검은 유혹을 느꼈다.

지금 당장 강호 무림에서의 모든 은원을 끊어내고 인적이 드문 산속으로 틀어박히는 거다. 그래서 다시 차근차근 무공을 익히고 자하신공의 기초를 닦아서 예전의 무위를 되찾고 싶다는 강렬한 욕구를 끊기가 쉽지 않았다.

무인!

무로써 세상을 사는 자다.

그런 무인이 주화입마를 당해서 무공을 소실했다는 것은

사형 선고나 다름없었다. 하늘을 자유롭게 날던 새의 날개가 꺾인 것과 마찬가지인 거다.

그럼에도 불구하고 운검은 지금 화산으로 달려가고 있었다.

구차스럽게 여인의 등에 업혀서까지 그리했다.

곧 사우영과 대종교의 칼날이 감숙을 떠나 섬서로 향할 것임을 짐작할 수 있어서였다. 그리되면 사문인 화산파 역시 공동파와 마찬가지로 멸문지화를 당할 수밖에 없음을 알기에 강렬한 귀소본능(歸巢本能)을 느꼈다.

화산파 제자로서의 본능이다.

스스로 화산을 떠났으나 다시 돌아갈 수밖에 없었다.

그래서 운검은 자신의 이 같은 욕구를 따르지 않았다. 지금은 때가 아니라고 여긴 거다. 화산파가 위난을 벗어난 후 다시 생각해 볼 문제란 판단이었다.

그렇다 해도 실마리와 가능성을 봤다.

이대로 멍청하게 시간만 보내고 있을 순 없다.

뭐라도 해야만 했다.

'그럼 뭐부터 할까나? 역시 다리부터 풀어두는 게 좋겠지?'

고민은 짧았다.

시간이 부족하니 당연하다.

저벅!

스슥! 스스스슥!

돌무더기 속으로 사라진 운검이 돌아오기를 무심히 기다리고 있던 위소소의 눈에 이채가 어렸다.

그녀의 귓전을 간지럽힌 발자국 소리 때문이 아니다.

어느새 돌무더기 사이를 천천히 움직이고 있는 운검의 행태가 관심을 자극했다.

'저건… 보법인가?'

맞다.

운검은 자연적으로 쌓여져 있는 돌무더기 사이를 천천히, 하지만 확실하게 이동하고 있었다.

일반적인 걸음걸이가 아니다.

느리지만 확실한 방위를 따르고 있었다. 화산파의 보신경 중 하나인 구궁보를 극도로 천천히 시전하고 있는 것이다.

위소소는 운검과 상당히 오랫동안 함께해 왔다.

그가 싸우는 장면도 자주 봤다.

화산파의 무공에 대해서 그리 많이 아는 건 아니나 구궁보의 방위가 눈에 익지 않을 수 없다. 어째서 오줌을 누기 위해 멈춰 선 장소에서 갑자기 구궁보를 펼치고 있는진 모르겠지만, 뭔가 이유가 있으리라 여겼다.

화산으로의 행로.

그녀가 선택한 것이 아니다.

운검의 부탁을 이행하고 있었던 만큼 시간의 구애 역시 받지 않았다.

'…이유가 있겠지.'

빠른 납득과 함께 위소소는 느긋한 자세를 취해 보였다. 운검이 돌무더기 속에서 충분할 정도로 구궁보를 펼치고 나올 때까지 기다리기로 마음먹은 것이다.

운검은 조급해지려는 마음을 가다듬었다.

지난 일 년여간.

몇 가지 제약이 가해지긴 했으나 자하신공과 함께 화산지학을 펼치는 데 몸이 익숙해졌다. 자칫 첫 번째 주화입마를 당한 후 억지로 무공을 펼치려다 몸이 망가졌던 일을 되풀이할 순 없었다.

'천천히! 조심스럽게 내공진기가 없어졌을 때의 몸 상태를 기억해 내야 한다. 그때의 혈행의 흐름과 근육의 움직임, 호흡과의 일치를 말야. 그게 첫 번째다!'

운검의 노력은 곧 결실을 맺었다.

자하신공을 되찾은 일 년여간에 앞서 오 년간의 고심참담이 있었다. 그후 마정의 폭주를 경험하고 마신흉갑이 주는 고통을 참아가며 얻은 무학의 지고한 깨달음 역시 사라지지 않았다. 주화입마완 별개로 그러했다.

운검의 구궁보는 점차 체계를 잡아갔다.

내공의 도움 없는 부분이나마 극한까지 변화를 펼칠 수 있었다.

아주 빨리 그리되었다.

"흑! 흑!"

운검의 입에서 연신 숨결이 토해져 나왔다. 점차 빨라지는 구궁보로 인해 체력이 급속도로 떨어져 갔다. 내공이 뒷받침되지 않은 상태로 상승절학을 발휘할 때의 단점이 또다시 그를 괴롭히기 시작한 거였다.

그러나 운검은 과거 무수히 많은 나날 동안 이 같은 과정을 경험하고 이겨내 왔다. 몸속 전체에 충분할 정도로 각인되어 있었다. 다시 되살리는 것은 그리 어려울 것도 없는 일이었다.

완급의 조절.

쉽사리 할 수 있게 되었다.

과거와는 달리 체력을 급격히 소진하고 바닥에 쓰러져 버리진 않았다. 순식간에 일 년여 전의 수준을 회복한 거였다. 내공을 배제한 구궁보의 완성 말이다.

'부족해!'

운검은 내심 소리쳤다.

일 년여 전의 수준을 회복하는 것만으론 부족했다. 그때완 달리 더 이상 천사심공의 도움을 받을 수 없었기 때문이다. 실전에서 사용하기 힘들다는 뜻이다.

그래서 운검은 더욱 집중했다.

지난 일 년여간 그는 자하신공만을 회복한 게 아니었다.

마정의 폭주를 이겨내고 마신흉갑의 고통을 참아내 가며 화산지학을 다시금 참오해 냈다. 과거 완성했다고 생각했던 것이 사실은 수박 겉핥기에 불과했다는 걸 깨달은 거다.

정신적인 무도의 수준!

과거와는 비교도 할 수 없을 정도로 높아졌다. 마정과 기묘한 상성을 이룬 마신흉갑의 고통에 저항하느라 정신이 팔려서 여태까지 깨닫지 못하고 있었을 뿐이다.

당연히 과거와는 달라져야만 했다. 본능적으로 그걸 깨닫고 있었다.

스슥! 스스스슥!

어느새 운검의 신형은 처음과는 비교조차 할 수 없을 정도의 움직임을 보이고 있었다.

속도의 문제가 아니다.

변화의 문제 역시 아니다.

이를테면… 운검이 펼쳤던 틀에 박힌 움직임이 아니었다. 마치 스스로 생명을 얻은 듯 모호하면서도 환상적인 모양새를 연출하고 있었다.

구궁보?

이제는 장담할 수 없다. 화산파의 제자들조차 이와 같은 구궁보는 본 적이 없을 게 분명했기 때문이다.

'좋다! 좋아!'

운검은 내심 부르짖었다.

깨달음의 황홀경!

불가에서 말하는 견성성불(見性成佛:자기 본래의 성품인 자성을 깨달아 부처가 됨)이나 다름없다. 또다시 모든 것을 잃어버린 상황에서도 포기하지 않고 전날의 깨달음을 되짚어가다 도둑처럼 불현듯 찾아온 깨달음을 맞이한 것이다.

당연히 쉬운 일일 리 만무하다.

운검의 경우같이 계기와 오랜 참오, 고련이 전제된 데다 불굴의 의지가 함께 수반되어야 가능성이나마 엿볼 수 있었다. 부처가 되는 것만큼이나 어려운 일이었다. 자신이 이룬 현실 전체를 완전히 다른 시선으로 바라볼 수 있어야만 하기 때문이다.

운검이 바로 이에 해당했다.

절대로 느닷없이 하늘에서 뚝 떨어진 기연이 아니었다.

第八十四章

무덕유무(無德有武)
덕을 쓸데가 없고 무는 필요가 있다

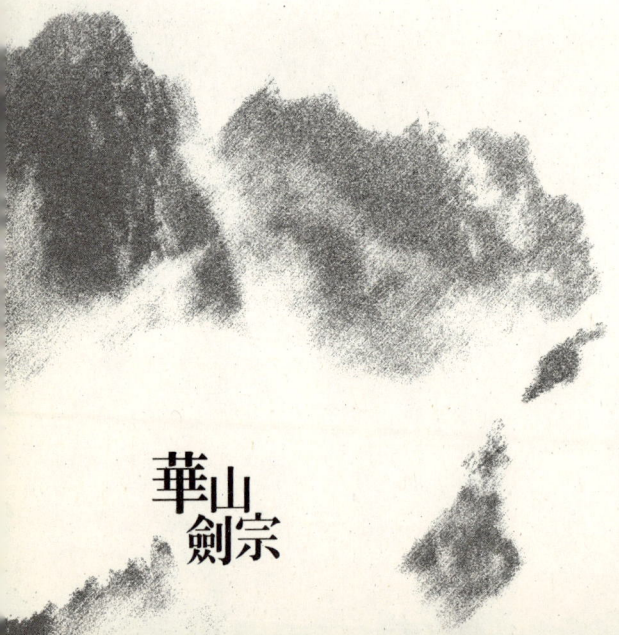

'으음……'

위소소의 눈에 이채가 어렸다.

백옥상처럼 무심함만이 맴돌고 있던 얼굴에도 얼핏 놀라움의 기색이 스쳐 간다. 운검이 조심스레 연습하고 있던 구궁보가 사뭇 달라 보인 까닭이다.

그래도 그녀는 별다른 반응을 보이지 않았다.

무심결에 침을 넘기는 소리조차 내지 않으려 노력했다.

그럴 수밖에 없다.

그녀 역시 절대지경에 이른 무인이다. 인간적인 감정이 극도로 제한되는 소수현마경 역시 완성했다. 그 과정에서 엄청난 깨달음의 상황을 경험한 바 있으니 어찌 운검을 방해할 수 있겠는가.

'운 소협은 정말 기재 중의 기재로구나! 주화입마를 당한 지 고작 십여 일이 지났을 뿐인데, 새로운 무학의 경지를 개척하려 하고 있으니 말야!'

위소소는 순수하게 감탄했다.

한 사람의 무인으로서 운검이 가진 무한에 가까운 잠재력에 깊은 감명을 받지 않을 수 없었다. 그가 이미 오래전부터 화산지학에 대한 깊고 깊은 통찰과 자각을 경험해 왔음을 그녀가 알 리 만무했다.

그렇게 시간이 흘러갔다.

한낮의 태양이 쨍쨍 떨어져 내리고 있던 돌무더기 주변이 슬슬 어둑어둑해져 왔다.

어느새 황혼의 때가 다가오고 있었다.

그때까지 위소소는 미동조차 보이지 않았다. 마치 실제로 백옥으로 조각한 미인상이 되어버린 것 같다. 호흡을 극도로 길게 가져갔을뿐더러 전신의 모공까지 닫아버려서 생기가 완전히 사라져 버린 까닭이다.

그런 그녀에게서 얼마 떨어지지 않은 장소에서 운검이 갑자기 멈춰 섰다. 그 자신의 깨달음으로 새롭게 조합한 구궁보를 성이 찰 때까지 전개한 후였다.

"후우우!"

호흡이 깊으면서도 부드럽다. 전신은 어느새 땀으로 흠뻑 젖어 있었지만 지친 기색이 보이지 않는다. 전혀 내공을 잃어버린 사람 같지 않다.

이상한 일이다.

본래 내공은 하늘의 기운을 받아들여 몸에 기(氣)를 쌓고 의념(意念)으로 이를 움직이는 걸 뜻한다.

그래서 보통은 이를 위해서는 가부좌를 튼 자세에서 오심(五心)을 하늘로 향한 채 단전의 진기를 전신의 혈도를 따라 운행시킨다. 그렇게 함으로써 내공을 증진시킬 수 있고 또한 내상의 치유나 피로의 회복을 도모할 수 있는 것이다. 바로 운기토납법(運氣吐納法)의 방법이다.

당연히 그런 식으로 쌓은 기를 원정지기로서 쌓아놓을 곳이 필요해지는데, 그게 바로 하단전이었고, 곧 중단전과 상단전으로 수련의 범위를 넓힌다.

하늘의 기운을 받아 정(精)을 쌓는 게 하단전인 반면, 중단전은 사람의 오욕칠정(五慾七情), 그러니까 감정을 관장한다. 도가(道家)에서 말하는 연기화신(練氣化神)이다.

중단전이 하늘의 기운에 통하면 사람은 감정의 흔들림에서 벗어나 언제나 호기롭고, 작은 일에 연연하지 않으며, 감정이 풍부해진다.

마지막으로 상단전은 불가에서는 '혜안(慧眼)'이라 부르고, 도가에서는 신(神)이 머무는 곳이라 하고 연신환허(練神還

虛)라 이른다.

 그러니 하늘의 힘을 받아 내공을 닦는다 함은 하단전에 정이 채워지면 중단전에 기가 차고, 다시 그 기가 흘러넘쳐 상단전에 신이 들게 되는 걸 말함이다.

 자하신공의 수련 역시 이와 크게 다르지 않았다.

 운검은 자하신공을 십성 이상 연마하며 확실하게 연기화신과 연신환허를 이뤘다. 그렇지 않았다면 어떻게 화산지학의 정점이라 불리는 자하구벽검을 완성할 수 있었겠는가.

 그런데 아니었다.

 그렇지가 않았다. 완전히 잘못된 것이었다.

 운검은 첫 번째 주화입마 직후 심장에 자리 잡은 구천마제 위극양의 마정에 정신적인 고문을 당하며 중단전의 연기화신을 포기했다. 육체적인 고통을 월등히 뛰어넘는 정신적인 타격을 견디기가 결코 쉽지 않았기 때문이다.

 자연스럽게 상단전의 연신환허 역시 그에게서 멀어져 갔다. 중단전의 연기화신을 포기한 상황에서 상단전의 연신환허를 계속 이루려 한다면 자칫 미치광이가 될 위험성이 있었다. 아예 시도조차 해볼 수 없었다.

 지금은 사정이 바뀌었다.

 더 이상 심장에는 구천마제 위극양의 마정이 자리 잡지 않았고, 당시보다 월등히 화산지학에 대한 깨달음은 성숙해졌다. 다시 주화입마를 당한 상황 또한 전화위복(轉禍爲福)의 효과를 발휘했다. 하단전에 원정지기를 이루는 데만 쏠려 있던 정신을 중단전의 연기화신과 상단전의 연신환허에 다시 돌려놓는 계기가 된 까닭이다.

그 결과 운검은 삽시간에 지난 육 년간 방치해 놨던 중단전의 연기화신과 상단전의 연신환허를 동시에 이뤘다. 그동안의 깨달음이 더해져서 정신적인 무도의 극의를 순식간에 이룩하는 쾌거를 이룬 거다.

'자하신공이 신공이라 불리는 건 단순한 순양의 공력을 사용할 수 있기 때문이 아니다. 궁극에 이르러 인간의 오욕칠정에 달관하고, 신을 받아들여 천지교태를 이루는 토대를 이뤄 주는 몇 안 되는 공부인 까닭이다. 그런데 나는 자하신공의 첫 입문날 사부님께 전해받았던 가르침을 여태까지 완전히 잊어버리고 있었구나!'

깨달음과 함께 감탄이 흘러나온다. 화산을 내려오며 잠시 잊고 있던 사부 현명 진인의 가르침을 다시금 떠올린 것과 동시의 일이다.

그런 운검의 입가에 흐릿한 미소가 떠올랐을 무렵이다.

여태까지 호흡조차 아껴가며 그를 배려해 주고 있던 위소소가 담담하게 입을 열었다.

"운 소협, 대공을 이루신 건가요?"

"대공이라······."

나직한 뇌까림과 함께 운검이 고개를 가로저었다.

"…그냥 몸을 좀 풀었을 뿐이오. 위 소저가 보기엔 내가 당장 예전처럼 싸울 수 있게라도 된 것 같소?"

"운 소협에겐 여전히 아무런 내기가 느껴지지 않아요. 하지만 눈에는 현기가 어려 있고, 얼굴 표정 역시 좋아 보이는군요. 여태까지완 달리요."

"몸이 조금 풀려서 그렇소. 나는 본래 주기적으로 땀을 흘려야 하는 체질이거든."

"그렇군요."

위소소는 더 이상 말하지 않았다. 운검의 말을 그대로 받아들인 것이다.

'쩝! 여전히 재미없는 여인이군. 영언 같았으면 당장 톡 하고 쏘아붙였을 텐데……'

내심 입맛을 다시는 운검에게 위소소가 말했다.

"그럼 이제 다시 출발해도 될까요?"

"그러도록 합시다. 어두워지기 전에 민가를 찾지 못하면 꼼짝없이 오늘도 야영이오."

"그럼."

위소소가 얼른 자신의 등을 내밀어 보였다. 운검에게 다시 아기처럼 업히라는 거다.

'쳇! 정말 부끄럽구만.'

내심 투덜거리면서도 운검은 냉큼 위소소의 등에 업혔다. 그녀의 도움을 받아야만 화산까지의 긴 여로를 최대한 단축

시킬 수 있음을 알고 있었기 때문이다.

"출발할 테니, 꼭 붙잡으세요."

"알겠소."

언제나와 마찬가지로 운검에게 세심한 주의를 준 위소소가 다른 때와 달리 잠시 주춤거렸다. 그녀답지 않은 행동이다. 뒷말이 없을 리 없다.

"앞으로도 오늘 같은 일이 있겠지요?"

"그럴 거요. 아마."

"화산까지 향하는 동안 대공을 이루시길 바라겠어요."

"고맙소."

운검이 다시 입가에 미소를 만들어냈다. 위소소가 참 자신한테 최선을 다한다는 생각이 들었기 때문이다.

스으!

위소소가 다시 신형을 띄워 올렸다. 그러자 운검이 얼른 능숙한 동작으로 그녀의 등에 몸을 바짝 붙이고 목덜미에 손을 둘렀다.

위소소의 은행마영!

한번 내달리기 시작하면 질풍이 무색할 정도다.

그 후 다시 화산으로의 긴 여로에 오른 두 사람은 무려 한달 반이나 되는 기간이 지나도록 함께하게 된다. 그사이 운검이 툭하면 화산지학을 다시 연마하며 시간을 지체했음은 두말하면 잔소리였다.

때는 어느새 유월.

슬슬 햇볕이 따갑게 느껴지는 무더위가 기승을 부리기 직전이었다.

*　　　*　　　*

서안.

섬서성에서 가장 유명한 대도는 근래 화려한 본래의 모습을 잃어가고 있었다.

일 개월 전.

섬서와 감숙의 접경 지역에서 엄청난 싸움이 벌어졌다. 무림인이 중심이 된 대전이라곤 하나 사상자가 거진 천 명을 훌쩍 넘겼다고 한다. 웬만한 국가와 국가 간의 국지전이 벌어진 것이나 다름없는 엄청난 숫자였다.

게다가 이번 대전에서 패배한 건 다름 아닌 황궁 소속인 동창과 금의위의 고수들과 하북팽가였다. 그 밖에 자세한 사항까진 알려진 바가 없었으나 그 정도만으로도 섬서 무림 전체가 지진을 만난 것처럼 들끓어오르지 않을 수 없었다.

당연하달까?

섬서 무림인들의 시선은 일제히 서안으로 향했다. 섬서성의 패자인 서패 북궁세가가 어떤 식으로든 나서야 하지 않겠냐는 중지가 은연중에 모아진 것이다. 그게 서안 전체를 긴장하게 만들었다. 화려한 본래의 모습을 잃어버리게끔 했다.

서안 동로(東路).

사대문 안에 위치한 몇 개의 대로 중 하나를 쭈욱 따라가다 보면 일군의 고택가가 모습을 드러낸다. 서안에서 족히 백 년은 넘는 성세를 자랑하는 공자대부들이 모여 사는 장소다. 서민들은 감히 부근에 얼씬도 하지 못하는 곳이기도 하다.

그 즐비한 고택들 중 한 곳.

주변의 공자대부들이 호사의 극을 이루며 사는 곳과 대동소이한 이곳은 다름 아닌 강북 하오문의 비밀 지부 중 하나였다. 전날 북궁세가에서 '비무초친의 변'이 벌어진 후 서안성 내에서 살아남은 유일한 곳이기도 하다.

그런 고택의 비밀 방.

지난 며칠간 은밀하게 서안성에 숨어들어 온 구정회의 기인이사들이 잔뜩 모여 앉아 있다. '비무초친의 변'이 벌어졌을 때와 비교해 족히 두 배는 되는 인원이었다.

당연히 무리의 중심에는 우현과 이곳의 주인격인 귀왕 소연명이 있었다. 수일간 미리 의견의 조율을 마친 두 사람은 서로에게 사뭇 우호적인 미소를 던져 보이고 있었다.

그게 마음에 들지 않았음이리라!

항상 딴죽 걸기를 좋아하는 취도 목상자가 퉁명스런 표정으로 말했다.

무덕유무(無德有武) 113

"두 분은 뭐가 그리 좋아서 입가에 미소가 그치질 않는 것이오? 전임 회주는 종적이 묘연해진 지 한참이고, 신임 회주였던 팽 선배와 늙은 거렁뱅이는 빌어먹게도 불귀의 객이 되어버렸거늘!"

혈군자 당무결이 슬쩍 목청을 높였다.

"목상자, 말이 심하시네. 말한 것처럼 현재 구정회의 회주 자리가 공석이 된 만큼 우현이 대사를 중재해야만 하는 위치인 점을 명심하시게."

목상자의 시선이 당무결을 향했다. 우현이나 소연명을 볼 때보다 훨씬 표정이 좋지 않다.

"혈군자! 언제부터 우리가 말을 놓는 사이가 된 거냐? 일생을 정파와 척을 지고 살던 놈이 이제 와서 대협 흉내를 내는 것도 눈꼴 시려 죽을 지경이거늘!"

당무결의 표정이 차갑게 굳어졌다.

"말이 심하군."

"심하긴 뭐가 심해! 빈도와 호형호제할 수 있는 사람은 세상에 늙은 거지뿐이었다! 그런데 네놈이 감히 늙은 거지와 동격이 되려 해? 그렇지 않아도 열받아서 죽을 지경이었는데, 한판 붙고 싶으면 당장 빈도와 나가서 드잡이질이나 시원스레 하자!"

"……"

당무결이 입을 굳게 닫았다.

그는 초절정고수로 목상자보다 반수 위의 무위를 가지고 있었다. 연배도 십여 세 정도 위였다. 이렇게 막말을 당할 입장이 전혀 아니었다.

그러나 목상자가 말한 것처럼 그에겐 평생 중 대부분을 마도의 구마련에 속해 있었다는 약점이 있다.

정파의 대협으로 다시 환골탈태하고 싶어서 구정회의 일에 적극적으로 협조하는 것 역시 사실이었다. 아픈 곳을 정확하게 찔려 버린 것이다.

'저 술주정뱅이 도사 녀석을 죽여 버릴까?'

당무결은 하독(下毒)을 생각했다.

사천당가의 무수히 많은 하독 수법 중에는 효과가 나타나는 시기를 자유자재로 정할 수 있는 게 몇 개나 있었다. 목상자의 무공 수준이 당무결에 비해 떨어지는 만큼 얼마든지 가능했다.

하지만 그의 고민은 오래가지 않았다.

어느새 우현의 현기 어린 시선이 그를 향하고 있었다. 마치 속마음을 알고 있는 것처럼 말이다.

움찔!

당무결이 하독을 준비하고 있던 손동작을 재빨리 멈추었다. 그사이 시선을 목상자 쪽으로 돌린 우현이 질책 섞인 목소리로 말했다.

"취도, 어찌 그런 경망스런 말을 하는 것이오? 신개의 죽음을 헛되게 할 작정이신 게요?"

"우현, 여기서 늙은 거지 얘기는 왜 나오는 거요!"

"신개는 살왕에게 목숨을 잃었소이다. 대종교의 중원침범 계획을 알아내려다가 화를 당한 것이오. 그리고 무적도 팽무군 회주가 이끈 황궁과 하북팽가의 세력이 얼마 전 대종교가 중심이 된 마도연합에게 전멸했소이다. 전화가 드디어 이곳 섬서 땅까지 이르게 된 것이외다."

"그걸 여기 모인 인간들 중 모르는 자가 있소이까? 어찌 그런 객쩍은 소리를 늘어놓는 것이오?"

"그걸 아는 분이 이런 식으로 내분을 획책하시는 것이오? 만약 섬서까지 저들에게 내주게 될 시, 이번 정마대전은 육 년 전과는 비교조차 할 수 없는 양상이 될 것임을 알면서도?"

"그건……."

죽은 팔방신개와 더불어 말 잘하기로는 첫째, 둘째를 다투던 목상자이나 우현 앞에선 고양이 앞의 쥐에 불과하다. 그의 정론 앞에 어느새 입을 굳게 다물게 되었다. 여전히 불만이 가득한 얼굴이나 더 이상 난리를 피우진 못할 터였다.

'확실하구만!'

감탄한 표정으로 우현을 살핀 소연명이 내심 고개를 끄덕인 후 나섰다. 팔방신개가 죽은 후 구정회의 정보 체계의 수장 역할을 그가 맡게 된 거다.

"얼마 전 우현과 개방의 곽 방주의 부탁을 받아 임시로 구정회와 함께 일을 하게 된 소 모올시다. 평상시와 달리 얼굴을 그대로 드러내고 있으려니, 쑥스럽구려."

"그 흉측한 귀면탈을 쓰고 있는 게 더 나을 법한 얼굴이로군!"

"그러게 말이야!"

여기저기서 농담이 섞인 야유가 들려왔다. 대부분 강북 무림 쪽에서 활동하는 기인이사들로 소연명과는 예전부터 친분이 있는 자들이었다.

소연명이 한 손을 들어 감자를 내보이며 야유에 대한 정중한 화답을 보인 후 말을 이었다.

"현재 청해와 감숙 일대를 휩쓴 마도 세력의 주축은 대종교의 소존주 사우영과 전 구마련의 잔존 세력, 강북 녹림십팔채와 마도사파의 이, 삼류 사마외도들이올시다. 그 수는 대략 삼천 정도에 이르는데, 일류고수 이상 급만 백여 명이 넘는 무시할 수 없는 세력이올시다."

"그래 봤자 녹림과 북방의 사마외도 떨거지들이 대부분이지, 대막의 대종교 성전에서 본대가 몰려온 건 아니지 않소이까?"

"그래, 대종교의 대막마신도 없고 말야!"

"대막마신의 제자라 봐야 애송이잖아! 그런 애송이 가지고 이렇게 난리를 피우는 것도 우스운 일이지 않나?"

무덕유무(無德有武) 117

이번에 불만 섞인 목소리를 높인 건 주로 강남 쪽에서 활동하는 기인이사들이었다.

강북과 거리가 먼 지역에 있던 그들은 느닷없이 우현이 발한 소집령에 지난 한 달간 허겁지겁 서안으로 몰려왔다.

제대로 된 상황 파악이 되지 않은 건 둘째 치고 기분이 상당히 상해 있었다. 이런 꼴을 당하려고 구정회에 가입한 게 아니었기 때문이다.

우현의 시선이 강남에서 활동하는 기인이사 중 한 명을 주시했다. 미리 포섭해 놨던 남해 보타암의 보타 신니였다. 이 같은 상황이 벌어질 걸 미리 알고 있었다는 뜻이다.

나직한 불호성과 함께 보타 신니가 나섰다.

"나무관세음! 강남의 시주님들께서는 뭔가 크게 오해를 하신 것 같습니다. 일단 빈니의 체면을 봐서 귀왕 소 시주의 말을 끝까지 들어봐 주시지요."

"으으음……."

"신니께서 그리 말씀하신다면야……."

강남 무림에서 보타 신니가 차지한 비중은 상당히 높다. 웬만한 구대문파의 장문인보다 더 존귀한 처지였다. 그녀가 나서서 자중할 것을 종용하자 방금 전까지 목소리를 높이던 강남 출신 기인이사들이 다소 주춤한 기색이 되었다.

우현이 고개를 끄덕여 보였고, 보타 신니가 합장으로 감사를 표하자 소연명이 다시 입을 열었다.

"험험! 이번에는 부디 중간에 말이 끊기지 않았으면 좋겠소이다. 그래서 먼저 여러분께서 아셔야만 할 일을 미리 말하겠소이다. 현재 전대 구정회주셨던 화산파의 현명 진인께서는 중원 사패의 정예와 함께 대막 대종교의 성전으로 향하고 있소이다. 목표는 대충 예상하셨겠지만, 대종교 성전에서 중원으로 향할 지원 세력을 격멸하고 대막마신의 목숨 줄을 끊는 것이외다."

"허어!"

"진인께서 기어이 장도에 오르셨구나!"

전대 구정회주의 정체는 구정회 내부에서도 가장 큰 비밀 중 하나였다. 혹여 대종교를 비롯한 마도 세력에 정체가 밝혀질 경우 현명 진인의 사문인 화산파가 막대한 피해를 입을 소지가 있었기 때문이다.

같은 이유로 근래 화산파가 구대문파의 말석으로 밀려나고 섬서성의 패권을 서패 북궁세가한테 뺏기는 것도 방임했다. 될수록 마도의 목표가 될 문파가 되지 않도록 배려한 것이다.

당연히 구정회 내부에서 핵심의 위치를 차지하고 있는 사람들은 평소 자신들끼리도 현명 진인을 언급하지 않았다. 그건 그가 구정회의 회주에서 물러난 근래에도 암묵적으로 지켜져 왔던 일이었다.

하지만 지금은 사정이 다르다.

지난 육 년여에 걸쳐 현명 진인과 우현이 목표로 했던 대막마신의 제거가 본격적으로 시작되었다. 지난 수백여 년간 가장 강력한 세력을 이뤘다고 알려진 중원 사패의 정예와 함께 대종교의 성전으로 떠나간 것이다.

성공? 실패?

지금으로선 누구도 알 수 없다.

다만 더 이상의 침묵은 의미가 없었다.

현명 진인과 개인적인 친분이 있던 자이든 일면식조차 없던 자이든 흥분으로 목청이 높아지는 건 어쩔 수 없는 일이다. 일시 섬서 땅에 들어선 삼천이 넘는 마도연합의 일이 대수롭지 않게 생각될 정도였다.

그 같은 흥분을 소연명이 깼다. 산산조각으로 만들어 버렸다.

"여러분도 아시다시피 현명 진인과 사패의 정예의 이번 대막행은 자살특공대의 성격이 짙소이다. 상대는 다름 아닌 불사의 마왕이라 불리는 대막마신이기 때문이외다."

"으음, 그야……."

"대막마신이 대단하긴 하지만……."

들떠 있던 분위기가 싸악 식었다. 입에 침까지 튀겨가며 떠들어대던 자조차 입을 다물었을 정도다. 소연명이 바라던 대로 된 것이다.

"그래서 우리는 빨리 서패 북궁세가를 수복해야만 하는 거외다. 자칫 이번 거사가 수포로 돌아갔을 경우 중원 사패 전체와 힘을 합해야만 그나마 대막마신과의 싸움에서 승산을 기대할 수 있을 테니까 말이오."

당무결이 다소 긴장한 표정으로 말했다.

"그럼 이대로 북궁세가로 쳐들어가는 것이오? 비록 구정회에 고수가 구름처럼 많다곤 하나 북궁세가와 정면으로 붙는다면 승산을 장담할 순 없을 터인데……."

"그렇진 않소이다. 북궁세가는 내부적으로 수습할 것이외다."

"어찌 내부적으로 수습한다는 말이오?"

"북궁세가의 삼공자이자 현명 진인의 기명제자인 북궁휘 공자가 이미 움직이고 있소이다. 그가 북궁세가의 내부를 정리하는 것에 맞춰서 우리 구정회는 조금 도와주기만 하면 될 것이외다."

"북궁휘라면… 그 승룡비천검 운검의 제자를 자처하던 어린 친구가 아니오? 상대가 친형인데 괜찮겠소이까?"

"친형이자 부친과 형제를 죽인 불구대천의 원수올시다. 북궁휘 공자는 이미 마음을 굳힌 지 오래이니, 그 점은 걱정하지 않으셔도 될 거외다."

"그래도 대사를 중재하기엔 너무 젊은데……."

"북궁휘 공자는 현명 진인의 기명제자가 되었을뿐더러 소림사와도 인연을 맺었소이다. 사패 중 일좌의 주인이 되기에 충분하단 생각이 들지 않소이까?"

"소림사와도 인연을 맺었다면야!"

소연명의 마지막 말에 북궁휘에 대한 논란은 깨끗이 종식되었다.

―천하공부출소림(天下功夫出少林).

천하의 모든 무공이 소림에서 나왔다는 뜻이다. 중원 무림에서 소림사가 차지하고 있는 영향력과 권위를 대변하는 말이기도 했다.

사패 천하라 불리는 현 무림 역시 마찬가지다.

상당히 오랜 기간 동안 무림중에 소림사의 무승들이 발길을 끊었긴 하나 장승불패의 명성은 전설처럼 남아 있었다. 특히 무림중에 오랫동안 활동했던 기인이사들에겐 더욱 그러했다. 일종의 전설로서의 가치로 존재하는 것이다.

'흥! 냄새나는 중놈들이나 모인 곳이 뭐 그리 대단하고……'

소연명은 내심 냉소했다. 자신에게 그렇게 잘난 체를 해대던 구정회의 기인이사들이 소림사의 권위 앞에 침묵하는 걸 보니 심사가 묘하게 뒤틀렸다.

그러나 현실상 그가 속한 하오문과 소림사는 비교 자체를 할 수 없는 게 당연하다. 어쩔 수 없는 현실임을 인정하지 않을 수 없었다.

얼른 표정 관리를 한 소연명이 우현에게 전음으로 말했다.

"그럼 이 사람은 이만 북궁휘 공자에게 북궁세가에 관해 조사한 자료를 넘겨주러 가봐야겠소이다. 우현은 그동안 냄새나는 늙은이들이나 더 달래놓도록 하구려."

"정파무림을 대신해 귀왕의 노고에 감사드리외다. 특히 현명 회주와 사패의 정예들이 무사히 대막으로 진입했다는 정보를 알려주신 건 더욱 고마웠소이다."

"신개가 천수를 누리지 못했으니 어쩌겠소이까? 나라도 나서야지. 그리고 이번에 강북 하오문에서 입은 막심한 피해는 후일 갚아주실 걸로 믿겠소이다."

"서패 북궁세가 가주의 빙장이 되는 것으로 부족한 것이외까?"

"컥!"

소연명이 일부러 숨넘어가는 소리를 내며 우현을 밉살스레 노려봤다. 절대로 손해를 보지 않으려는 그의 태도가 얄미웠기 때문이다.

'제기랄! 나중에 월하빙인 노릇만 제대로 하지 않았단 봐라!'

내심 투덜거린 소연명이 슬그머니 자리에서 일어섰다.

우현과 나눈 말은 절대로 농담이 되어선 안 되었다. 북궁휘는 반드시 서패 북궁세가를 다시 되찾고 가주가 되어야만 하는 것이다.
 목상자가 눈을 빛내며 말했다.
 "귀왕, 어딜 가려는 것이오?"
 "측간에 좀."
 "치질 걸리지 않게 빨리 오시오."
 "사실은 치질이 좀 있소이다. 기다리지 않는 편이 좋을 거외다."
 "허허, 이런!"
 목상자가 너털웃음을 터뜨렸다. 치질 걸린 사람한테 일찍 뒷일을 보고 오라고 한 게 미안했기 때문이다.

*   *   *

 여산(驪山).
 서안에서 북쪽으로 삼십 리가량 떨어진 산이다.
 이곳은 아주 오래전부터 북궁세가의 대외 무력 단체인 사단이 돌아가면서 수련하는 장소였다.
 일종의 유격장!
 당연히 여산의 곳곳엔 전시 중 야전에서나 볼 수 있는 목책과 훈련용 기구 등이 자주 눈에 띄었다. 상당한 무력을 지닌 무사들이 훈련의 대상이니만치 당연한 일이라 할 수 있겠다.

북궁휘는 묵묵히 유격장을 눈으로 살피고 있었다. 사 척이 넘는 거도를 등에 짊어진 그에게선 전날과는 다른 태산 같은 기도가 넘실거리고 있다.

 '삼공자… 어찌 인간이 그 짧은 기간 동안 이 정도로 대단한 경지의 무력을 이룰 수 있단 말인가!'

 북궁휘의 뒤.

 휘하의 북풍단과 함께 북궁휘에게 귀순한 북풍단주 북풍탈명도 문극상이 서 있었다.

 당연히 그는 북궁휘의 어린 시절을 안다. 대공자 북궁정과 비교해 심약하던 성정과 타고난 무공 재질이 북궁세가의 소천신공과 어울리지 않는 점 역시 간파하고 있었다.

 착각을 한 거라 생각했다.

 그럴 수밖에 없다.

 다시 만나 그를 굴복시킨 북궁휘는 예전의 그가 알던 사람이 아니었다.

 그에게선 어느새 심약함을 엿볼 수 없었다.

 오히려 전대 가주인 서방도신 북궁한경이 무색할 정도의 패도까지 느껴졌다. 소천신공이 극에 이르렀을뿐더러 창파도법까지 십이성 대성한 것 같았다.

 어떻게 이런 일이 일어날 수 있는 걸까?

 문극상은 서패 북궁세가의 열조가 북궁휘로 하여금 가문

의 위기를 극복하도록 헌신했다는 생각까지 했다. 그런 식으로라도 북궁휘의 놀라운 환골탈태를 이해하려 한 것이다.

물론 그런 말도 안 되는 일이 있을 리 만무하다.

북궁휘가 타고난 체질을 극복할 수 있었던 건 다름 아닌 소림사의 대반야신강 덕분이다. 소림사에서도 삼대신공 중 하나로 분류될 정도의 대반야신강을 얻으면서 자연스레 몸 자체가 극도의 강골로 변화했다. 패도적인 소천신공의 진전이 비약적으로 빨라진 것도 무리는 아니었다.

그렇다 보니 창파도법 역시 쉽사리 대성할 수 있었다.

운검이 인정한 천재!

게다가 어렸을 때부터 가문의 패도적인 무공을 어떻게든 익히기 위해서 부단한 노력을 기울여 왔으니, 이 같은 결과는 지극히 당연했다.

문득 문극상이 조심스레 입을 열었다.

"곧 남도운해 여일패와 서룡대도 이청, 호권동천 남획이 이곳으로 모일 겁니다. 북풍단으로 하여금 일대에 양의쌍첨진을 펼쳐 놓도록 명할까요?"

"그럴 필요는 없소. 사단은 본래 북궁세가의 혼! 그곳의 주인들을 강제로 취하고 싶지 않은 게 내 본심이오."

"소주의 말이 지극히 옳습니다. 하지만 그렇기 때문에 자칫 오늘 모일 삼단주들 중 소주에게 반발할 자가 있을지도 모릅니다."

"그건 큰형님을 가주로 여기고 있기 때문인 것이오?"

"그렇습니다. 저를 비롯한 사단의 주인들은 본래 정치를 할 줄 모릅니다. 평생을 북궁세가의 적과 싸우며 보내왔기에 고지식하게 명령을 수행할 뿐입니다. 그러니 소주께서는 그들을 덕(德)으로만 대해선 안 될 겁니다."

"무덕유무(無德有武)란 것이오?"

"그렇습니다. 본래 무림에서는 항상 그러했지요."

"문 단주의 조언, 잊지 않겠소."

"감사합니다."

절도있는 자세로 무례를 취해 보인 문극상이 신형을 돌려세웠다. 북궁휘의 언급이 있었으나 여전히 북풍단으로 하여금 주변의 경계를 엄밀하게 취하게 할 작정이었다. 그게 현재 그가 가장 중시해야 할 일이란 판단이었다.

북궁휘는 그 자세 그대로 잠시 시간을 보냈다.

점차 주변에 황혼이 몰려오고 있었다. 곧 여산 전체가 어둠 속에 파묻힐 터였다. 문극상이 은밀히 홀로 서안으로 향해 약속을 잡은 삼단주가 모일 시간이 점점 다가오고 있었다.

'나는 검종의 제자다! 절대로 검을 버릴 생각은 없어. 하지만 지금의 나는 북궁세가의 피를 이은 자다. 아버님의 원한을 갚고 가문을 큰형님으로부터 되찾을 때까진 도를 손에 들어야만 한다. 그러기 위해서 소림사에서의 고된 나날을 견디어 냈다.'

북궁휘의 얼굴.

여전히 준수하다. 천하의 미남자였다.

하지만 전날과 달리 그의 볼에는 흐릿한 상처가 새겨져 있었다. 그래서 여인의 뺨을 칠 듯하던 고운 얼굴에 기이한 박력이 생겨났다.

그 미묘하게 변화한 준수한 얼굴 한 켠에 고독의 그림자가 스쳐 갔다. 사부 운검과 사형 영호준이 보고 싶었다. 그들과 함께 웃고 떠들었던 나날이 뼈에 사무칠 정도로 그리웠다. 그게 그를 고독하게 만들었다.

다만 지금 그는 인내해야만 했다.

서패 북궁세가!

부친인 서방도신 북궁한경이 맡긴 철혈의 대지를 되찾기 전까진 반드시 그래야만 했다. 그러기 위해 버렸던 가문의 도를 다시 들었다.

빙글.

일순 북궁휘가 신형을 돌려세웠다.

그의 손.

어느새 등판 전체를 가린 채 자리 잡고 있던 사 척의 대도가 들려져 있다. 신형을 돌리는 것과 동시에 허리를 튕기며 발도를 행한 것이다.

"나는 북궁휘! 그대들의 주군인 서방도신 북궁한경이 인정한 북궁세가의 후계자이다! 만약 이 점에 불복할 자는 당장 칼을 빼 드는 게 좋을 것이다!"

"……."

신형을 돌린 북궁휘의 앞.

문극상의 비밀 서한을 받고 여산으로 달려온 삼단의 단주들이 서 있었다.

당연하달까?

그들 중 어느 누구도 여산에서 북궁휘를 만나게 될 줄은 몰랐다. 그만큼 평생의 전우인 문극상을 믿었기도 하려니와 북궁휘가 겁도 없이 다시 서안 부근에 나타날 줄은 몰랐기 때문이다.

하물며 이런 방자한 선언이라니!

북궁휘를 여전히 전 가주 북궁한경을 살해한 패륜아로 여기고 있던 삼단 단주들의 인상이 흉포하게 변했다. 잠시 전혀 예상치 못했던 전개에 놀라긴 했으나 그들은 명실상부한 백전노장이었다.

싸움!

그들이 가장 잘하는 거였다.

스슥! 스스스스!

삼단주는 일단 분노와 놀라움을 거뒀다. 북궁휘나 문극상에게 화를 내기보다 그들은 북궁세가가 자랑하는 양의쌍첨진을 변형한 삼재진의 형태로 포진했다.

일단 최적의 상태로 싸움 준비를 끝낸 후 북궁휘나 문극상과 대화란 걸 나눠볼 작정이었다. 북궁휘와 문극상, 그리고 주변의 북풍단까지 합세하는 상황을 가정해 대응책을 낸 것이다.

"올라올 때 보니까 그나마 북쪽의 방비가 허술하더군. 삼공자를 친 후에 북쪽으로 곧바로 돌파를 감행하자고!"

"문극상은?"

"삼공자와 합세할 경우 같이 친다!"

삼단주는 빠르게 전음으로 정보를 나눈 후 일제히 안색을 차갑게 가라앉혔다.

일촉즉발(一觸卽發)!

북궁휘와 양의쌍첨진을 변형한 삼재진을 펼친 삼단주 사이의 대기가 당장에라도 폭발할 것처럼 팽창했다. 일시 그 정도로 막대한 무형의 살기가 서로를 노리며 뿜어져 나온 까닭이다.

북궁휘는 이런 대치를 원한 적이 없다.

그가 수중의 대도를 슬쩍 바라본 후 처음과 동일한 무심한 표정으로 말했다.

"최적의 공격 형태를 이뤘군! 어째서 공격하지 않는 거지?"

"……"

대치가 길어지는 건 삼단주 역시 원치 않았다.

단지 북궁휘가 뿜어내는 무형의 기운이 예상치를 훨씬 웃

돌아서 잠시 공격을 늦췄을 뿐이었다.

그런데 고맙게도 북궁휘가 먼저 입을 열었다.

덕분에 그들을 당혹하게 만들었던 무형의 기운이 일시 가벼운 흔들림을 보였다. 전심전력을 기울인 공격을 하기엔 더할 나위 없이 좋은 조건이 갖춰진 것이다.

정파의 협객이라기보다는 싸움꾼들!

그들이 이 같은 상황에서 망설일 까닭이 없다.

<u>스스스스!</u>

일시 삼재의 변화를 따라 현란할 정도의 움직임을 보인 삼단주가 번개가 무색할 정도의 속도로 북궁휘를 몰아쳐 갔다. 무림에서의 명성이나 협객의 도리 따윈 내버린 완전무결한 연수합격이었다.

第八十五章

천계만략(千計萬略)
모사는 한번 결정을 내리면 결코 뒤돌아보지 않는다

華山
劍宗

"소주!"

삼단주를 북궁휘에게 유인해 온 당사자인 문극상은 깜짝 놀라 소리 질렀다.

무덕유무.

그가 북궁휘에게 한 말이다.

하지만 그건 어디까지나 삼단주와 너무 좋게만 얘기를 나눠선 안 된다는 뜻이었다. 이렇게 느닷없이 삼단주를 적대하고 도발해서 서로를 죽고 죽이는 싸움에 들어가라 조언한 건 아니었다.

그러나 곧 그는 두 눈을 휘둥그레 떴다.

당장 북궁휘를 구하기 위해 뛰어들려던 걸음도 엉거주춤한 자세로 멈춰 세웠다. 그래야만 할 이유가 전혀 없다는 걸 깨달았기 때문이다.

흔들!
북궁휘는 수중의 대도를 미세하게 움직였다.
고작해야 한 치가량?
그 정도로 충분했다. 대도에 서패창파신공이라 불리는 압도적인 역도를 담기에는 말이다.
결과가 없을 리 만무하다.
쩌릉!
북궁휘의 사 척 대도에서 일시 굉음을 무색케 하는 벽력음이 터져 나왔다.
일도천폭(一刀千爆)!
창파도법의 절초 중 하나이다.
소천신공의 패도적인 기운을 도신에 주입해 대기를 뒤흔드는 이 초식의 최대 강점은 음파였다. 도신에서 일어난 강력한 음파가 일 장 이내에 존재하는 모든 생명체를 무력화시키는 거다.
삼단주 역시 예외에 속하진 못했다.
천지인(天地人).
삼재의 방위를 단숨에 제압하며 번개같이 북궁휘에게 파

고들던 삼단주의 신형이 크게 흔들렸다. 일도천폭의 음파가 그들의 양의쌍첨진에마저 영향을 미친 것이다.

북궁휘가 그 틈을 노리지 않을 리 없다.

스슥!

유성삼전도를 펼쳐 순간적으로 삼단주의 합벽진을 뚫어버린 북궁휘의 대도가 세 번의 섬광을 그려냈다.

"큭!"

"크헉!"

"우웃!"

문극상과 호각을 다투는 도객인 남도운해 여일패와 서룡대도 이청이 나직한 신음과 함께 수중의 도를 떨궜다. 북궁휘의 대도에 각기 견정혈과 완혈을 제압당한 까닭이다.

호권동천 남획의 경우는 더욱 심했다.

그는 두 도객의 뒤를 따르며 맹렬한 권격의 연환을 쏟아내려다 양손 전부를 공격당했다. 양쪽 견정혈을 모조리 제압당해 기골장대한 몸집에 어울리지 않게 어깨가 추욱 처져 버렸다. 북궁세가에서 손꼽히는 권법의 고수로서 더할 나위 없이 수치스런 꼴을 당한 셈이다.

스슥!

그런 삼단주의 바로 앞에 북궁휘가 모습을 드러냈다. 여전히 손에는 대도가 들려져 있었으나 더 이상 공격할 의사는 보이지 않았다. 살기를 거둔 거다.

"세 분 단주, 이젠 나와 대화할 준비가 되었소?"

"……."

여일패와 이청이 서로를 바라보며 당황한 심사를 나누는 사이 남획이 호안을 번뜩이며 나섰다. 여전히 양팔을 늘어뜨리고 있었으나 눈빛에 담긴 패기는 전혀 줄어들지 않았다.

"삼공자, 대공의 성취를 경하드리외다! 하지만 이 남 모는 삼공자 같은 패륜아와 어떠한 대화도 나눌 의향이 없소이다! 괜스레 헛된 노력을 기울일 생각 말고 당장 내 목을 치시오!"

"남 단주의 목을 자르는 건 언제든지 가능하오."

"그럼 어서 치시오!"

남획이 북궁휘 쪽으로 다가들었다. 그가 허언을 하는 게 아니란 건 북궁휘의 대도 쪽으로 내민 목에 도드라져 있는 핏줄만으로도 알 수 있을 듯하다.

'역시 사단주 중 가장 강골!'

내심 찬탄한 북궁휘가 얼굴에 깃든 서늘한 기운을 다소 누그러뜨렸다. 남획의 이 같은 모습을 보니 더 이상 무덕유무란 말에 얽매이기가 쉽지 않다.

"남 단주, 나는 패륜아가 아니오. 어찌 내가 아버님을 살해할 수 있었겠소?"

"가주님은 만성독약에 중독되어 계셨소이다! 그 점을 노린 게 아니겠소이까?"

"그러니 나는 아니란 거요. 남 단주는 내가 만성독약을 하독할 수 있을 정도로 아버님과 자주 만남을 가질 수 있었다고 생각하시오?"

"그건……."

남획이 여태까지와 달리 머뭇거리는 표정이 됐다. 북궁휘가 한 말의 의미를 아는 까닭이다.

'확실히 삼공자는 가주님께 만성독약을 하독할 만한 사람이 못 된다. 평소 그분과 그 정도로 가깝지 못했고, 세가 내에 뒤를 봐줄 세력이나 사람도 없었어. 하지만 그렇다면 어째서 대공자는 삼공자를 가주 살해범으로 단정 지은 것이지… 설마!'

남획이 떠올린 생각.

주변에서 복잡한 표정을 짓고 있던 여일패와 이청은 벌써부터 염두에 두고 있던 것들이다.

흑백(黑白).

세상의 모든 것을 칼로 자르듯 나눌 순 없다. 하지만 어떨 때는 단순명쾌하게 나뉘게 된다. 전날 북궁세가에서 벌어졌던 끔찍한 가주시해사건 같은 것 말이다.

남획이 더듬거리며 말했다.

"설마 대공자인 것이오? 대공자가 가주님을 살해하고 이부인과 형제들을 모조리 참살한 것이외까? 정말 그런 것이오?"

"큰형님은… 세가를 떠나서 오랫동안 대막을 돌아다니다 오셨소. 대종교가 위치한 장소지요."

"대종교! 대종교에 대공자가 포섭됐다는 것이오? 그런 말도 안 되는……."

"……."

 침묵으로 대답을 대신하는 북궁휘를 대신해 문극상이 나섰다. 그는 여태까지 계속 안절부절못하며 북궁휘와 삼단주 사이에 끼어들 시기만을 가늠하고 있었다.

 "형제들! 소주, 아니, 삼공자님의 말은 모두 사실일세. 내가 그걸 가장 잘 아는 사람이야."

 "……."

 삼단주의 시선이 문극상을 향했다.

 모호한 표정.

 불신과 경악, 의구심이 잔뜩 혼재되어 있다.

 문극상이 얼른 설명했다.

 "나는 얼마 전까지 북풍단을 이끌고 섬서와 감숙의 접경 지역에 머물고 있었네. 대외적으론 북풍단의 춘계 훈련이었으나 사실은 대종교 소존주인 사우영이란 자의 휘하에 들어가 명령을 따르라는 밀명을 전해받았다네."

 "누가 그런 말도 안 되는 밀명을 내렸다는 거요? 설마 대공자?"

 "유성월 총관이었네. 그자가 파견한 고수들과 본단의 배신자에게 철저할 정도로 감시받고 있었지."

 "유 총관!"

 "역시 그 후레자식 같은 놈이!"

여일패와 이청이 버럭 노성을 터뜨리며 이를 갈았다. 가주 북궁한경이 죽은 후 실질적인 북궁세가의 실권자가 된 유성월에 대한 불만이 근래 극에 이른 상태였기 때문이다.

 남획 또한 입을 굳게 닫고 있었으나 안색이 좋지 못했다. 그는 비로소 사단주 중 가장 강직하고 충성심이 강한 문극상이 북궁휘를 따라 북궁세가에 반기를 든 까닭을 납득하게 되었다. 충분히 그럴 수 있다는 생각 역시 들었다.

 '하지만 이건 진짜로 좋지 않다! 설사 우리 사단 전부가 삼공자의 뒤를 따른다 해도 북궁세가를 뒤엎을 순 없다. 계란으로 바위를 치는 것이나 다름없어.'

 여일패와 이청 등도 남획과 마찬가지로 곧 안색을 굳혔다.

 분노가 가시자 현실이 보인다.

 일전이각삼당사단으로 대변되는 북궁세가에서 사단은 그야말로 한 줌의 전력밖엔 되지 못했다.

 무사들의 숫자나 실전의 경험만큼은 결코 앞의 일전이각삼당에 뒤떨어지지 않으나 고수의 숫자가 절대적으로 부족했다. 천재적인 전략과 천운이 함께하지 않는 한 북궁세가를 사단의 전력만으로 뒤엎는 건 불가능했다.

 그러나 사단주들은 하나같이 충성심과 강단으로 평생을 보낸 자들이었다. 모르면 몰랐으되 북궁세가가 마도 세력에게 넘어갔다는 걸 알면서 모른 척할 순 없었다.

 털썩!

천계만략(千計萬略) 141

털썩! 털썩!

 잠시의 침묵 끝에 남획이 북궁휘를 향해 부복하자 곧 여일패와 이청 역시 그 뒤를 따랐다. 결국 북궁한경의 진정한 후계자로 북궁휘를 인정한 것이다.

 '역시 사단! 북궁세가의 영혼이라 불리는 곳의 수장들이다! 내가 이들을 선택한 건 결코 틀리지 않은 선택이었어!'

 북궁휘가 감회 섞인 표정으로 부복한 삼단주를 바라봤다. 일부러 그들에게 구정회의 기인이사들이 이미 서안에 집결해 있음을 알리지 않았다. 죽음 속까지 자신을 따라줄 진정한 용자들을 원했기 때문이다.

 "고맙소!"

 북궁휘가 삼단주에게 담담히 말했다. 지금은 그것만으로 족하단 판단이었다.

*　　　*　　　*

 사흘 후.

 사단의 삼엄한 경계를 뚫고 여산에 오른 귀왕 소연명은 눈에 이채를 발했다. 생각했던 것보다 빨리 사단을 수중에 넣은 북궁휘의 수완이 제법이란 생각이 들었기 때문이다.

 '하긴 애초부터 화산파의 운검이란 녀석의 제자로만 있기엔 아까운 재목이었지. 사실 어떻게 그런 녀석의 제자가 된

건지도 모르겠지만 말야.'

승룡비천검 운검.

근래 봤던 어떠한 후기지수보다 빼어난 인재였다. 그래서 잠시 동안 눈에 넣어도 아프지 않을 제자이자 수양딸인 소금주의 상대로까지 생각해 본 바 있었다.

하지만 그건 어디까지나 아주 잠시뿐이었다.

북궁휘가 전 구정회주인 현명 진인의 기명제자가 되어 소림사의 후원까지 획득한 순간 그는 마음의 결정을 내렸다. 어떻게 해서든 자신의 사위로 만들겠다고 말이다.

툭!

소연명은 슬쩍 주먹으로 가슴팍을 건드렸다. 서안 인근의 하오문도들을 무수히 죽여가면서 얻어낸 서패 북궁세가 요인들의 내부 정보가 빼곡하게 적혀져 있는 서류가 잘 있는지 확인해 본 거다.

그렇게 그가 마중 나온 문극상의 안내에 따라 여산의 중턱에 이르렀을 때였다.

멀찍이 홀로 서서 바람을 맞고 있는 북궁휘가 보였다.

여전히 더할 나위 없이 준수하다.

'고놈! 자알생겼다!'

내심 흐뭇한 표정으로 미래의 사윗감을 확인한 소연명이 문극상을 뒤로하고 앞으로 나섰다. 만면에는 환한 미소가 가득하고 눈빛 역시 별빛처럼 반짝거린다.

"허허, 북궁휘 공자! 그동안 별래무양했는가?"

"귀왕 선배님, 기다리고 있었습니다."

"그랬는가?"

"예."

정중한 대답과 함께 포권지례를 해 보인 북궁휘가 담담한 기색을 유지한 채 말했다.

"소생한테 선물을 준비해 오셨다고요?"

"물론이네."

"공짜는 아니겠지요?"

"공짜네."

"예?"

"그냥 북궁휘 공자와 서패 북궁세가에 대한 내 마음이거니, 생각하고 그냥 받아주시게나."

"……."

북궁휘가 다소 뜨악한 표정을 짓고 있는 사이 소연명이 빠른 걸음으로 그에게 다가왔다. 어느새 품속에서 두툼한 서류철을 꺼내 들었음은 물론이다.

그리고 그걸 배포있게 앞으로 내미니, 북궁휘로선 엉겁결에 받아 들지 않을 수 없다.

사라락!

빠르게 서류 속에 담겨진 정보를 살피는 북궁휘를 빙글거리며 살피던 소연명이 조그맣게 중얼거렸다.

"그 정보를 얻어내기 위해서 참 많은 서안 일대 하오문 형제들이 고생해야 했다네. 개중에는 죽어 나자빠진 형제들도 있었어. 그 모든 게 자네와 북궁세가를 위해서였지 않겠는가?"

"……."

명백한 공치사다.

다소 유치할 정도다.

그래도 북궁휘는 소연명을 탓하지 않았다. 그러기엔 그가 전해준 북궁세가와 관련된 정보가 지닌 가치가 너무 컸다. 예상했던 그 이상이라 할 만했다.

'만약 이 모든 게 사실이라면 나는 북궁세가를 거의 무혈입성(無血入城)할 수도 있다!'

정보 검토가 끝난 북궁휘의 두 눈이 뜨겁게 달아올랐다.

내공력의 폭출?

그런 것이 아니다.

그의 내면 깊숙한 곳에 자리 잡고 있던 굳건한 대장부의 기상이 안광을 통해 드러난 것이라 할 수 있었다.

'허어!'

소연명이 내심 감탄했다. 뜨거운 안광과 더불어 북궁휘의 전신에서 일어난 소천신공의 패도지세에 일시 온몸이 오그라드는 걸 느낀 까닭이다.

찰나에 불과했을 뿐이다.

곧 패도지세를 거둔 북궁휘가 서류철을 품속에 갈무리한

후 소연명에게 정중하게 고개를 숙여 보였다.

"북궁세가는 결코 귀왕 선배님과 강북 하오문도들의 희생을 잊지 않을 것입니다!"

"그래 주시려는가?"

"물론입니다!"

"그렇군! 그래!"

소연명이 언제 북궁휘의 패도지세에 놀랐냐는 듯 넉살맞은 표정을 지어 보였다.

일단 감정적인 빚을 잔뜩 안겨놓는다.

그 뒤에 우현이 매파 노릇만 확실해 해준다면 얘기는 끝난다.

이후 섬서 무림 일대를 제패할 북궁세가의 주인 북궁휘는 분명코 그의 사위가 될 터였다. 그로 인해 강북 하오문의 위상이 크게 격상되리란 건 두말하면 잔소리일 테고 말이다.

* * *

비각.

근래 북궁세가 제일의 요지가 된 이곳은 지금 무거운 침묵에 잠겨 있었다.

이유가 없을 리 만무하다.

비각에 무거운 어둠을 몰고 온 장본인은 다름 아닌 이곳의 주인이자 북궁세가의 총관인 소리장도 유성월이었다.

현 북궁세가의 명실상부한 이인자!

혹은 흑막 속의 지배자라 불리는 그는 지난 며칠에 걸쳐 비각 모사들을 그야말로 새파랗게 질리게 만들었다. 비상을 걸어놓고 북궁세가 대내외의 정보들과 자료들을 하나로 통합하는 작업을 수행케 한 것이다.

당연히 비각의 이곳저곳에서는 거의 곡소리에 가까운 신음 소리가 울려 퍼졌다. 산더미처럼 엄청난 분량의 자료들을 통합 분류하느라 수일째 철야 작업을 벌이다 보니 코피를 쏟거나 졸도하는 자가 속출하지 않을 수 없었다.

그러거나 말거나 오늘도 유성월은 비각에 틀어박혀 모사들을 닦달하고 있었다. 그들을 극한까지 몰아붙여서 아예 뼛골까지 삭아버리도록 만들려는 심산 같았다. 적어도 비각의 모사들은 그런 의혹을 품고 있었다.

사락! 사라라락!

그동안 정리된 자료철을 검토하던 유성월이 미간 사이에 손을 가져다 댔다.

욱신거리는 통증.

비각의 모사들이 엄청난 작업량에 비명을 터뜨리는데 그라고 무사할 리 만무하다. 비록 다른 모사들과 달리 무공의 고수이긴 하나 연일 계속되는 철야에 몸이 크게 지쳐 있었다.

편두통 기도 다분한 것 같다.

'북풍단 쪽에서 소식이 끊겼다! 그리고 근래 들어 나머지 삼단의 움직임 역시 이상하고. 비각의 정보 조직망이 기능을 상실하면서 이 같은 일이 벌어졌다는 건 무얼 의미하는가? 역시 우현이 개입한 것임이 분명할 테지?'

비각에는 비선 조직이 있다.

바로 비각이 섬서성을 비롯한 강북 무림 전체에 깔아놓은 점조직들이다.

그들의 총책임자로서 유성월은 근래 기묘한 움직임을 감지했다. 비선의 점조직망이 놀랍게도 하나하나 무력화되더니, 최근에는 아예 소식이 끊겨 버린 것이다.

덕분에 유성월은 북풍단을 비롯한 사단의 최근 움직임과 구정회의 활동을 전혀 파악하지 못하고 있었다. 무적도 팽무군을 격파하고 섬서에 들어선 사우영과의 소식이 끊어진 것과 거의 동시에 벌어진 일이다.

그렇다면 군사로서 후일을 대비하지 않을 수 없다.

특히 현재 주인으로 모시고 있는 창천혈도 북궁정이 그리 믿음직스럽지 못하단 점을 감안하면 더욱 그렇다. 본래 그의 역할은 북궁정의 보좌가 아니라 대종교에서 중원에 침투시킨 첩보 조직의 총책이었기 때문이다.

여기까지 사유의 영역을 넓힌 유성월은 슬며시 이맛살을 찌푸려 보였다.

구정회의 군사인 우현.

그가 설정한 필생의 강적이었다.

머리로써 세상을 사는 모사로서 반드시 거꾸러뜨리고 싶은 대상이기도 했다.

그러나 현 시점에서 그는 열세를 인정해야만 한다. 청해와 감숙을 거쳐서 엄청나게 빠른 속도로 세력을 키운 사우영 쪽에 신경을 쓰다가 북궁세가를 완벽하게 장악하는 데 실패했다. 삼공자 북궁휘를 너무 얕잡아본 결과였다.

'북궁휘! 역시 그때 반드시 죽였어야 했다! 그를 놓친 것이 씻을 수 없는 실기였다!'

후회는 아무리 빨라도 늦다.

특히 치열한 계략 속에 살아가는 모사의 세계에선 더욱 그렇다.

내심 북궁휘를 떠올리며 혀를 찬 유성월이 이마에서 손을 떼어냈다. 이미 마음속의 결정은 내려졌다. 현재 비각의 모사들을 열심히 굴리고 있는 건 그 같은 의도를 숨기려는 일종의 속임수라 할 수 있었다.

탁!

검토하던 서류철을 덮은 유성월이 자리를 털고 일어섰다. 주인인 북궁정을 찾아가기 위함이었다.

가주전.

평상시와 다름없이 북궁정은 대낮부터 주지육림(酒池肉林)에 빠져 있었다.

항시 엄격한 기상으로 넘치던 가주전의 너른 대청.

현재는 반라의 기녀들이 요염한 표정을 한 채 춤을 추고 있고, 이곳저곳에 얼큰하게 취한 노고수들이 역시 어깨춤에 여념이 없었다. 근래 섬서 무림 일대가 새로운 정마대전 소식에 들끓고 있는 걸 감안하면 한심할 정도의 광경이라 아니 할 수 없겠다.

유성월은 표정의 변화조차 보이지 않았다.

이 같은 광경.

이미 한두 번 본 게 아니다. 북궁세가를 장악한 '비무초친의 변' 이후 북궁정은 한 달에 십여 번씩 이 같은 주연을 베풀었다. 세가의 원로들을 위무한다는 명분이었다.

그래서인가?

가주전의 이 같은 주지육림에 참가한 원로들은 대부분 도각과 장생당의 수염이 성성한 노고수들이었다. 비각이나 숭무당(崇武堂), 멸사당(滅邪堂), 사단 등에 속한 고수들은 단 한 명도 보이지 않았다. 처음엔 당주나 단주 급 등이 참여하기도 했으나 곧 세가 내의 현안을 처리한다는 핑계를 대고 빠지기 시작한 것이다.

그 이유를 유성월은 잘 알고 있었다.

서패 북궁세가!

현 중원 무림을 지배하고 있는 정파의 네 기둥 중 하나인 위대한 가문이다. 그런 곳에 속한 무인들 중 강골 성향의 진짜배기들이 없을 리 만무하다. 이미 그가 은밀하게 사람들을 뿌려둔 도각과 장생당을 제외한다면 말이다.

 '그 같은 점을 과연 대공자는 모르는 것일까? 아니면 골육상쟁(骨肉相爭)과 패륜 끝에 오른 피의 옥좌가 부담스러워 짐짓 모른 척하고 있는 것인가?'

 유성월은 내심 고개를 가로저었다.

 북궁정의 내심.

 알 수 없고 알고 싶은 생각 또한 없다. 본래 그에겐 그리 큰 기대를 한 적이 없었기 때문이다.

 그때 눈앞에 펼쳐진 주지육림을 마음껏 즐기고 있던 북궁정이 유성월을 발견했다. 술 찌꺼기가 묻은 입가를 소매로 훔치곤 이를 드러내며 웃는다.

 "유 총관, 이런 시간에 어쩐 일이시오? 고매한 성품을 지니신 분이라 이런 주연에는 참가하지 않으시는 걸로 알고 있었는데 말이오?"

 "급히 보고드릴 일이 있어서 왔습니다."

 "급한 보고?"

 "예."

 평소와 다른 유성월의 태도에 북궁정의 두 눈이 번뜩였다. 마광에 가까운 신광을 일으킨 것이다.

"말해보시오!"

"독대를 청하고 싶습니다만?"

"독대? 유 총관이 원한다면 그리해야겠지."

한쪽 입술을 삐죽이며 성마른 표정을 지어 보인 북궁정이 가주전 뒤편으로 눈짓을 해 보였다. 가주전 뒤에 위치한 비밀방으로 가자는 뜻이었다.

잠시 후.

가주전의 비밀방에서 북궁정과 유성월이 자리를 함께했다. 북궁정이 손을 내저어 보이며 말한다.

"무슨 일이오? 드디어 잘나신 대사형께서 본 가를 양손에 고이 들어서 바치라는 전갈이라도 보내신 게요?"

"소존주에게선 근래 아무런 연락도 없었습니다."

"벌써 섬서성에 들어섰다고 하던데?"

"풍문으론 그렇습니다."

"풍문으로만?"

"예, 풍문 외에 소존주에 대한 어떠한 소식도 비각을 통해 얻은 게 없습니다."

북궁정의 표정이 진지하게 변했다. 그제야 유성월이 자신을 찾은 까닭을 눈치 챈 것이다.

"설마 북풍단과도 연락이 끊긴 것이오?"

"바로 그 점을 확인하기 위해 이 사람, 잠시 세가를 떠나야만 할 것 같습니다."

"유 총관이 나서야 할 정도의 일인 것이오?"

"북풍단의 행적은 매우 중요합니다. 아직 삼공자의 생사가 확인되지 않았으니까요."

"휘? 유 총관은 설마 그 녀석이 걱정되는 것이오?"

"그렇습니다. 삼공자는 대공자님을 제외한 유일한 북궁세가의 혈손이니까요."

북궁정의 입가에 조소가 번져 나왔다.

"크큭! 유 총관의 의심병이 다시 도졌군. 마음대로 하시오. 어차피 대사형이 섬서에 진입하면 나 역시 마중 나갈 작정을 하고 있었으니 말이오."

"감사합니다. 그리고 또 한 가지!"

"또 뭐요?"

"한동안 대부인이 계신 보문사에는 발길을 자제하시는 편이 좋을 듯합니다."

"내가 휘 녀석한테 암습이라도 당할까 봐 걱정하는 거요?"

"그렇습니다."

"걱정 마시오! 휘 녀석은 그런 짓을 할 만한 성격이 못 되는 심약한 놈이니 말이오."

"그래도 혹시 모르니 삼가주십시오."

"알겠소!"

북궁정이 다시 손짓을 해 보였다. 얼굴에는 귀찮다는 기색

천계만략(千計萬略) 153

이 완연하다.
 '사람이 일 년 사이에 이 정도로 망가지다니! 역시 마웅의 자질은 없었던 것인가?'
 유성월이 잠시 북궁정을 바라봤다.
 잠시나마 주군으로 모신 사람이었다. 적어도 전 가주인 북궁한경 정도는 되리라 생각했으나 착각이었던 것 같다. 북궁휘를 심약하다 말하나 그 자신 역시 그리 강한 성품은 되지 못하는 것이다.
 '일단은 소존주 쪽이 급하다! 위대한 대존주님께서 명하신 사항은 이미 끝낸 지 오래이니 말야!'
 유성월은 곧 마음을 정리했다. 잠깐 일었던 북궁정에 대한 아쉬움을 뇌리 속에서 지워 버린 것이다.

 다음날.
 새벽 일찍 유성월은 한 필의 한혈보마에 올라탄 채 필마단기로 북궁세가를 나섰다.
 여전히 비각의 모사들은 그가 명령한 작업을 처리하느라 단 한 명도 배웅에 나서지 못했다. 처음부터 그런 걸 기대할 사람도 아니었고 말이다.
 '대공자! 소존주를 모셔올 때까지 무사하길 바라겠소이다! 북궁세가는 본 교의 중요한 거점이니 말이오!'
 한혈보마에 박차를 가하기 전.

잠시 북궁세가의 가주전 쪽을 돌아본 유성월이 심유한 눈을 번뜩였다. 문득 이게 북궁세가와의 마지막 인연이 될지도 모른다는 생각이 든 까닭이다.

그러나 그는 타고난 모사이다.

한번 결정을 내리면 결코 뒤돌아보지 않는다.

"이럇!"

결국 가볍게 한혈보마에 박차를 가한 그가 한 점의 미련조차 남기지 않고서 북궁세가를 떠나갔다. 어느새 머릿속에선 소존주 사우영을 만난 후 구정회의 우현과 벌일 천계만략(千計萬略)이 흘러넘치고 있었다.

* * *

"우현, 유성월이 오늘 새벽 황급히 필마단기로 북궁세가를 떠났소이다!"

소연명의 보고를 받은 순간 우현의 눈이 빛을 발했다.

아주 잠시뿐이다.

그의 눈은 다시 평소의 현기를 담은 채 본래대로 돌아갔다. 애초부터 그런 일 따윈 벌어진 적도 없는 것처럼 말이다.

"귀왕 수고했소이다. 아주 큰 공을 세우신 거외다."

"유성월, 그 여우 같은 작자가 북궁세가를 떠난 게 어째서 큰 공이 되는 거외까?"

"유성월은 빼어난 모사올시다. 그런 자가 버티고 있는 상황에서 북궁세가로 무혈입성하기란 결코 쉬운 일이 아니었을 거외다."

"아하!"

소연명이 나직이 탄성을 터뜨렸다.

그 역시 정보계 쪽에서 일하는 사람이다. 우현이 어째서 근래 북궁세가의 비각으로 통하는 정보의 흐름을 모조리 끊어버리게 했는지를 곧바로 깨달았다.

"그러니까 우현은 일부러 유성월, 그 여우를 북궁세가에서 도망치도록 겁을 준 것이구려?"

"귀왕께서 정확히 보셨소이다."

"그럼 혹시 유성월을 잡을 방책도 세워두신 것이외까?"

"유성월이 서안에서 활동한 지는 매우 오래되었소이다. 만약 북궁세가를 떠나려 했다면 그의 앞길을 막기란 불가능에 가까운 일일 것이외다."

"불가능하기야 하겠소이까?"

우현이 슬쩍 눈살을 찌푸려 보였다.

"귀왕, 설마 따로 유성월을 잡기 위해 사람을 보낸 것이오?"

"그냥 나는 우현에게 작은 선물을 하고 싶어서……."

"실수하신 것이오. 앞서 말했다시피 유성월은 결코 호락호락한 자가 아니니, 귀왕이 보낸 사람들은 이번에 큰 낭패를 당하게 될 것이오."

소연명이 안색을 굳혔다. 우현의 말이나 태도가 생각보다 훨씬 진지했기 때문이다.

"우현, 나는 냉면삼마를 보냈소이다. 그 세 명이 유성월 한 명을 상대하지 못할 거라고 생각하는 것이오?"

"냉면삼마의 연수합격은 매우 훌륭하오. 하지만 유성월은 모사이니 무공 수위만으로 정당한 평가를 내릴 수 없을 것이오."

"끄응!"

소연명이 앓는 소리를 냈다.

강북 하오문을 대표하는 고수가 냉면삼마다. 그들을 한꺼번에 투입시켰는데 유성월을 붙잡아오지 못한다면 망신도 이런 망신이 없다.

'그런데 우현이 이렇게 확신하는 걸 보면 실패는 자명한 사실인 것 같으니… 확인해 봐야겠다!'

내심 중얼거린 소연명이 얼른 자리를 털고 일어섰다. 어찌 됐든 자신의 두 눈으로 확인해야겠다는 판단을 내린 것이다.

잠시 후.

소연명은 우현이 한 말을 의심한 스스로를 욕해야만 했다.

그럴 수밖에 없다.

그의 앞에는 지금 유성월을 생포하기 위해 살기등등하게 떠났던 냉면삼마가 엉망으로 망가진 채 서 있었다.

하나같이 피투성이가 된 얼굴에 옷은 찢겨 있고, 먼지까지 잔뜩 뒤집어쓰고 있었다. 복날 개처럼 두들겨 맞아서 당장 죽지 않은 게 다행일 정도의 거지꼴인 거다.

이유를 묻지 않을 수 없다.

"세 분, 어찌 된 것이오?"

가장 처참한 꼴을 하고 있는 첫째가 힘없는 목소리로 대답했다.

"당했소이다."

"어떻게?"

"유성월, 그 여우 같은 자는 서안성 밖으로 향하는 관도 이곳저곳에 수백 필이 넘는 말을 미리 준비해 놓고 있었소이다. 그리고 사방팔방으로 날뛰며 내달리게 만들었소이다. 덕분에 나와 형제들은 미친 말들한테 치받쳐서 비명횡사할 뻔했소이다."

"……"

"정말 재수 옴 붙은 날이었소이다."

끝으로 치를 떨며 한마디를 더 붙이는 첫째의 말에 소연명은 이마를 손으로 짚었다. 경망되게 냉면삼마를 보낸 탓에 강북 하오문이 이번 정마대전에 끼어들었다는 정보만 내준 꼴이 되었기 때문이다.

'아이구! 자칫 잘못하다간 앞으로 강북의 하오문도 전체가 마도인들한테 사냥당하게 생겼구나!'

내심 장탄식을 터뜨린 소연명이 냉면삼마에게 내상 치료에 힘쓰란 말을 건넨 후 다시 우현을 찾아 나섰다. 그에게 해결책을 가르침받기 위함이었다.

그러나 이미 우현은 자취를 감춘 지 오래였다.

구정회의 기인이사들 역시 마찬가지였다.

심복지환인 유성월이 서안을 떠나자마자 북궁세가 무혈입성 계획이 시작된 것이었다.

풍림화산(風林火山)!

손자(孫子)의 병법에서 이르는 것처럼 공격할 때에는 바람처럼 빨리, 행동할 때에는 숲처럼 정연하게, 침공할 때에는 요원의 불처럼 기세 좋게, 주둔(駐屯)할 때에는 침착하기를 산처럼 해야만 함이 마땅할 터였다.

'제기랄! 그렇다고 나만 쏙 빼놓고 움직이다니! 개방 대신 정보를 취합해 달라고 매달릴 때는 언제고…….'

소연명은 내심 투덜거리면서도 걸음을 빨리했다. 일단 이번 북궁세가 수복전의 중심인 북궁휘를 찾아가 한 다리를 걸칠 작정이었다. 그래야 나중에 강북 하오문의 보호를 당당하게 주장할 수 있지 않겠는가.

第八十六章

유구무언(有口無言)
그냥 강한 자가 살아남고
약한 자는 무림중의 대결일 뿐이다

華山劍宗

"무, 물 좀……."

사흘 동안 계속된 연회의 끝이었다. 자신이 만들어놓은 주지육림에 취해 정오가 되도록 잠들어 있던 북궁정은 깨자마자 타는 듯한 목마름을 느꼈다.

술을 거의 들이붓다시피 했다.

목이 마르지 않을 도리가 없다.

그는 성마른 목소리로 중얼거리다 자신의 품에 알몸으로 누워 있는 여인의 어깨를 주먹으로 때렸다. 목마름을 풀기 위해 아직은 눈을 뜨고 싶지 않았기 때문이다.

"악!"

어젯밤 내내 북궁정을 즐겁게 해줬던 절색의 기녀가 새된 비명을 터뜨렸다.

서안성 내에서 첫손가락에 꼽히는 기녀다.

이런 식으로 구타를 당해봤을 리 없다.

황급히 북궁정의 품에서 빠져나오는 기녀의 두 눈이 어느새 눈물을 왈칵 쏟아내고 있었다.

북궁정은 여전히 눈을 뜨지 않았다.

그는 그냥 손을 내저어 보이며 다시 명령했다.

"물을 달라고 했다! 아니면 더 맞을래?"

"흐흑, 아니요!"

기녀가 황급히 침상 부근의 탁자로 달려가 물병을 가져왔다. 북궁정에게 얻어맞은 어깨 부위에 이미 시커먼 멍울이 얼룩져 있었다.

벌컥! 벌컥!

북궁정은 여전히 눈을 뜨지 않은 채 물병을 비웠다. 그제야 속이 확 풀리는 느낌이 든다. 해갈과 함께 몽롱하던 정신도 조금쯤은 명료해진다.

'그러고 보니 오늘 유 총관이 떠난다고 했었던가? 그의 성격으로 보건대 새벽부터 길을 나섰을 터인데, 마중도 못했군.'

북궁정은 거의 절대지경을 넘보는 초절정고수다.

비록 근래 술과 연회에 찌들어 지내긴 했으나, 본래의 무위가 사라지진 않는다.

 그는 정신이 명료해지는 것과 함께 시간의 흐름을 알아냈다. 여전히 눈을 뜨진 않았으나 지금이 거진 정오에 가까운 시간임을 알아낸 거였다. 시간에 따라 달라지는 대기의 흐름이 오감을 통해 그리 말하고 있었다.

 그런데 그가 알아낸 건 그것뿐은 아니었다.

 흠칫!

 자신을 둘러싼 대기의 흐름을 자연스레 파악해 가던 북궁정의 이맛살이 슬쩍 찌푸려졌다.

 더불어 주독에 찌든 채 풀어져 있던 전신의 근육 역시 바짝 긴장한다. 가주전의 주변을 둘러싼 기묘한 고요 속에서 마치 날선 칼날과 같은 살기가 점점이 퍼져 있음을 간파해 낸 까닭이다.

 '이곳은 북궁세가의 중심인 가주전이다! 어떻게 이런 일이 일어날 수 있는 거지?'

 북궁정은 일시 자신의 감각을 불신했다.

 그럴 수밖에 없다.

 북궁세가의 가주전은 천하의 요지라 할 수 있었다. 구름같이 많은 고수들이 모여 있는 북궁세가에서도 가장 철통같은 경호 태세가 갖춰진 장소인 것이다.

 당연히 이 같은 경호 태세를 깨뜨리기 위해선 북궁세가 전체를 완전무결하게 장악하는 수밖에 없었다. 그렇게끔 전체

방어의 체계를 세워놓았다.

그래서 북궁정은 다시 감각을 활성화시켰다. 자신이 착각한 게 아닌지를 확인하기 위함이었다.

헛수고였다.

북궁정은 곧 가주전이 완벽하게 포위당했음을 깨달았다. 전날 밤늦게까지 그와 주지육림 속에 파묻혀 있던 도각과 장생당의 원로 고수들과 함께 가주전에 갇혀 버린 거다.

'으득! 도대체 어떤 말도 안 되는 일이 벌어진 거지? 내 북궁세가가 하룻밤 새 어찌 된 거야?'

북궁정은 내심 이를 갈았다.

그는 '비무초친의 변'으로 북궁세가를 장악한 후 도각과 장생당의 원로 고수들을 자신의 편으로 만드는 데 주력했다. 자신이 가주 위에 오르는 데 그들의 입김이 가장 크게 작용하리란 판단이었다.

그래서 가주전을 주지육림화시켰다.

그런 식으로 원로 고수들의 이목을 흐려놓은 상태에서 사우영이 마도연합을 이끌고 섬서에 들어서기만을 기다렸다. 대종교가 중원을 제패할 때까지 시간을 벌어야만 했기 때문이다.

그런데 하룻밤 새 완전히 사정이 바뀌었다. 원로 고수들과 함께 가주전에 갇혀 버린 거다. 내심 어처구니가 없는 건 둘째 치고 사태 파악조차 쉽사리 되지 않았다.

'가만! 유 총관은 설마 이런 일이 벌어질 줄 알고 있었던 건가?'

뒤늦은 깨달음이었다.

북궁정은 유성월과 나눈 마지막 대화를 떠올리며 두 눈을 부릅떴다. 속에서 화악 노화가 치밀어 올라 더 이상 참고 있을 수 없었다.

"악!"

반라 차림으로 문가 쪽에 바짝 붙어선 채 부들거리며 몸을 떨고 있던 기녀가 다시 비명을 터뜨렸다. 일시 북궁정의 두 눈에서 일어난 마광과 살기에 반실성 상태가 되어버린 것이다.

"쓸모없는 년!"

북궁정은 욕설을 내뱉었다. 그러나 기녀 쪽에 시선조차 던지지 않았다.

슥!

그는 얼른 침상 밑을 훑어서 장포를 걸쳐 입었다. 더불어 자신의 애병인 곡도 역시 챙겨 들었다. 그 모든 동작을 순식간에 끝냈다.

그리고 곡도에서 일어난 도강!

기녀는 세 번째로 비명을 터뜨릴 자유를 잃어버렸다. 목에 혈선이 그어진 채 바닥을 나뒹구는 신세가 된 까닭이다.

스슥!

유구무언(有口無言) 167

북궁정이 기녀의 시체를 뒤로하고 침실을 나섰다. 한차례 살인으로 몸속의 주독은 흔적도 없이 소멸하고 살기 역시 충분할 정도로 끌어올린 상태였다.

*　　　*　　　*

정오.

새벽 무렵 기습적으로 이뤄진 북궁세가의 수복전은 슬슬 종막을 준비하고 있었다.

수십 명에 이르는 구정회 기인이사들과 사단의 정예들!

그들은 단숨에 북궁세가의 내외를 장악해 갔다.

이미 북궁휘와 우현에 의해 이각과 삼당의 요직을 차지한 인물들이 회유된 상황이었기에 수복전의 속도는 대단히 빨랐다. 별다른 소요조차 없이 각처와 각부의 주요시설들과 인사들을 장악할 수 있었다.

그 결과 현재 북궁휘와 우현은 어느새 가주전을 앞에 두고 있었다. 드디어 수복전의 마지막 단계에 이른 것이다.

우현이 말했다.

"북궁 공자, 현재 가주전 주변엔 구정회의 고수들이 잔뜩 포진하고 있다네. 그곳에 있는 대부분의 인사들은 유성월에게 아주 오래전부터 회유된 자들이니, 상당수 인명의 손실을 각오해야만 할 것일세."

"소생도 알고 있습니다. 하지만 마음이 괴롭군요. 본 가의 원로들 중 이렇게 많은 숫자가 대종교에 회유되었을 줄은 몰랐거늘……."

"귀왕의 도움이 컸네. 그가 미리 북궁세가 내부 정보를 취합해 놓지 않았다면 이번 수복전의 피해는 열 배 이상으로 컸을 걸세."

"후일 귀왕 선배에겐 크게 후사할 생각입니다."

"그래야만 할 것일세."

미묘한 여운을 남기는 우현의 말에 북궁휘가 흠칫 놀란 기색을 지어 보였다.

그러나 이미 우현은 가주전 쪽으로 발걸음을 옮기고 있었다. 빨리 수복전을 끝낼 작정이었다.

바로 그때다.

갑자기 정오가 다 되도록 침묵에 잠겨 있던 가주전 방향에서 잇달아 비명성이 터져 나왔다.

상황은 불문가지(不問可知)!

우현이 어떤 명령을 내리기도 전에 북궁휘가 유성삼전도를 펼쳐 앞으로 바람같이 튀어나갔다. 북궁세가의 혈손인 그가 모습을 보여야만 조금이라도 피를 덜 보리란 심산이었다.

'좋은 판단! 역시 북궁한경 전 가주가 후사를 부탁했을 정도의 인재로구나!'

우현이 내심 찬탄을 터뜨렸다.

사패의 일좌인 북궁세가!

그곳의 미래가 앞으로도 그리 어둡지 않을 것임을 짐작할 수 있었기 때문이다.

그러는 사이 북궁휘는 어느새 가주전 앞에 이르렀다. 손에는 이미 사 척의 대도가 들려져 있다. 당장 휘두를 수 있는 태세를 완비하고 있었다.

그러거나 말거나 그새 구정회의 기인이사들이 난입한 가주전은 난장판이 된 지 오래였다. 그가 끼어들 틈도 주지 않고 피비린내 나는 수라장화한 것이다.

북궁휘는 바로 혈전에 뛰어들지 않았다.

그는 한성 같은 눈으로 북궁정의 행방을 좇았다. 이번 수복전의 가장 큰 목표를 먼저 제거할 작정이었다. 그게 혈전을 가장 빨리 종식시키는 방법이기도 했다.

'큰형님은 이곳에 없다!'

북궁휘가 눈으로만 북궁정을 찾았을 리 없다. 그는 오감을 집중해서 소천신공의 독특한 패도지기를 좇았다. 북궁가의 혈손만이 가능한 방법이었다.

그러나 가주전의 어디에서도 소천신공의 패도지기는 찾을 수 없었다. 이미 북궁정은 이곳을 빠져나갔음을 의미했다.

뒤늦게 도착한 우현이 얼른 말했다.

"북궁 공자, 북궁정을 찾았소이까?"

"큰형님은 이곳에 없습니다!"

"그럼 무얼 망설이는 것이외까? 북궁정을 죽이지 않고서는 오늘의 수복전은 아무런 의미가 없음을 모르지 않을 것인즉!"

"……."

북궁휘가 잠시 시선을 가주전 쪽으로 던졌다.

구정회 기인이사들의 압도적인 무력 앞에 북궁세가의 원로 고수들이 눈에 띌 정도로 밀리고 있었다.

개중에는 입에서 피를 꾸역꾸역 게워내며 쓰러진 자들 또한 적지 않았다.

밤새 주연 속에서 주독에 찌들어 있던 중 당한 기습의 영향으로 본신의 빼어난 무력조차 제대로 발휘하지 못한 자들이 태반이었다.

승부!

이미 결정된 것이나 다름없었다.

우웅!

북궁휘는 자신도 모르게 수중의 대도에 가벼운 울림을 만들어냈다.

눈앞에서 죽어나가고 있는 원로 고수들!

비록 타락한 배신자들이긴 하나 북궁세가의 기둥과 다름없던 이들이다. 어려서부터 함께해 왔던 혈족과도 같은 자들이었다. 그런 이들의 죽음을 태연하게 받아들이긴 쉽지 않다. 가슴 한구석에 칼로 저며내는 듯한 통증을 느꼈다.

그런 북궁휘의 배후로 갑자기 소연명이 나타났다. 정보 전문가답게 수복전이 벌어지는 동안 뒤로 빠져 있다가 이제야 모습을 드러낸 것이다.

당연히 이유가 없을 리 만무하다.

"북궁 공자, 방금 전에 남문 쪽이 돌파당한 것 같소이다!"

"큰형님입니까?"

"북궁세가에 그 외에 그만한 무위를 지닌 자가 없지 않겠소이까?"

"그렇군요."

북궁휘가 대답과 함께 소연명을 바라봤다. 손만 내밀지 않았다 뿐이지, 그에게 당장 무언가 내놓으라 요구하는 눈빛이다.

'이런! 역시 여간내기가 아니란 말야……'

내심 혀를 찬 소연명이 나직한 목소리로 말했다.

"연화정 전 대부인은 근래 보문사에서 삼 리가량 떨어진 산속에 초막을 짓고 지내신다고 하더구려. 인근에 백여 명의 북궁세가 무사들이 철통같은 경계경비를 서고 있어서 알아낼 수 있었소이다."

"고맙습니다."

"무얼, 이런 대수롭지 않은 걸 가지고……"

만면에 미소를 담은 채 짐짓 손사래를 치던 소연명의 안색이 슬쩍 굳어졌다. 갑자기 북궁휘의 신형이 그의 앞에서 자취를 감춰 버린 까닭이다.

"…가지고 그러는가! 나중에 내 사위가 되면 그야말로 한 집안 한 식구가 될 사인데 말야! 제기랄! 이 정보를 얻어내려고 얼마나 많은 재보와 하오문도들을 희생시켰는데, 사람 말은 끝까지 듣고 가는 게 예의잖아!"

소연명이 하늘을 향해 버럭 노성을 터뜨렸다.

그러다 흠칫 놀란 기색으로 풀쩍 신형을 띄워 올렸다. 느닷없이 그가 있는 쪽으로 예기 서린 장도가 들린 팔이 통째로 뜯겨진 채 날아들었기 때문이다.

"어이쿠! 깜짝이야! 애 떨어질 뻔했잖여!"

"어찌 잉태도 하지 않은 애가 떨어지겠는가? 무림인답지 않게 여전히 겁은 많군그래?"

소연명이 자신을 놀리며 다가드는 우현을 향해 언제 오만상을 찡그렸냐는 듯 활짝 웃어 보였다. 간이고 쓸개고 다 내주어 성공시킨 이번 수복전에 대한 공과를 한 손에 거머쥔 당사자를 만났으니 당연하다.

"우현, 축하드리오! 섬서의 정파 세력의 중심이 될 서패 북궁세가를 기어이 무혈 수복하는 데 성공했으니 말이오!"

"무혈은 아니었소이다."

"이만하면 무혈이지, 강호의 싸움에서 이 이상의 성과를 바란다는 건 그야말로 도둑놈 심보일 것이오."

"그러게 말이외다."

우현이 미미하게 고개를 끄덕여 보였다.

소연명의 말이 맞다.

칼날의 피를 핥으며 살아가는 강호 무림의 싸움에서 이 정도로 적은 희생이 났다면 그야말로 대승이다. 더 이상의 성과를 바라는 건 과하다고 할 수 있었다.

사삭!

북궁정의 곡도가 아래에서 위로.

다시 사선을 그리며 아래로 떨어져 내렸다.

자유자재.

움직임의 한계가 느껴지지 않는다. 마치 혼자서 연무라도 하는 것 같다. 전혀 반격을 염두에 두지 않은 도격을 그려내고 있는 것이다.

결과는 끔찍했다.

북궁정의 곡도가 휩쓸고 지나간 자리엔 피바다만이 남아 있었다.

생존자 전무.

그것도 비명조차 터뜨리지 못할 짧은 시간 만에 이룬 일이었다. 금일 북궁세가 전체에 펼쳐진 삼중, 사중의 포진을 단숨에 무력화시킨 것이다.

북궁정은 차갑게 자신이 만들어놓은 시산혈해를 바라봤다.

남운단.

재수없게 그에게 걸린 무사들이 속한 단체였다. 북궁세가의 혼이라 불리는 사단의 도첨(刀尖)이 그를 향한 거다.

"휘, 네 녀석이 진짜로 나선 것이냐?"

"……."

돌아오는 대답은 없다.

그의 곡도는 한 번 뽑히면 결코 생존자를 남겨놓지 않기 때문이다.

문득 시체의 옷자락을 찢어 곡도의 도신을 닦아내던 북궁정의 검미가 꿈틀거렸다. 유성월이 떠나기 전 했던 경고가 후두부를 강타한 것과 동시다.

"이런 빌어먹을!"

북궁정의 두 눈에서 일시 흉광이 번뜩였다. 모친인 연화정을 떠올린 순간 여태까지의 평정심이 깨져 버렸다.

스슥!

그가 신형을 돌려세웠다.

유성월의 경고 따윈 이미 하늘 저편으로 날려 버린 지 오래였다. 자신의 생명보다 소중한 모친 연화정을 반드시 구출해 내야만 했기 때문이다.

* * *

보문사로 향하는 소로.

북궁휘는 고즈넉하기까지 한 죽림을 눈으로 살피며 아련한 추억에 잠겨 있었다.

대부인 연화정.

태어날 때부터 친모를 잃고 구박 덩어리로 지냈던 북궁휘를 유일하게 보듬어줬던 사람이다. 독살스럽게 그를 대했던 장미부인 성옥월과는 마음의 비중 자체가 근본적으로 달랐다.

당연히 북궁휘는 이번 북궁세가 수복전에 어떤 식으로든 연화정이 끼어드는 걸 원치 않았다. 자칫 유일하게 남은 친인이라 할 수 있는 그녀가 마음의 상처를 입는 것은 결코 원치 않는 일이었기 때문이다.

'후우, 어쩌다가 이렇게 되었단 말인가?'

북궁휘는 내심 탄식했다.

중원 무림을 대표하던 사패의 일좌인 북궁세가의 피를 이은 자로서 패륜과 골육상쟁으로 점철된 현 상황이 너무나 안타까웠다. 전날 가문의 무공을 익히기 힘든 체질 때문에 고민했던 나날이 오히려 그리워질 정도였다.

그만큼 그는 지금 큰 마음의 부담을 느끼고 있었다. 당장 이 자리를 벗어나 떠나고 싶을 만큼 말이다.

그러나 그럴 수 없다는 걸 그는 누구보다 잘 알고 있었다.

비참하게 살해당한 부친 북궁한경의 원한을 갚고, 북궁세가를 본래대로 수복해야만 했다. 그러기 위해 사부 운검과 사형 영호준을 떠나 소림사로 향했고, 평범한 인간이 결코 참아내기 힘든 고련을 견뎌냈다. 이제 와서 도망갈 순 없는 게 당연하다.

"어째서!"

느닷없이 버럭 소리를 지른 북궁휘가 다소 붉어진 눈빛을 한쪽으로 던졌다. 뒷말이 이어지지 않을 리 없다.

"큰형님, 어째서 그러신 것입니까! 가문은, 북궁세가는 어차피 큰형님의 것이 되었을 텐데… 어째서……."

"……."

대답은 돌아오지 않았다.

대신 시위를 떠난 화살을 무색케 할 정도로 빠른 도강이 파고들었다.

바로 북궁휘가 시선을 던진 방향이다.

쉬악!

소리보다 도강이 더욱 빨리 도착했다. 정확하게 버럭 소리 지른 북궁휘의 인후혈을 노리며 파고들어 왔다. 귓전에 대기가 찢기는 굉음이 파고든 건 그다음이었다.

음속을 뛰어넘는 속도!

북궁휘는 당황하지 않았다. 그 역시 바로 얼마 전까지 검속을 극한까지 이용한 검법에 매진한 바 있었다. 속도전이라면 결코 누구에게 뒤지지 않는다.

스슥!

북궁휘는 인후혈이 베이기 전에 신형을 옆으로 이동시켰다.

유성삼전도.

하지만 상대는 북궁휘에 버금갈 정도로 북궁세가의 무공에 정통한 사람이다. 이 같은 움직임을 미리 예측하지 못했을 리 만무하다.

쉬익!

전광석화나 다름없는 도강이 사선을 그렸다. 도대체 어떻게 이런 일이 가능한지는 모르나 북궁휘의 유성삼전도에 맞춰서 중간에 방향을 바꾼 것이다.

게다가 처음보다 더 빨라진 속도!

도강이 사선을 그리며 북궁휘의 상반신 전체를 노리며 떨어져 내렸다. 단숨에 북궁휘의 호리호리한 몸을 반 토막으로 잘라 버리려 했다.

카앙!

만약 북궁휘가 유성삼전도와 동시에 발도에 들어가지 않았다면 분명히 그리되었을 터였다.

귓전을 찢는 굉음!

그와 함께 사선을 그리며 떨어져 내리던 도강이 사 척의 대도에 가로막혔다. 완벽하게 막혀 불꽃을 튕기며 뒤로 재빨리 꼬리를 말았다.

사 척이나 되는 대도라 하나 도강을 튕겨내진 못한다.

동일한 정도의 도강을 발현한 상태가 아니었다면 당장 북궁휘는 대도와 함께 반 토막 신세가 되었을 터였다. 방금 전의 일격엔 분명 그 정도의 위력이 담겨져 있었다.

빙그르르!

북궁휘의 대도에 가로막힌 하얀빛 도강이 공중에서 회전을 일으켰다.

흡사 스스로 움직이는 생명체 같다.

'이기어도?'

북궁휘는 전설상에서나 언급되는 도의 절대경지를 떠올렸다. 그가 가까스로 방어해 낸 도의 이 같은 움직임은 분명 그 같은 예측을 가능케 만들었다.

그러나 그는 곧 자신의 생각을 접었다.

이기어도!

절대지경의 경지에 올랐던 부친 북궁한경조차 고작해야 초입에 도달했었다.

북궁정이 벌써 이뤘을 리 만무하다.

또한 만약 방금 전의 공격이 이기어도였다면 북궁휘가 지금처럼 무사할 순 없었을 터였다. 비록 대반야신강의 도움으로 소천신공을 대성한 상태라곤 해도 말이다.

'여전히 승산은 내게 있다!'

내심 전의를 끌어올린 북궁휘가 수중의 대도를 들어 올

유구무언(有口無言) 179

렸다.

 상단!

 수비가 아니라 공격에 나서겠다는 의지다. 이미 눈앞을 현란할 정도의 변화로 어지럽히고 있는 도의 움직임을 개의치 않게 된 것이다.

 빙글!

 그때 공중의 도가 다시 회전을 일으켰다.

 이번에는 공격이 아니다.

 회수였다.

 어느새 유성삼전도를 펼쳐 북궁휘 지척에 이른 북궁정의 손으로 돌아간 거다.

 이 역시 이기어도와 흡사하다.

 적어도 그와 비슷한 종류의 신공임이 분명하다.

 북궁휘는 거기까지 생각하지 않았다. 북궁정의 수중으로 돌아간 곡도의 움직임에 모든 신경을 집중시키고 있었기 때문이다.

 "좋군."

 북궁정이 내뱉은 한마디였다.

 그걸 끝으로 북궁정이 다시 움직임을 보였다. 유성삼전도로 신형을 분신시키며 상단의 자세를 취한 북궁휘의 도권(刀圈)안으로 파고들어 왔다.

 번뜩!

곡도 역시 움직였다.

특유의 아래에서 위로.

다시 위에서 아래로 사선을 긋는 동작.

이곳에 이르기까지 적어도 삼십 명이 넘는 고수의 숨통을 끊어놓은 마광일섬이 북궁휘의 목숨을 노렸다. 부담스러울 정도의 크기인 대도의 간격 속으로 파고들어 최초의 일격으로 노렸던 인후혈을 찢어발기려 했다.

그러나 북궁휘 또한 북궁정만큼 유성삼전도의 변화를 잘 안다.

최초의 일격을 경험한 탓에 그는 이미 북궁정의 유성삼전도를 대비하고 있었다.

평생을 함께한 신법!

목숨을 건 싸움 중에 쉽사리 바꿀 수 없는 게 당연하다.

쉬잇!

북궁정의 마광일섬은 이번에도 아슬아슬하게 북궁휘의 인후혈을 비껴갔다.

마황십도의 하나인 마광일섬을 연성한 후 대사형 사우영을 제외하곤 처음 있는 실패다. 부친인 북궁한경조차 이렇게 연속적으로 피해내진 못했다.

북궁정은 개의치 않았다.

어차피 북궁휘가 최초의 일격을 피해냈을 때 무공의 가파른 상승을 짐작했다. 본래 맹룡과강인 거다.

유구무언(有口無言) 181

그의 곡도가 다시 사선을 그렸다.

변함없는 변화.

다만 속도가 더욱 올라갔다. 사우영의 기갑호신을 제외하면 어떤 호신강기도 찢어발길 수 있는 마광일섬의 극한이 모습을 드러낸 것이다.

연속적으로 이어진 삼격!

그러나 북궁휘는 이젠 준비되어 있었다. 거의 숨결이 닿을 정도에서 찰나간에 펼쳐진 북궁정의 마광일섬을 향해 그의 대도가 떨어져 내렸다.

쩌엉!

벽력음을 동반한 일도천폭이 마광일섬을 찍어눌렀다. 극한에 이른 속도를 도신의 공명음으로 받아낸 거다. 공격으로써 방어를 해낸 셈.

북궁휘의 시야로 붉어진 안색의 북궁정이 보였다.

그가 공격을 감행한 후 처음으로 확인한 본색이었다.

"큰형님!"

북궁휘가 다시 버럭 소리질렀다. 대도 역시 움직인다. 이번에는 삼절초 중 하나인 풍랑광풍이다.

"크악!"

북궁정이 사 척 대도에서 일어난 폭풍 같은 도풍(刀風)에 휩쓸려 뒤로 밀려났다.

일도천폭의 음파에 타격을 받은 채 풍랑광풍의 맹렬한 도풍을 만나 마광일섬 자체가 완전히 깨져 버렸다. 비명을 터뜨린 입가엔 어느새 핏물이 번져 나오고 있다.

스으.

북궁휘가 이 같은 절호의 기회를 놓칠 리 만무하다. 다시 유성삼전도를 펼쳐 북궁정에게 따라붙은 북궁휘의 대도가 태산 같은 무게를 만들어냈다.

목표는 북궁정의 단전!

일시 하단전 쪽에 밀어닥친 무거운 도기의 제압을 받은 북궁정의 입이 더욱 벌어졌다. 단전에서 전신혈맥으로 용솟음치던 진기가 도기에 짓눌려 뒤집혀 버리고 만 까닭이다.

"큰형님, 본가의 창파도법은 무적입니다! 고작해야 이런 마도법으로 능가할 수 있을 거라 생각하신 겁니까?"

"……."

기혈이 역류하는 걸 느끼면서도 북궁정은 살기를 발했다. 수중의 곡도 역시 포기하지 않았다. 여전히 북궁휘의 대도를 거둬내고 다시 품속으로 파고들 시기를 저울질하고 있었다.

북궁휘의 일갈은 틈을 만들어냈다.

대도에 담긴 무거운 도기가 잠시 흔들림을 보인 것이다.

스륵!

북궁정이 갑자기 바닥에 무너져 내렸다. 단전을 짓누르고 있던 도기의 영향을 벗어나려 양패구상(兩敗俱傷)의 수법을 마다치 않은 거다.

유구무언(有口無言) 183

'승부!'

북궁정은 황급히 도기를 거둬들이는 북궁휘의 품으로 다시 파고들었다.

그의 자비심을 노린 기습!

대막의 무수히 많은 마적 떼와 피를 피로 씻는 혈전을 벌이며 쌓은 실전 경험을 혈육에게 사용한 거다. 그렇게 북궁휘의 목숨을 끊으려 했다.

그러나 그 순간 북궁휘가 신형을 빙그르르 돌렸다.

자살을 하려는 것인가!

그렇게밖엔 보이지 않는 행동이다. 스스로 기습에 나선 북궁정에게 자신의 텅 빈 등판을 내보였기 때문이다.

북궁정은 망설이지 않았다.

오히려 잘됐다는 듯 마광일섬으로 북궁휘의 명문혈을 찔러갔다. 그의 목숨을 끊으려 했다.

푸욱!

북궁정의 곡도가 명문혈을 반 치가량 남긴 채 멈춰 섰다. 그리고 가느다란 떨림을 보인다. 북궁휘의 옆구리 사이로 튀어나온 대도에 먼저 경동맥이 끊겨 버린 까닭이다.

털썩!

북궁정이 진짜로 바닥에 무너져 내렸다. 이미 그의 몸 주변은 분수처럼 솟아오른 피로 바다를 이루고 있었다. 돌이킬 수 없는 치명상을 당한 거다.

"큰형님……."

"아, 아무것도 묻지 마라! 네가 이기고… 내가 졌다. 단지 그뿐이다……."

대도를 거둔 북궁휘의 두 눈이 솟구치는 눈물로 젖어 있었다. 차마 혈육인 북궁정을 죽일 수 없어 신형을 돌린 채 도를 휘둘렀다.

그게 치명상이 될 줄이야!

힘없이 도를 바닥에 늘어뜨린 북궁휘를 향해 북궁정이 특유의 살기 어린 미소를 지어 보였다.

유구무언(有口無言)이다.

죽어가면서도 자신이 저지른 패륜과 골육상쟁에 대한 일말의 후회도 보이지 않는다.

그냥 강한 자가 살아남고 약한 자는 죽는 무림중의 대결처럼 그는 눈을 감았다. 아무런 변명이나 후회도 북궁휘에게 내보이지 않고 죽음을 받아들인 것이다.

그게 북궁휘를 울게 만들었다.

언제나 더러운 성질로 뭇 형제들 위에 군림했던 북궁정이 자신과 똑같은 처지가 된 동생에게 남긴 조그만 배려임을 알고 있었기 때문이다.

"크윽! 으흐흐흑!"

북궁정의 시신을 끌어안은 채 북궁휘가 통곡했다. 그게 지금 할 수 있는 일의 전부인 것처럼 울부짖었다. 북궁세가의 저주받을 운명에 대한 항변을 그런 식으로라도 풀어야만 했다.

*   *   *

하루가 다르게 모여드는 사마외도의 무리들!

어느새 오천을 육박하는 대병력이 된 자신의 마도연합을 살피는 사우영의 전신에선 강렬한 마기가 넘실대고 있었다.

과거와는 다르다.

후광처럼 거대한 덩치에 깃들어 있던 패도의 자리를 대신한 마기는 그 기세가 폭풍이나 다름없었다. 주변의 모든 것을 단숨에 집어삼킬뿐더러 산산조각 내버릴 정도의 파괴력을 자연스레 발산하게 된 것이다.

그래서일까?

사우영의 주변에는 어느새 누구도 쉽사리 다가들지 못하게 되었다. 살왕 포진과 염왕귀수 노홍조차 멀찍이 떨어져 외경과 두려움이 섞인 시선을 던질 정도였다.

다만 예외도 있었다.

바로 한 명의 여인과 커다란 덩치에 어울리지 않는 귀여움을 갖춘 한 마리의 모우였다.

평상시처럼 군세와 따로 떨어져 홀로 고독을 씹고 있는 사우영에게 북궁상아가 백묘와 함께 다가갔다.

"무슨 일이지?"

"……."

사우영의 질문에 북궁상아가 움찔 몸을 떨었다.

전날 생사지경을 헤맬 정도의 중상을 당하긴 했으나 근래 그녀의 건강은 많이 회복되어 있었다. 섬서에 들어선 사우영에게 몰려든 마도 유수의 마의(魔醫)들에게 집중적인 치료를 받은 덕분이다. 아직 무공을 회복하진 못했으나 일반적인 건강한 사람 정도의 체력은 유지하고 있었다.

그런 그녀의 침묵에 사우영이 장대한 몸집을 돌려세웠다. 혹여 다시 어딘가 아픈 곳이 생긴 게 아닌가 걱정이 된 것이다.

'두 볼이 사과처럼 불그스름하고 눈동자가 맑아. 정신도 또렷하고 건강 역시 이상은 없어 보이는군.'

사우영의 입가에 문득 미소가 번져 나왔다. 북궁상아가 건강을 되찾은 것을 확인하고 자신도 모르게 철벽처럼 둘러치고 있던 마기의 농도가 옅어졌다.

그 같은 미소에 용기를 얻은 듯 북궁상아가 조심스레 입을 열었다.

"서안에는 언제 갈 거죠?"

"그게 어째서 궁금한 거지? 집이 그리운 건가?"

"그냥… 얘기나 해주세요!"

화난 기색으로 목청을 높이는 북궁상아를 향해 사우영이 다시 미소 지었다.

무얼 해도 귀엽다는 건 이런 걸 두고 하는 말인가?

귀원마공을 자신의 것으로 만든 후 전날과 크게 달라진 사우영이나 북궁상아에겐 그저 마음씨 좋은 대사형일 뿐이었다. 전혀 화를 낼 수 없었다.

'정말 내가 이 아이를 사랑하는 건가?'

알 수 없다.

지금은 굳이 끄집어내 생각하고 싶지도 않았다.

내심 고개를 가로저은 사우영이 짐짓 무심하게 말했다.

"곧 유성월이 날 찾아온다. 그때가 되면 서안으로 향할 정확한 시점을 알 수 있을 것이다."

"유 총관까지 회유한 건가요?"

"그는 본래 본 교의 사람이었다. 회유하고 말고 할 필요는 없어."

"그, 그렇군요."

북궁상아가 더듬으며 화난 표정을 지어 보였다.

눈앞의 사우영.

자신의 가문인 북궁세가의 적이다. 부모를 죽인 원수인 북궁정의 대사형이기도 했다. 절대로 용서할 수 없는 부류의 사람인 것이다.

그런데 근래 들어 그에게 화를 내기가 쉽지 않았다. 거의 죽기 직전의 상황에 놓여 있던 자신을 구하기 위해 그가 그동안 들인 노력과 진정을 쉽사리 거부할 수 없었기 때문이다.

'그래도 저자는 내 원수다! 큰 오라버니와 함께 반드시 내 손으로 죽여야만 하는 원수!'

북궁상아는 내심 이를 악물었다.

자꾸만 약해지려 하는 마음을 다잡기 위해서였다.

그때 북궁상아를 따뜻한 시선으로 바라보고 있던 사우영이 갑자기 장대한 신형을 공중으로 띄워 올렸다.

마신비행!

전날과 다름없이 까마득할 정도까지 천공으로 뛰어오른 사우영이 진중을 떠나갔다. 대기의 호흡이라 할 수 있는 바람을 통해 섬서에 들어선 후 줄곧 기다려 왔던 사람의 자취를 간파해 낸 까닭이다.

第八十七章

무상지도(無上之道)
한 자락 그림자를 얻은 것만으로
불사의 마신을 죽일 수 있다!

華山劍宗

히히힝!

수백 리 길을 꼬박 내달리고도 여유를 남기고 있던 한혈보마가 크게 놀라 앞다리를 높게 치켜올렸다. 내달리던 서슬이 남아 크게 몸을 흔드니, 당장에라도 관도 옆으로 쓰러질 것처럼 위태로워 보인다.

당연히 위에 타고 있던 사람이 무사할 리 만무하다.

등에 와룡궁을 맨 유성월이 흠칫 놀란 표정으로 말을 진정시키기 위해 노력했다. 기수가 만약 평범한 사람이거나 말이 한혈보마가 아니었다면 당장 낙마하고 말았을 터였다.

그런 난리통 속에 사우영이 떨어져 내렸다.

패기를 뛰어넘는 마기 어린 눈으로 열심히 한혈보마를 진정시키고 있는 유성월을 바라보고 있었다. 굳이 나서서 손을 쓸 생각은 없어 보인다.

가까스로 한혈보마를 진정시키는 데 성공한 유성월이 바로 그 같은 사실을 눈치챘다.

'대단한 마기로군! 전날 구천마제 위극양도 이 정도의 마기는 뿜어내지 못했던 것 같거늘······.'

유성월은 당연히 구천마제 위극양을 안다.

그를 죽이고 구마련을 패망하게 만드는 데 우현만큼 힘을 쓴 당사자였기 때문이다. 당시엔 정파의 충실한 책사였음은 물론이다.

전날의 기억을 잠시 떠올린 유성월이 완연한 진정세를 보이기 시작한 한혈보마 위에서 뛰어내렸다. 어느새 양손은 포권지례를 취하고 있다.

"소존주가 대공을 이룬 것을 진심으로 경하드리는 바이오! 구천마제 위극양의 귀원마공을 수습하신 게지요?"

"과연 일류의 모사로군. 또 무얼 알고 있는 건가?"

"화산파의 승룡비천검 운검을 죽이고 마신흉갑을 수습하신 것 정도가 아니겠습니까?"

"운검은 아직 죽지 않았다."

"허!"

유성월이 나직이 탄성을 터뜨렸다. 얼굴에는 무언가 크게 애석한 기색이 완연하다.

그게 사우영의 비위를 건드렸다.

"승룡비천검 운검은 내게 귀원마공과 마신홍갑을 뺏기고 죽기 직전의 중상을 당했다. 설마 그런 자가 향후의 대국에 걸림돌이 될 거라고 생각하는 건가?"

"모르는 일이지요. 운검이란 자는 단지 스무 살의 나이로 화산파의 전설이라는 자하구벽검을 완성하고 구천마제 위극양을 죽인 천재 중의 천재입니다. 그런 자는 본래 삭초제근(削草除根)하는 게 좋습니다. 후일 어떤 식으로 성장해서 심복지환이 될지 모르니까 말입니다."

"심복지환이 되기엔 부족한 실력이었다."

"물론 지금은 그렇습니다. 하지만 정파의 무공은 세월이 갈수록 무서워집니다. 그러니 빠른 시일 안에 그자를 죽여야만 할 겁니다. 화산파와 더불어요."

"화산파? 서패 북궁세가가 아니라?"

"……"

달변인 유성월이 처음으로 입을 다물었다.

말문이 막혀서가 아니다.

어떻게 사우영이 자신조차 추측으로만 알고 있던 사실을 이미 파악했는지 궁금했기 때문이다. 사실 이미 그의 머릿속은 몇 가지 가설을 도출해 내고 있는 중이었다.

사우영이 그의 그 같은 노력을 덜어줬다.

"내가 섬서의 경계를 넘었을 때 북궁세가와 합류하는 게 본래 계획이었지 않나? 그런데 그리되지 않았지. 자네가 쉽사리 실수를 하는 모사는 아니니 북궁세가에 문제가 생긴 건 자명한 사실이 아니겠나?"

"단지 그것만으로 추론을 하신 겁니까?"

"추론이 아니라 명백하게 드러난 사실이야. 그건 유성월 자네가 지금 이곳에 단기필마로 와 있는 걸로 충분히 증명된 거란 뜻이야."

'구천마제 위극양처럼 귀원마공에 정신이 잠식당하지 않았나 걱정했는데, 기우였던가?'

내심 눈을 빛낸 유성월이 천천히 고개를 끄덕였다. 사우영의 추론을 인정한 것이다.

"소존주의 예상대로 북궁세가는 아마 지금쯤 구정회에 장악당했을 겁니다. 저도 가까스로 서안을 탈출할 수 있었지요."

"어째서 먼저 소식을 전하지 않은 거지?"

"강북 하오문이 구정회와 손을 잡아서인 것 같습니다. 개방 역시 개입한 것 같고 말입니다."

"양대 정보 조직이 함께 손을 썼다?"

"그렇습니다. 그래서 북풍단주인 북풍탈명도 문극상을 비롯한 사단주들의 배신을 너무 늦게 알아챘습니다. 아마 삭초제근에 실패한 삼공자 북궁휘가 문제가 된 것일 겁니다."

"북궁휘? 그 운검이란 자의 제자?"

"그렇습니다."

"약해! 그런 것만으로 눈앞의 북궁세가를 놔두고 화산파를 먼저 칠 이유가 되진 않아!"

"사실 다른 이유가 더 있습니다. 북궁세가 비각의 정보가 완전히 끊기기 전에 얻은 정보에 의하면 대막 쪽에 문제가 발생한 것 같습니다."

"양동작전(陽動作戰)?"

"여우 같은 우현이 충분히 생각할 수 있는 생각입니다. 아마 대종교에서 중원으로 몰려오는 지원군을 끊는 게 주된 목적이었던 것 같은데, 그곳의 총책임자가 전 구정회주인 것 같습니다."

"화산파의 현명?"

"예."

사우영의 두 눈이 일순 섬뜩한 마기에 물들었다. 비로소 유성월이 주장하는 바가 무언지를 깨닫게 된 것이다.

"설마 사부님의 안위를 걱정하는 건 아닐 테고, 구정회를 비롯한 정파 전체에 정신적인 타격을 입힐 작정이로군? 화산파가 공동파와 같이 멸망하게 되면 구정회와 나머지 구대문파의 고수들이 일제히 소속 문파로 황급히 복귀할 수밖에 없을 테니까 말야?"

"우현이 계획하고 있는 사패와 구정회, 구대문파 간의 정파 대연합은 그렇게 물거품이 될 겁니다. 북궁세가를 중심으로 한 섬서의 방어진 역시 포기할 수밖에 없게 될 테고 말입니다."

"교활하군."

"본래 모사란 그렇습니다."

"흠."

사우영이 슬며시 팔짱을 껴 보이며 입가에 미소를 만들어 냈다. 침묵 속에 유성월의 의견을 지지한 거다.

유성월이 역시 미소 지으며 슬쩍 허리를 숙여 보였다.

과거와는 다르다.

현 시점에서 소존주 사우영의 권위를 인정한 거였다.

*   *   *

북궁세가 가주전.

근래 벌어졌던 수복전의 뒤처리로 북궁휘는 정신없는 나날을 보내고 있었다.

본래가 전쟁 자체는 생사가 교차할 뿐 그리 큰일은 아니다.

오히려 전쟁 전의 준비와 후의 전후 처리가 사람을 잡곤 한다. 특히 무언가를 최종적으로 결정해야만 하는 위치에 있는 자에겐 더욱 그러하다.

하물며 유성월은 북궁세가를 탈출하기 전 비각의 업무를

폭주시키고 정보를 상당 부분 조작해 놨다.

정보 중추부의 마비!

가장 효과적으로 북궁세가의 전력을 반감시키는 방법을 유성월은 얄밉도록 잘 알고 있었다.

사락! 사라락!

북궁휘는 산처럼 쌓인 서류 더미를 붙잡고 끙끙대다가 이마를 손으로 짚었다.

본래 무공보다 학문에 뜻을 뒀던 그다.

비록 근래 들어 무공에 매진하게 되었지만 전날의 공부가 어디 가는 건 아니다. 비각의 십대모사들을 소집해서 수일간의 토론을 끝낸 후 그는 유성월이 근래 내린 명령의 골자를 파악할 수 있었다.

'유 총관에게 완전히 당했다! 이런 식으로 비각이 마비되어 있는 상황으로는 단시일 안에 사우영의 마도연합에 대항할 세력을 형성할 수 없다! 뭔가 혁신적인 방도가 필요해!'

비각의 마비.

바로 정보의 부재를 뜻한다. 또한 하나의 세가를 유지시키는 재정의 파탄과 각기 독립적으로 움직이는 수많은 처부의 원활한 연계를 기대할 수 없게 된 것이기도 했다.

이런 상황에서 북궁휘가 가질 수 있는 선택지는 그리 많지 않았다. 이미 대충 머릿속에 대안이 서 있기도 했다.

하지만 그게 썩 마음에 들지 않는 게 문제였다. 자칫 향후 북궁세가의 독립성에 중대한 훼손을 가져올 수도 있는 선택이 될 수 있었기 때문이다.

'귀왕 선배에게 부탁한다면 강북 하오문의 도움을 받아 비각의 무너진 섬서 일대 정보 조직의 회생을 꾀할 수 있다. 또한 구정회의 고수들로 하여금 한동안 본 가의 각 처부 수장들의 움직임을 감시하고 독려케 한다면, 단시일 내로 유 총관이 꼬아놓은 세가의 각종 재정 문제와 처부의 연계를 이룰 수 있을 것이다. 하지만 그러기 위해선 또다시 우현 선배의 도움을 받아야만 한다. 그게 문제야.'

우현.

현 정파제일의 지자이자 구정회의 실질적인 명령권자다. 북궁세가의 수복전에 가장 큰 힘을 쓴 공로자이기도 했다.

하지만 북궁휘는 그가 다소 꺼림칙했다. 어쩔 수 없이 그와 손을 잡고 수복전을 벌이긴 했으나 될 수 있으면 더 이상 관계되고 싶지 않았다. 유성월과의 좋지 않은 과거 때문에 모사에 대한 선입견이 생긴 까닭이다.

게다가 전날 부친 북궁한경은 구정회의 도움을 받는 것에 대해서 굉장히 신중을 기했다. 어찌 보면 내부의 적을 처리하는 것보다 외부의 구정회를 북궁세가로 끌어들이는 것을 더욱 경계하고 있었다.

우현과 함께 수복전을 벌이며 북궁휘는 그 같은 부친의 걱정이 결코 과민한 반응은 아니었음을 깨달았다.

행사의 주도면밀함과 완벽한 정보의 장악.

더불어 과감한 행동력과 냉철한 판단력까지를 우현은 가지고 있었다. 모든 상황이 계산되어져 있었고, 한 치의 빈틈도 용납하지 않았다.

우둔한 현자(賢者)?

전혀 그렇지 않다. 우현은 완벽주의자였다. 차가운 이성으로 자신을 비롯한 모든 것을 조종하는 예술가인 것이다.

그런 점이 북궁휘를 불편하게 만들었다. 자신이나 금란사부인 운검, 전 구정회주이자 오랜 지기인 현명 진인조차 우현에겐 장기판의 말 이상의 의미를 갖지 않는다는 걸 본능적으로 간파한 까닭이었다.

꾸욱!

결론은 답이 나오지 않는 상황이다.

북궁휘는 생각을 거듭할수록 머리가 아파왔다. 자연스레 이마를 짚고 있는 손가락에 힘이 들어간다. 어떻게 여태까지 무학보다 학문에 더욱 뜻을 둘 수 있었는지 이해가 가지 않을 정도였다.

그때 가주전의 밖에서 고하는 목소리가 울려 퍼졌다. 새롭게 정비된 가주전의 호위무사장인 철편진팔방(鐵鞭震八方) 냉유상이 손님의 방문을 알려온 거다.

"공자님, 우현 노사께서 오셨습니다!"

"드시라고 하십시오!"

북궁휘가 이마에서 손을 떼어내며 말했다. 곧 가주전 문이 열리며 우현이 모습을 드러냈다.

얼른 그의 안색을 살핀 북궁휘의 눈에 이채가 어렸다. 그의 품에 하나 가득 두루마리가 들려져 있는 걸 발견한 까닭이다.

"우현 선배, 그건……."

"유성월이 망쳐 놓은 북궁세가의 예산안과 조직 인사 관련 자료, 향후 비각의 정보 조직 체계의 운용안이라네. 한시라도 빨리 북궁세가를 정상화시켜야만 하지 않겠는가?"

"……."

북궁휘는 자신도 모르게 태사의를 박차고 벌떡 일어섰다. 그 서슬에 앞에 쌓여 있던 서류더미가 와르르 무너졌으나 시선조차 주지 않았다.

입가.

어느새 햇살 같은 미소가 매달려 있다. 언제 우현과 구정회의 내정간섭을 걱정했던가 싶다.

그러나 북궁휘의 기쁨 어린 미소는 곧 흔적도 없이 자취를 감췄다. 우현이 그리 만들었다.

"그리고 노부가 알아낸 정보에 의하면 곧 사우영의 마도연합이 화산파로 총진격해 들어갈 것 같네!"

"예?"

"현명 진인이 사패의 정예들과 함께 대막 대종교 성전으로 향한 사실을 기어이 알아낸 모양이더군. 향후 중원을 놓고 정파무림과 일전을 벌이기 위해서 강력한 본보기를 보여야 할 필요를 느꼈을 걸세. 각개격파만이 정파무림을 괴멸시킬 유일한 방법이니 말일세."

"으음, 그럼 소생은 한시바삐 북궁세가의 병력을 수습해야겠군요. 화산파를 도우려면……."

"화산파는 버리는 패로 사용하도록 함세."

"예? 그게 무슨……."

"화산파가 시간을 끄는 사이 북궁세가를 중심으로 섬서 정파인들의 세력을 집결시켜서 마도연합의 뒤를 치자는 거네. 지금쯤 유성월이 사우영과 합류했을 터인즉, 잘만 하면 마도연합의 허를 찌를 기회를 잡을 수도 있을 테니 말일세."

"……."

북궁휘가 묵묵히 우현을 바라봤다. 다시 그에 대한 불편한 감정이 불쑥 고개를 치켜들고 있었다.

그러나 그는 바보가 아니다.

우현이 내놓은 방안이 북궁세가와 정파무림 전체에 굉장히 유리한 것임을 알고 있었다. 적어도 향후 사우영의 마도연합과 대전을 벌일 북궁세가의 피해를 현격히 줄일 수 있는 방안임은 분명했다.

'나는 화산검종의 제자이기 이전에 북궁세가를 책임지는 위치에 있는 자다. 우현 선배가 내놓은 방안을 함부로 거절할 순 없는 입장이야. 하지만…….'

이성과 감성.

짧은 시간 동안 북궁휘의 심중에 격렬한 파고를 만들어냈다. 과거 같으면 일말의 망설임도 없이 화산행을 선택했을 텐데, 지금은 그리할 수 없었다.

북궁세가의 수복전!

북궁휘에게 충성을 맹세하고 목숨을 내건 자의 숫자가 수천이었다. 그만큼의 목숨값과 무게가 어깨 위에 얹혀진 거다. 홀몸이던 때처럼 결정하고 행동할 수 없음은 당연했다.

우현이 그 같은 점을 모를 리 없다.

그는 고뇌하는 북궁휘를 현기 어린 눈으로 태연하게 바라보고 있었다. 이미 그가 내릴 결정을 알고 있는 거다. 그리고 어느새 그 뒤의 일까지를 계산하고 있음이 분명하다.

그렇게 짧지만 깊은 침묵이 흘러간 끝에 북궁휘가 결국 결정을 내렸다.

"우현 선배, 당분간 북궁세가의 대총관 역할을 맡아주십시오! 임시로 유사시 가주의 역할을 대행할 수 있는 권한을 드리도록 하겠습니다!"

"그래도 되겠는가?"

"물론입니다!"

북궁휘가 언제 고뇌했냐는 듯 다시 입가에 밝은 미소를 매달았다. 우현 역시 화답하듯 미소를 지어 보였음은 물론이다.

밤.

우현과 더불어 늦은 저녁까지 북궁세가의 현안을 함께 수행한 북궁휘가 일필휘지(一筆揮之)로 짤막한 서신을 썼다.

내가 돌아올 때까지 우현 대총관에게 가주 대행을 맡기도록 한다! 불복하는 자는 세가율에 의해 즉결 심판에 처해질 터인즉, 결코 항명은 용납할 수 없다!

간명한 내용.

그 끝에 북궁휘는 빠르게 수결했다. 그렇게 함으로써 자신의 마음을 좀먹어 들어가고 있던 고뇌를 털어냈다.

그래서인가?

수결을 끝낸 서신을 남기고 자리에서 일어서는 북궁휘는 무척이나 홀가분한 표정이었다. 우현에게 억지로 지어 보였던 환한 미소는 없으나 눈은 별빛이 무색하게 빛나고 있었다.

투도구검!

운검은 북궁휘에게 자신에게 맞지 않는 걸 굳이 고집할 필요는 없다고 가르쳤다. 그렇게 살라고 말했다. 그렇게 그로 하여금 하나의 벽을 뛰어넘을 수 있게 만들었다.

그건 무학에 관한 것만은 아니었다.

평생 남의 눈치만 보며 살아왔던 북궁휘에게 스스로의 인생에 당당한 주인이 되란 가르침이었다. 그렇게 함으로써 자신의 진정한 가치를 찾기를 원한 것이다.

당연히 이제 와서 북궁휘는 다시 과거로 돌아갈 마음은 없었다. 그것이 설혹 부친의 유언과 북궁세가 전체의 생사존망이 걸린 일이라도 말이다.

"훗날 오늘 내가 내린 결정을 후회할지도 모르겠다. 하지만 지금 당장은 마음속의 외침에 따르려 한다. 그게 사부님께 처음으로 배운 것이니까 말야."

나직한 뇌까림과 함께 북궁휘가 가주전을 빠져나갔다.

태사의의 한 켠.

수복전 당시 줄곧 패용하고 있던 사 척 대도가 놓여져 있었다. 북궁세가의 주인이 아닌 화산검종의 제자로 화산에 가는 걸 분명히 한 것이다.

*　　　*　　　*

운검과의 화산행.

위소소가 처음에 생각했던 것보다 훨씬 오래 걸렸다. 거진 한 달 반이 훌쩍 지나가서야 가까스로 화산이 위치한 화음현 근처에 도착할 수 있을 정도였다.

이유가 없을 리 만무하다.

무공을 잃어버린 상태에서 부탁했을 때와 달리 운검은 화산에 빨리 가는 것에 그리 큰 관심을 보이지 않았다. 적어도 위소소의 꾸준한 내상 치료로 어느 정도 체력을 회복한 여행 중간부터는 분명 그러했다.

툭하면 가다 서기를 반복하는 행로!

운검은 시시때때로 위소소의 등에서 내려섰고, 자기 마음대로 시간을 보냈다.

시작은 연공이었다.

그는 갑자기 몸을 하나하나 풀면서 자신의 몸 상태를 파악하더니, 조금씩 화산지학을 연습했다. 그렇게 함으로써 체력을 키우고 내상 치료의 후유증을 극복해 갔다. 더불어 주화입마를 당한 충격에서 조금씩 벗어나는 듯 보였다.

위소소는 이를 긍정적으로 생각했다.

주화입마는 무인, 그것도 운검처럼 상승지학을 이룬 절대고수에겐 죽기보다 견디기 힘든 일이다. 초인이나 다름없는 힘을 한꺼번에 모조리 잃어버리고 평범한 인간의 삶으로 내동댕이쳐진다는 건 상상 이상의 고통을 수반하는 까닭이었다.

그래서 위소소는 운검이 원하는 대로 해줬다. 그가 화산으로 향하는 동안 벌인 온갖 괴상망측한 행동을 아무렇지도 않게 지켜봐 준 것이다.

이유는 자명하다.

그녀는 운검을 빨리 화산에 데려다 주는 것보다 그를 지켜보는 것이 더욱 중요하다고 판단 내린 거다. 겉으로 보이는 괴상한 행동의 이면을 꿰뚫어 볼 수 있었기 때문이기도 하다.

이는 위소소가 소수현마경을 완성한 것과 무관하지 않다.

그녀는 이미 무학으로 초범입성의 경지에 올랐을뿐더러, 인간의 희로애락으로부터도 구애받지 않았다. 어떤 일이든 선입견없이 객관적으로 보고 파악할 수 있었다. 보통 사람으로선 결코 이해할 수 없는 운검의 행동 역시 마찬가지였다.

천천히 진행되는 연공과 기묘한 묵상의 연속!

남이 보기에 괴상한 건 상관없었다.

그녀가 보기에 운검은 확실하게 내상을 치료하고 꼬인 기맥을 풀어냈으며 바닥까지 떨어졌던 몸의 체력을 회복시켰다. 비록 여전히 내공진기는 회복하지 못했으나 그리 중요하게 생각되진 않았다.

운검은 어느새 주화입마에서 벗어나 있었다. 만약 원하기만 한다면 다시 처음부터 내공을 수련해서 쌓아 올리는 것도 그리 어려운 일은 아닐 터였다.

다만 그는 그 정도로 만족하지 않는 것 같았다. 주화입마에서 벗어나자마자 연공의 강도를 엄청나게 높인 걸로 알 수 있다. 거의 몸이 부서지지 않을까 싶을 정도로 말이다.

이 역시 위소소는 여태까지와 마찬가지로 개의치 않았다. 끼어들지 않고 여태까지 그래 왔던 것처럼 지켜보는 걸 선택했다. 화산이 위치한 화음현을 바로 코앞에 뒀을 때까지 별다른 태도의 변화는 없었다.

부르르!

 꼬박 하루하고도 반나절을 넘길 때까지 묵상 속에 빠져 있던 운검이 몸 전체를 한차례 떨어 보였다.

 어느새 계절은 초여름이다.

 어떤 식으로든 대낮에 추위를 느낄 만한 날씨는 아니다. 오히려 웬만한 사람이라면 조금만 움직여도 이마에서 송골송골 땀방울을 쏟아낼 만큼 더웠다.

 묵상에서 벗어난 운검은 달랐다.

 그의 얼굴에는 땀 한 방울 보이지 않았다. 오히려 입술이 하얗고 겉으로 드러난 피부에는 닭살까지 돋아 있었다. 몸을 크게 떨어 보인 이유를 알 수 있을 듯한 모습이다.

 멀찍이 서서 언제나와 마찬가지로 하루 반나절을 묵묵히 운검을 지켜보는 걸로 보낸 위소소의 눈에 이채가 어렸다. 내공을 잃어버린 운검이 전혀 여름을 타지 않는 광경을 보고 뇌리를 스치는 생각이 있었다.

 '내상 치료를 위해 몸속에 주입한 소수현마경의 음기를 어떻게 몸속에 축적시켜 놓았는지 모르겠구나! 하단전에는 여전히 별다른 기운이 느껴지지 않건만······.'

 위소소가 운검의 내상 치료를 위해 주입한 소수현마경의 기운은 결코 적지 않았다. 절대지경에 이른 그녀는 자신의 기운을 아낌없이 사용했다. 그렇게 하지 않고선 단시일 내에 운검의 내상을 치료할 수 없다는 판단이었다.

그렇다곤 하나 어디까지나 치료를 위한 내공 주입이었다.

운검이 비록 무학의 천재라곤 하나 주화입마에 빠진 상태에서 상이한 내공진기를 몸속에 축적할 순 없었다. 정사마를 떠나 금단의 마공으로 불리는 흡성마공 계열 외엔 이 같은 일을 가능케 하는 내공법이 존재하지 않기 때문이다.

하물며 실제 흡성마공 계열의 내공법이라 해도 운검처럼 주화입마를 당한 상태론 별무소용이었다. 이렇게 타인의 내공을 몸속에 축적시키거나 혈맥에 남겨놓는 말도 안 되는 일 같은 건 할 수 없었다.

그러나 위소소는 금세 눈에 담긴 이채를 거뒀다.

화산으로 오는 동안 운검이 보인 말도 안 되는 행동이나 일이 한두 가지가 아니다. 이제 와서 크게 놀라거나 극진한 관심을 가질 일은 없었다.

"운 소협, 갈수록 묵상이 길어지는군요? 이젠 화산이 그리 멀지 않았어요."

"아직 한낮이니, 이번엔 그리 길게 시간을 끈 건 아닌 것 같은데······."

"이미 다음날이에요."

"아!"

운검이 겸연쩍은 표정으로 웃어 보였다. 미안한 기색이 숨어 있는 미소다. 또다시 위소소가 밤새 자신을 지켰다는 걸 깨달은 것이다.

그렇다고 사과를 하진 않는다.

그녀와 동행한 지난 한 달 반 동안 몇 번이나 이 같은 일이 일어났고, 위소소는 전혀 개의치 않았다. 오늘이라고 크게 달라진 게 있을 리 만무하다.

위소소가 말했다.

"저 고개만 넘으면 화산이 위치한 화음현이라고 하더군요. 곧바로 옥천궁으로 가실 건가요?"

"그럴 것이오. 이곳부터는 화산파의 영역이라 할 수 있으니, 위 소저는 더 이상 날 보호할 필요가 없소."

"제가 마도에 속한 사람이니, 옥천궁에 함께 갈 순 없다고 말하시는 건가요?"

"위 소저는 내 목숨을 구해준 은인이오. 어찌 내가 위 소저를 마도인이라 몰아붙이겠소? 만약 그런 자가 있다면 내가 가장 먼저 나서서 싸대기를 날릴 것이오."

"그럼 저는 끝까지 운 소협과 함께하겠어요. 화산파의 영역이라 해서 사우영과 대종교의 마수가 뻗쳐 있지 않다는 보장은 없으니까요."

"…그럼 부탁하겠소."

운검이 고개를 끄덕여 보였다. 여전히 공동산에서 재회했을 때처럼 옥으로 깎은 미인상 같은 위소소지만, 진심은 느낄 수 있었다.

무상지도(無上之道) 211

'그나저나 장문 사형을 만나면 어찌 말해야 할지 난감하구만. 내 멋대로 단검유풍이니 하며 화산을 떠났다가 다시 돌아오게 되었으니 말야.'

단검유풍.

운검이 화산파를 떠나기 전에 내뱉었던 말이다. 실제로 그때는 무림을 떠나 은거할 작정이었다. 검을 끊고 바람이 흘러가듯 살아가려 한 것이다.

그러던 것이 다시 화산으로 돌아오게 되었다.

비록 무림에 드리워진 암운이 사문인 화산파에 미치는 것을 걱정한 행동이라곤 하나 결코 마음이 편치 못했다. 제 발로 다시 화산파에 돌아오게 될 줄은 상상조차 못한 까닭이다.

어찌 됐든 벌써 저 멀리 한 떨기 고고한 매화의 모양을 하고서 날선 칼날처럼 구름을 뚫고 솟아 있는 화산오봉이 보였다. 이제 와서 후회해 봤자 돌이킬 수 있을 리 만무했다.

'제길! 나도 모르겠다!'

내심 투덜거리며 어깨를 한차례 으쓱해 보인 운검이 언제나와 마찬가지로 자신을 업을 준비를 하고 있는 위소소에게 고개를 저어 보였다.

"여기서부터는 그냥 평범하게 갑시다."

"늦을 텐데요?"

"어차피 늦을 만큼 늦었소. 이제 와서 조금 더 늦는다고 문제될 거 있겠소?"

"그런가요?"

"그렇소. 그리고 솔직한 심경을 말하자면 나는 옥천궁에 그리 빨리 돌아가고 싶지 않소."

"……."

위소소가 운검을 잠시 바라보다 고개를 끄덕여 보였다. 여태까지처럼 그의 뜻을 존중하기로 한 것이다.

*   *   *

옥천궁.

근래 들어 화산파의 중심인 이 고색창연한 도관은 갑자기 몰려든 사람들로 크게 시끄러워져 있었다. 사우영의 마도연합이 섬서에 들어서자 중원 각지에 흩어져 있던 화산파의 제자들과 몇몇 무림인들이 달려온 까닭이다.

현 섬서 무림의 패자!

누가 뭐라 해도 사패 중 일좌인 서안의 북궁세가였다.

하지만 섬서에서 가장 오랫동안 명성을 날렸던 터줏대감은 다름 아닌 화산파였다. 부근의 종남파(終南派)와 비교해도 월등히 긴 역사를 화산파는 자랑하고 있었다.

당연히 화산파의 속가제자들은 섬서와 인근 성에 두루 퍼져 있었고, 족히 수백 명이 넘는 인원이 본산을 지키기 위해 달려왔다.

워낙 다양한 계층과 연령이 모여든 터라 실전에서 얼마만큼 큰 전력이 될진 모르나 의기와 화산파의 제자란 자부심만큼은 하늘을 찌를 정도였다.

그럼 그 외의 무림인들은 누구일까?

그들은 다름 아닌 화산 인근에서 활동하는 정파무림인들이었다.

서안의 북궁세가.

화산파와 비교할 수 없을 정도로 멀다.

그래서 큰산의 그늘에 숨듯이 그들은 화산파에 몸을 의탁했다. 꿩 대신 닭이라고, 멀리 떨어진 북궁세가보단 가까운 화산파를 선택한 것이다.

그들 역시 화산파의 대부분의 속가제자와 마찬가지였다.

그다지 큰 전력이 될 것 같지 않은 자들이 대부분이었으나 의외로 상당한 수준의 고수도 있었다. 일테면 강남 녹림의 총표파자인 홍염마녀 진영언 같은 절정고수 말이다.

화악선거.

당대 화산파의 장문인이자 화산오봉에서 수도하는 뭇 도사들의 수장인 운양 진인은 근래 들어 부쩍 한숨이 늘었다.

수행과 양생.

명산을 벗삼아 수도에 몰두하는 도사의 기본이라 할 수 있다. 그렇게 함으로써 우화등선을 궁구하는 것이다.

당연히 운양 진인 역시 비범한 수양을 쌓았다. 웬만한 일로는 심사를 겉으로 드러내지 않고 어떠한 자라도 눈빛만으로 제압할 수 있었다.

 특히 근래 들어 운양 진인은 큰 깨달음을 얻어 화천단의 도움도 없이 자하신공을 십성 대성했다. 과거 사제 운검에게 가졌던 마음의 찌꺼기를 모조리 털어내지 않았다면 꿈조차 꾸지 못했을 진경이었음은 물론이다.

 그런 그를 한숨짓게 만드는 건 다름 아닌 얼마 전 옥천궁을 찾아온 두 명의 여인이었다.

 '무량수불! 화산을 떠난 후 운검 사제가 도대체 무슨 짓을 벌이고 다녔는지 모르겠구나! 도사 노릇을 그만둔 것은 얘기를 들어 알고 있었지만 어찌 녹림과 하오문의 여인과 인연을 맺었더란 말인고……'

 보름 전.

 하루가 멀다 하고 손님들이 몰려들고 있던 옥천궁에 진영언과 소금주가 난입해 난동을 부렸다. 다짜고짜 도관 안으로 뛰어들어 와 운검을 내놓으라고 고래고래 소리를 질러대며 깽판을 친 것이었다.

 그 와중에 진영언은 깜짝 놀라서 달려나온 속가제자 십수 명을 흠씬 두들겨 패기까지 했다.

 옥천궁에도 몇 명 없는 절정고수!

 그것도 초절정을 눈앞에 둔 권각의 고수가 진영언이다. 여인을 상대로 검을 빼 드는 걸 수치로 생각한 무관주 몇은 태극매화권을 펼치다 얼굴이 시퍼렇게 멍드는 치욕을 당했다. 진수가 포함되지 않은 태극매화권으론 그녀의 옷자락조차 건드릴 수 없었다.

결국 이 일단의 난동은 매화검수들이 나타나는 것으로 종식되었다. 매화칠검수의 수장인 곽철원과 함께 모습을 드러낸 영호준이 진영언과 분기탱천해 검을 빼 들던 무관주 사이에 뛰어들어 중재에 나선 까닭이다.

그렇다고 해서 모든 문제가 해결된 건 아니었다.

영호준의 말을 듣고 운검이 옥천궁에 없다는 걸 확인하고서도 진영언과 소금주는 떠나가지 않았다. 어디서 무슨 소리를 들었는진 몰라도 운검이 반드시 옥천궁으로 돌아온다는 확신을 가지고 있는 듯했다.

운양 진인의 고난은 그때부터 시작되었다.

그는 하루가 멀다 하고 말도 안 되는 사고를 쳐대는 두 사마외도의 여인을 감내하며 화산파 방비 계획을 세워야만 했다. 사제인 운검의 손님을 자처하는 터라 함부로 옥천궁에서 쫓아낼 수도 없었기 때문이다.

게다가 그에겐 또 다른 고심거리가 있었다.

'사부님께서 중원 정파의 심복지환을 제거하기 위해 기꺼이 대막으로 떠나신 건 운검 사제를 믿는 마음이 있었기 때문이다. 그와 내게 본 파의 명운을 맡겨놓으신 게야. 그런데 과

연 운검 사제가 돌아오긴 하려는지 모르겠구나!'

 현명 진인은 대막으로 떠나기 전 옥천궁에 잠시 들렀다. 생사를 장담할 수 없는 장도에 오르기 전에 자신의 필생심득을 화산파에 남겨주려 한 것이었다.

 운양 진인은 죽은 줄 알았던 사부를 재회한 후 한동안 목이 메어서 말을 잇지 못했다.

 가장 오랫동안 사부의 뒤를 따르고도 진정한 진전을 잇지 못한 울분과 사제 운검을 가혹하게 내친 죄스러움이 공존했다. 거기다 여태까지 자신이 행한 모든 일을 사부가 알고 있었으리란 공포 역시 더해졌다. 쉽사리 입이 떨어지지 않을 수밖에 없는 건 당연했다.

 그런 대제자를 현명 진인은 한마디도 책망하지 않았다. 그냥 가만히 손을 뻗어 어깨를 묵직하게 두드려 줬을 뿐이었다. 백마디 상찬의 말보다 더한 무게감을 담아서 그리했다.

 그리고 그는 운양 진인의 자하신공 대성을 축하하며 필생의 심득을 전해줬다.

―무상지도(無上之道)!

 잠시나마 정파의 최정점이라 할 수 있는 구정회주를 지낸 현명 진인이 단지 한 자락 그림자만을 붙잡은 심득이었다. 일반적인 화산지학을 월등히 뛰어넘는 중원 정파 무학의 총화를 현명 진인은 아낌없이 운양 진인에게 전달한 거였다.

하지만 그게 운양 진인을 더욱 고뇌하게 만들었다.

현명 진인이 전해준 심득은 결코 구체화된 요결이 아니었다. 만약 그런 것이라면 어찌 중원 정파 무학의 총화라 불릴 수 있겠는가.

심득.

말 그대로 마음의 깨달음이다. 인연이 있는 자만이 얻을 수 있는 경지였다.

운양 진인은 한계를 느꼈다.

거진 수개월에 걸쳐서 무상지도의 심득에 집중했으나 한 올의 실마리조차 찾지 못했다.

그에게 있어선 그야말로 노자의 도덕경처럼 뜬구름 잡는 얘기나 다름없었다. 사부 현명 진인이 어째서 한 자락 그림자밖엔 얻지 못했다고 했는지 알 것 같았다.

그래도 포기할 순 없다.

사부 현명 진인이 끝으로 남긴 한마디가 아직 귀에 생생한 까닭이다.

'사부님은 말씀하셨다. 고작해야 한 자락 그림자를 얻은 것만으로도 불사의 마신을 죽일 자신을 가지게 됐노라고. 그런 말을 듣고서 내 어찌 포기란 말을 입에 담을 수 있을까? 만약 내가 힘들다면 운검 사제에게 전해서라도 반드시 이 무상지도를 완성시켜야만 한다!'

한숨의 끝은 언제나와 같은 단호한 결의였다. 다시금 사제 운검의 복귀로 모든 게 귀결되는 것 역시 마찬가지였다. 그 외의 다른 방도를 떠올릴 수 없었기 때문이다.

 그렇게 운양 진인이 평소처럼 화악선거에서 소요하고 있을 때였다.

 갑자기 선거 밖으로 요란한 걸음 소리가 들려왔다. 곧 조심스런 목소리 역시 뒤를 따랐음은 물론이다. 영청이었다.

 "저기… 장문인께 고합니다!"
 "무슨 일이기에 이리 호들갑이더냐?"
 "죄, 죄송합니다! 운검 사숙님이 막 옥천궁에 복귀하셨기에……."
 "뭐라? 운검 사제가 왔다고!"
 "예!"
 대답이 떨어지기가 무서웠다.

 청정도관인 옥천궁의 중심인 화악선거의 문이 활짝 열리고 운양 진인이 바람같이 뛰쳐나왔다. 그리고 더욱 빠른 속도로 옥천궁의 정문인 화악문(華嶽門)을 향해 신형을 날려갔다.

무상지도(無上之道) 219

第八十八章

화산문하(華山門下)
그동안 한 번도 화산문하임을 잊어본 적이 없었다

華山劍宗

"운검 사숙님!"
"운검 사숙님!"

화악문을 넘어서자마자 운검은 대경한 외침과 함께 자신을 향해 돌진해 오는 일대제자들의 서슬에 흠칫 안색을 굳혔다.

내공을 잃어버린 몸.

하나같이 당당한 일류고수의 반열에 올라 있는 영 자 항렬들의 돌진을 쉽사리 감당해 낼 수 있을 리 만무하다. 달려드는 서슬만 봐도 운검의 뼈를 으스러뜨릴 게 뻔했다.

게다가 운검에겐 사내에게 끌어안기는 취미 같은 건 본래 존재하지도 않았다.

스으.

운검은 자연스레 자신을 향해 덮쳐들던 영경(靈鏡)과 영하(靈霞)를 피했다.

그것만으로 끝일 리 없다.

그는 다시 영경과 영하가 자신을 끌어안으려는 시도를 하는 것조차 용납할 생각이 없었다.

퍽! 퍼퍽!

운검을 놓친 영경과 영하가 갑자기 바닥에 주저앉았다. 당당한 일류고수인 두 사람이 제대로 된 낙법조차 못하고 나뒹굴어 버린 것이다.

더욱 놀라운 점은 그들이 어쩌다 이런 꼴을 당했는지조차 알지 못한다는 거였다.

'무슨 일이 벌어진 거지?'

'도대체 왜 내가 바닥에 주저앉아 있는 거지?'

그야말로 멍청한 표정을 한 채 서로를 바라보는 영경과 영하에게 운검이 퉁명스레 말했다.

"일대제자씩이나 되는 놈들이 하체 수련이 정말 가련할 정도로구나! 그러니 서른이 훌쩍 넘은 나이에 아직까지 매화검수가 되지 못했지!"

"사숙님, 그런 말씀을 하시다뇨!"

"너무하십니다, 사숙님!"

영경과 영하가 운검에게 항변하며 벌떡 자리를 박차고 일어섰다. 운검에게 구박을 받은 것치고는 보신경이 이미 경지에 이르러 크게 안정되어 있다.

'자식들! 그래도 그동안 아예 놀고만 있었던 건 아니로군. 이만하면 앞으로 삼 년 안에 매화검수가 될 수도 있겠어.'

운검은 천천히 영경과 영하를 살피며 문득 입가에 미소를 매달았다.

전날과는 완연히 달라진 모습이다.

그도 그럴 것이 과거의 그는 천사심공의 영향으로 항상 마음이 크게 괴로운 상태였다. 이런 식으로 타인을 있는 그대로 바라볼 수 있는 여유가 존재하지 않았기에 줄곧 거리를 둘 수밖에 없었다.

눈앞의 영경과 영하 역시 마찬가지다.

두 사람은 본래 일대제자 중에서도 운검을 나름 잘 따랐으나 완벽하진 않았다. 종종 운검을 속으로 흉봤고 불만 역시 품었다. 다른 모든 사람과 마찬가지로 운검을 실망시키고 괴롭게 만든 것이다.

하지만 지금은 다르다.

운검은 천사심공의 저주로부터 완전히 벗어났고, 정신적인 수양 역시 비범한 경지에 이르렀다. 눈앞에 보이는 사람이나 사물을 있는 그대로 받아들일 수 있는 건 당연하다.

"그건 그렇고 어째서 너희들이 화악문 앞을 지키고 있는 것이더냐? 본래 대문을 지키는 건 이대제자들이 할 일인데?"

영경이 얼른 말했다.
"장문인께서 명령하신 일입니다."
"장문 사형께서?"
"예. 근래 본 궁으로 하루에도 수십 명씩 섬서 인근의 무림 인사들과 속가제자들이 모여들어서 적절한 통제가 필요하단 판단을 내리신 것 같습니다."
"그렇군."
운검이 천천히 고개를 끄덕여 보였다. 예상했던 것보다 운양 진인이나 화산파가 무림의 대혼란에 잘 대처하고 있다는 판단을 내린 것이다.
그때 점차 화악문 쪽으로 사람들이 몰려들었다.
대부분 다양한 연령대의 화산파 속가제자들이었다. 어느새 근래 섬서 무림 일대에서 큰 명성을 떨친 승룡비천검 운검이 왔다는 소문이 퍼져 구경 나온 자들이었다.
그런데 갑자기 화악문 쪽으로 몰려들던 사람들이 거짓말처럼 양쪽으로 좌악 갈라졌다. 그들의 귓전에 울려 퍼진 날카로운 교갈이 그런 말도 안 되는 일을 가능케 만들었다.
"다치기 싫으면 당장 비켜! 나는 절대로 걸음을 멈출 생각이 없으니까 말야!"
'이 목소리는······.'
운검의 입가에 다시 미소가 번져 나왔다. 아주 익숙하고 그리운 목소리를 듣게 되었기 때문이다.

그때 양쪽으로 갈라진 사람들 사이로 섬전처럼 빠른 붉은색 그림자가 모습을 드러냈다. 자신의 별호대로 불꽃과도 같은 홍의를 요염하게 걸친 진영언의 등장이었다.

스스슥!

진영언은 특기인 불영신법을 극한까지 펼쳐 단숨에 운검의 바로 코앞에 도달했다.

요염한 얼굴이 평소답지 않게 젖어 있다.

진짜 운검의 얼굴을 확인하고 자기도 몰래 눈물을 글썽이게 된 것이다.

그러나 그녀는 얼른 소매로 얼굴을 훔쳤다. 자신을 발견하고도 얄밉도록 침착한 운검을 보고 내심 화가 치밀어 올랐다. 마치 혼자만 미쳐 날뛰는 년처럼 생각된 까닭이다.

'에이, 쪽팔려! 사람도 많은데 완전히 사내한테 반해서 쫓아다니는 계집 꼴이 되어버렸잖아!'

딴은 그랬다.

무지막지한 그녀의 서슬에 놀라 좌우로 갈라섰던 사람들이 다시 몰려들고 있었다. 얼굴 표정에 노골적으로 그 같은 생각을 하고 있음을 써놓은 채로 말이다.

그렇게 진영언이 머뭇거리고 있을 때였다.

그녀보다 꽤나 늦게 화악문에 도착한 소금주가 운검의 품으로 냅름 파고들었다. 진영언과 달리 주변의 시선 같은 건 신경조차 쓰지 않고.

"우아앙! 운검 가가! 정말 보고 싶었어요!"
"어이쿠!"

작은 짐승처럼 후다닥 품속으로 파고든 소금주를 운검이 얼떨결에 끌어안았다.

입으로는 놀란 소리를 내면서도 얼굴은 활짝 웃고 있다. 과연 방금 전 사질들을 매몰차게 걷어차서 바닥을 뒹굴게 만들었던 사람과 동일인이 맞나 싶은 살가운 모습이다.

삐직!

진영언의 이마로 핏줄이 튀어 올랐다.

아주 잠깐 동안의 망설임이었다. 사실 여인으로서 그 정도의 부끄러움은 기본이지 않은가.

진영언의 잘못은 전혀 없었다.

하지만 그녀는 소금주란 존재를 잊고 있었다. 그녀가 여느 중원인과 달리 매우 솔직하고 개방적인 성 관념을 가지고 있는 묘족 출신임을 잠시 망각한 거다.

덕분에 그녀는 거진 일 년 만인 운검과의 만남에서 완전히 소외된 상황이 되었다. 평범한 여인의 덕목을 충실히 지킨 것 치고는 잃은 게 무척 크다.

'망할 계집애! 이런 백주대낮에 청정한 도관에서 이런 말도 안되는 낯부끄러운 짓을 서슴없이 벌이다니!'

내심 욕설을 퍼부은 진영언이 그때까지도 운검의 품에 포옥 안겨서 떨어질 줄을 모르는 소금주에게 냉큼 다가갔다. 더 이상 참고 두고 볼 수 없었기 때문이다.

홱액!

날카로운 소성과 함께 소금주의 양 갈래로 땋아 내린 머리가 진영언의 손에 잡혔다. 그리고 힘이 주어진다.

"아얏!"

소금주가 비명과 함께 운검의 품에서 떨어져 나왔다. 그에게 달려들었을 때처럼 순식간에 벌어진 일이다.

그것만으로 분이 풀리지 않은 것이리라!

진영언이 손을 뒤집었다. 소금주의 머리를 붙잡은 채 한 바퀴를 돌려 버린 것이다.

"꺄악!"

소금주가 결국 엉덩방아를 찧었다. 머리카락이 뭉텅이로 뽑히는 걸 방지하기 위해 진영언의 손짓에 따라 스스로 몸을 날린 결과였다.

그래도 한 움큼이나 머리카락이 뽑혔다.

바닥에 주저앉은 채 봉두난발이 된 소금주가 훌쩍거리기 시작했음은 두말하면 잔소리다.

"흑흑! 흑흑흑흑······."

"계속 울면 남은 한쪽 머리도 몽땅 뽑아버린다!"

"···아니에요! 금주는 울지 않아요! 울음 그쳤어요!"

소금주가 거짓말처럼 울음을 그쳤다. 두 손으로 얼른 얼굴을 훔치고는 일어서기까지 한다.

"쿡! 하하하하!"

운검이 결국 참지 못하고 웃음을 터뜨렸다. 진영언과 소금주가 벌인 일단의 촌극을 보고 마음이 크게 유쾌해졌다. 일시 사우영에게 비참할 정도로 패배당했던 기억까지 몽땅 씻겨 내려간 것 같았다.

웃음만큼 전염성이 강한 게 있을까?

운검의 대소가 바람보다 빨리 주변으로 퍼져 나갔다. 일시 화악문 주변이 웃음소리로 가득 차게 된 것이었다.

그렇게 와자지껄한 분위기 속에서 운검과 진영언의 재회는 이뤄졌다. 서로의 안부를 묻거나 미주알고주알 떠들어대지 않고서 자연스레 눈빛으로 일 년의 세월을 뛰어넘게 되었다.

'여전하군.'

'바람둥이 자식! 몸 성히 돌아왔으니 일단 봐주마!'

어느새 운검의 곁으로 진영언이 슬쩍 몸을 디밀었다. 은근 슬쩍 소금주가 했던 것처럼 운검의 품에 안기려는 시도였다.

그러나 재수가 없달까?

막 운검이 진영언의 어깨에 손을 얹으려 할 때였다. 와자지껄한 주변의 분위기가 갑자기 급격한 경직을 보였다. 화악문을 지키던 영청의 보고를 받은 화산 장문 운양 진인이 모습을 드러낸 까닭이다.

"운검 사제!"

'이런!'

운검의 손이 죽엽수를 펼칠 때보다 빨리 진영언의 어깨에서 떨어져 나왔다.

운양 진인.

그가 옥천궁을 떠나게 만들었던 결정적인 원인을 제공한 당사자였다. 애증의 대상이며 사부 현명 진인를 제외하면 세상에서 가장 어렵게 느껴지는 인물이기도 했다.

당연히 여태까지와 달리 운검은 조심스러워질 수밖에 없었다. 일시 운양 진인을 어찌 대해야 할지도 가늠이 어려웠다. 평생 다시는 화산에 돌아오지 않겠다던 스스로의 맹세를 깬 상황이었기 때문이다.

그런 운검을 향해 운양 진인은 쏜살같이 다가들었다.

일취월장(日就月將)이랄까?

전날보다 운양 진인의 기도는 더욱 빼어나져 있었다. 적어도 무공이 한 단계 이상은 진보한 것 같았다. 당연히 신법의 속도 역시 훨씬 빨라졌다.

스스슥!

진영언의 불영신법이 무색할 정도의 구궁보로 단숨에 운검 앞에 이른 운양 진인이 격한 감정을 섞어 말했다.

"잘 돌아왔네! 잘 돌아왔어!"

"장문……."

"사형이라 부르게나! 더 이상 장문인이라 불러선 안 될 것이야!"

"…사형."

"암! 그래야지! 그렇고말고!"

몇 번이나 고개를 끄덕이며 기쁨을 표출한 운양 진인이 덥석 운검의 손을 붙잡았다.

전날같이 자하신공을 불어넣진 않았다.

그는 단 한 점의 공력도 깃들지 않은 손으로 운검을 잡아끌었다.

아주 오랜 옛날.

사부 현명 진인에게 고사리 손을 붙들려 처음으로 화악문을 넘었을 때와 같다. 사부를 대신해 자식뻘도 넘는 소사제를 맞이해 줬던 그 시절로 운양 진인은 돌아가 있었다. 그렇게 아무런 사심 없이 운검을 이끌었다.

"뭐야……."

느닷없이 운양 진인에게 운검을 빼앗긴 진영언이 일시 황당한 기색으로 요염한 얼굴을 일그러뜨렸다.

그럴 수밖에 없다.

그녀는 운양 진인이 다가든 순간 재빨리 운검의 앞을 가로막아 섰다.

이곳이 화산파의 옥천궁이고 상대가 운양 진인이란 건 전혀 고려의 대상이 되지 못했다. 무려 일 년이 넘어서야 가까스로 재회한 운검을 결코 남에게 양보할 수 없다는 사실만 기억하고 있었다.

그러나 그녀는 운양 진인을 단 한 호흡조차 막을 수 없었다.

그가 운검에게 다가서며 뿜어낸 자하신공의 열양지기는 자못 놀라운 위력을 발휘했다.

단숨에 그녀의 숨을 막히게 하고 기혈을 들끓어오르게 만들었다. 때마침 운검이 손을 뻗어 그녀를 옆으로 밀어내지 않았다면 기경팔맥이 모조리 뒤집혀 버렸을지도 모른다.

결국 두 눈을 버젓이 뜨고서 운검을 빼앗기게 된 진영언은 애꿎은 입술을 잘근거리며 씹었다. 급하게 운기조식에 들어가 내상을 입는 걸 방비하긴 했으나 들끓는 기혈을 가라앉히려면 제법 시간이 걸릴 판이었다.

그런 진영언을 소금주가 고소하다는 표정으로 바라봤다. 영활한 두 눈이 반짝거리며 굴러다니고 있었다.

'호호. 영언 언니, 툭하면 폭력에 호소하길 좋아하더니, 이번에 아주 된통 당했구나! 썩어도 준치라더니, 구대문파의 말석이라곤 해도 화산파 장문인은 제법이로구나. 저 정도 무위라면 냉면삼마 장로님들이 한꺼번에 덤벼도 상대가 되지 않겠어. 그런데 운검 가가는 어째서 혼자 옥천궁에 온 거람? 분명히 화산 부근까지 소수여제 위소소와 함께하고 있었다고 들었는데……'

소금주의 별호는 백안천이다.

백 개의 눈과 천 개의 귀를 가졌다는 뜻이다.

당연히 그녀는 옥천궁에 도착한 이후 꾸준히 화산 일대와 화음현 부근의 하오문도들에게서 정보를 취합하고 있었다. 강북 하오문 총순찰의 직위는 결코 귀왕 소연명의 수양딸이란 위치만으로 획득한 건 아니었다.

갸웃!

소금주가 귀엽게 고개를 옆으로 뉘어 보이곤 화악문 밖으로 몰래 빠져나갔다. 현재 그녀의 가장 큰 관심사인 운검과 위소소의 관계를 조사해야만 했기 때문이다.

* * *

밤.

운양 진인의 손에 이끌려 화악선거에 끌려갔던 운검은 늦은 저녁이 되어서야 풀려날 수 있었다.

예상했던 추궁?

그런 건 전혀 없었다.

운양 진인은 운검이 화산을 떠난 후 겪은 일에 대해서 일언반구조차 하지 않았다. 다만 주변의 이목이 없는 화악선거의 상방에 마주 앉은 후 한동안 눈시울을 붉힐 뿐이었다.

자하신공을 대성하며 초절정의 경지에 오르게 된 운양 진인이다. 같은 화산파의 무공을 수련한 운검의 현재 몸 상태를 눈치 채지 못했을 리 만무하다.

두 번째 주화입마!

화악문에 모여 있던 사람들 중 어느 누구도 발견치 못한 운검의 고통을 운양 진인은 바로 알아챘다. 자하신공을 연마한 사람끼리 느낄 수 있는 강력한 반발력이 운검에게서 전혀 느껴지지 않았기 때문이다.

그러나 운양 진인은 다시 실수를 범하고 싶지 않았다.

그는 운검에게 어떤 말도 하지 못하게 하고 화악선거로 잡아끌었다. 사람들이 없는 장소에서 그와 허심탄회(虛心坦懷)한 얘기를 나눌 작정이었다.

그래도 눈이 붉어지는 것까진 어쩔 수 없었다.

고작해야 이십대 중반.

평범한 무인이라면 평생을 꼬박 수련하고도 단 한 번 경험하기가 쉽지 않은 주화입마를 두 번이나 겪었다. 얼마나 깊은 절망을 느꼈으랴.

그 같은 생각에 운양 진인은 가슴이 크게 쓰라렸다. 일시 운검에게 어떤 위로의 말을 해야 할지 상상조차 할 수 없을 정도였다.

반면 운검은 마음이 크게 거북했다.

전날의 그는 마정의 저주로 인해 얻은 천사심공으로 운양 진인의 속내를 하나도 빠짐없이 알 수 있었다. 뒤틀리고 상처

받은 노인네의 증오와 고통에 몸서리쳐야만 했다.

그런데 지금은 완전히 다르다.

그는 천사심공의 힘을 빌지 않고도 운양 진인의 마음이 바뀐 것을 알 수 있었다. 그가 스스로의 힘으로 증오와 고통의 굴레를 벗어던지고 한 단계 성숙한 정신 세계를 이뤘음을 짐작해 낸 것이다.

그게 그를 불편하게 만들었다.

더 이상 대사형 운양 진인과 사문인 화산파에 어린애처럼 성질 부릴 수 없게 된 현실이 그를 안절부절못하게 만들었다. 그 같은 현실을 직시하는 게 꽤나 힘들었다. 다시 화산문하(華山門下)로 돌아간다는 건 분명 무척이나 귀찮은 일을 야기할 게 뻔했기 때문이다.

'쳇! 내가 화산으로 돌아온 건 그냥… 사형들의 자하신공으로 내 기경팔맥을 씻어낼 필요가 있어서였을 뿐인데……'

그렇다.

운검이 공동산에서 사우영에게 중상을 당했을 때 위소소에게 화산행을 부탁한 건 자하신공의 도움을 받기 위함이었다.

두 번째 주화입마로 하단전의 자하신공이 모조리 흩어져 버렸긴 하나 혈맥이 완전히 굳진 않았다. 순양의 자하신공을 연마한 사람의 도움만 받는다면 기경팔맥에 흩어져 있는 내공진기를 다시 하단전으로 돌려놓을 가능성이 충분했다.

물론 제약도 있었다.

자칫 그에게 자하신공을 불어넣어 줄 사람 역시 주화입마에 빠질 가능성이 다분하단 것이었다. 명색이 주화입마를 고치는 건데 그 정도 위험부담이 상존하는 건 어쩌면 당연한 일일지도 모르겠다.

그러나 운검은 위소소의 도움으로 내상을 치료하며 상당한 심득을 얻었다. 굳이 순양의 자하신공을 연마한 자의 도움이 없이도 주화입마를 벗어날 수 있게 된 것이다.

'하지만 나는 여전히 옥천궁에 도착한 후 사형들에게 떼를 써볼 작정이었다. 그렇게 화산파와 사형들에게 남아 있던 마지막 정을 끊을 옹졸한 생각을 하고 있었어. 그런데 장문 사형이 이렇게 나올 줄이야. 완전히 뒤통수를 맞은 격이 됐잖아!'

운검은 속으로 연신 투덜거리며 고개를 절레절레 흔들었다. 심중에 불만이 가득하여 폭발할 것만 같다.

그래도 걸음은 가볍다.

당장 날아가기라도 할 것처럼 그는 달빛을 즈려밟고 있었다. 입가에도 얼핏 미소가 번져 나온다. 자신에게 자하신공을 불어넣어 주겠다고 두 팔을 걷어붙이던 운양 진인의 얼굴을 떠올린 것과 동시에 벌어진 일이었다.

그런 운검의 앞에 두 개의 그림자가 모습을 드러냈다.

곽철원과 영호준이다.

그들은 연무장에서 다른 매화검수들과 함께 검진을 연습하다가 운검의 방문을 뒤늦게 알았다. 곧바로 화악선거로 달려왔으나 족히 몇 시진 정도는 근처를 배회하며 기다려야만 했다. 감히 장문인과 독대 중인 운검을 방해할 수 없었기 때문이다.

운검이 한눈에 그들을 알아봤다.

"여어!"

운검이 손을 들어 보이자 그들이 얼른 다가왔다.

"소질, 운검 사숙님의 건녕하심을 믿고 있었습니다!"

"사부님! 사부님!"

정중하게 포권해 보이는 곽철원과 달리 영호준은 운검의 앞에 이르러 털썩 바닥에 엎드렸다. 운검을 부르는 목소리 역시 살짝 목이 메어 나온다.

기약없는 이별 후.

거진 일 년 이상이 지나 버렸다. 그동안 들었던 흉흉한 소문을 떠올리자면 이런 정도의 행동도 그리 과장된 것은 아니다.

운검이 여전히 미소 띤 얼굴로 손을 내밀어 영호준을 일으켰다. 얼핏 눈에 놀라움의 기색이 스쳐 간다.

'이 녀석, 어느새 이 정도로 내공을 쌓았다니……'

영호준의 육합구소공은 이미 기본을 완벽하게 닦은 상태였다. 이를 바탕으로 태극매화권과 육합검법 역시 대성했음은 물론이었다.

 당연히 영호준은 현재 거의 예비 매화검수의 대접을 받으며 화산파의 다른 검법을 연마하고 있었다. 매화칠검수의 수장이자 화산파 제일의 기재라 불리던 곽철원과 비교하더라도 결코 뒤떨어지지 않는 빠른 무공 진경이었다.

 운검이 칭찬했다.

 "이 녀석, 그동안 제법 노력했구나?"

 "부족할 뿐입니다!"

 "허! 제법 겸양의 말도 다 하고? 자식, 사람 됐구나!"

 "사, 사부님……."

 운검에게 이끌려 부복을 풀고 일어선 영호준의 안색이 붉게 달아올랐다. 운검이 하는 말의 의미를 누구보다 잘 알고 있었기 때문이다.

 곽철원이 신중한 표정으로 물었다.

 "사숙님, 그런데 혹시 내상을 입으신 것입니까?"

 "그래. 철원아, 나 정말 죽다가 살아났다."

 "역시 그래서……."

 곽철원이 어두운 표정으로 말끝을 흐렸다.

 그의 현 무공 수위는 화산파 내에서 오로지 운양 진인에게만 미치지 못할 정도였다. 사숙이자 장로인 운유, 운송조차 그보다 강하다고 할 수 없었다.

 당연히 그는 사부 운양 진인과 마찬가지로 운검을 접하자마자 그의 몸에 일어난 이변을 눈치 챘다.

그래도 마음속의 우상인 운검이었다.

그는 내심 자신의 생각이 틀렸을 가능성을 기대하고 있었다. 운검을 보자마자 심중을 스쳐 간 불길한 생각을 쉽사리 인정할 수 없었기 때문이다.

운검이 그의 고민을 덜어줬다.

"철원이 네 생각이 맞다. 나는 다시 주화입마에 빠져서 예전처럼 현재 내공을 전혀 사용할 수 없다."

"설마 전날처럼 기경팔맥과 경맥이 굳어버리신 겁니까?"

"뭐, 그렇진 않아. 그냥 하단전에 축기되어 있던 자하신공이 흩어져 버렸을 뿐 기경팔맥과 경맥은 괜찮아. 중단전과 상단전 역시 무사하고."

"그럼 다시 내공을 연마하실 순 있겠군요?"

"그래, 처음부터 다시 하나하나 단계를 밟아가야만 할 테지만 어찌 됐든 시간의 여유만 주어진다면 다시 내공을 찾을 수 있을 거야. 그래서 말인데… 철원이 네게 한 가지 부탁을 좀 해야겠다."

"분부만 하십시오."

"나는 아무래도 한동안 네가 그동안 연공했던 남봉의 태화동천에서 지내야 할 것 같다. 장문 사형께서 권유하신 일이니, 네가 벽곡단이나 그 밖의 물품들 좀 준비해 줘야겠다."

"소질이 당장 준비해 놓겠습니다."

"고맙다."

운검에게 정중하게 허리를 숙여 보인 곽철원이 곧바로 신형을 돌려 남봉으로 떠났다. 다시 주화입마에 걸려 내공을 잃어버린 운검을 계속 보고 있기가 괴로웠기 때문이다.

영호준은 어느새 두 눈 가득 눈물을 담고 있었다. 항상 사내대장부를 자처하던 주제에 당장 대성통곡이라도 할 것 같은 얼굴이다.

운검이 놀리듯 말했다.

"다 큰 사내대장부가 어린 계집아이처럼 뭐 하는 짓이냐? 부끄럽지도 않느냐?"

"사, 사부님……."

"눈물 뿌리지 마라. 사부, 죽지 않았다."

"그, 그치만 다시 내공을 처음부터 수련하시려면 무척 힘드실 것 아닙니까? 내공의 기초를 다지는 건 정말 죽도록 힘든 일인데……."

"어이구, 인석! 내가 너냐?"

"예?"

"내가 비록 내공을 잃어버리긴 했지만 네 녀석처럼 일일이 기초를 다져야 할 필요는 없다는 뜻이다. 어느 정도만 하단전에 축기가 되면 기경팔맥에 흩어진 내공진기를 도로 끌어올 수 있으니까 말야."

"그, 그럼 다시 예전처럼 돌아가시는 겁니까?"

"아마 예전보다 더 강해질 거다."

"다행이다! 정말 다행이야!"

그제야 영호준이 눈물을 거두고 얼굴을 소매로 슥슥 문질렀다. 여전히 눈이 빨갛긴 하나 입이 활짝 미소 짓고 있다. 운검의 말을 한 점의 의심도 없이 수용한 것이다.

'에구, 이러니 내가 인석을 걱정하지 않을 수 없지. 이런 순진해 빠진 녀석 같으니라구!'

내심 탄식하면서도 운검은 영호준을 따뜻하게 바라봤다.

화산을 떠나 처음으로 얻은 제자다.

불퉁한 성격에 대책없는 열혈남아로 딱 객사하기 알맞아 어쩔 수 없이 제자로 받아들였다. 그냥 이대로 놔뒀다가 개죽음을 당하게 만들 순 없었기 때문이다.

그러나 그의 이 같이 곧은 성품은 운검의 과거와 어딘지 모르게 닮아 있었다. 사부 현명 진인의 엄한 훈도 아래 무공을 수련하던 그때와 말이다.

그래서 운검은 영호준을 외면할 수 없었다.

두 번째 제자인 북궁휘에게 형제나 친구 같은 정이 있다면, 눈앞의 대제자 영호준에겐 부친 같은 책임감을 느꼈다. 그가 이대로 변치 않고 당당한 강호의 협객이 되는 걸 뒤에서 묵묵히 지켜봐 주고 싶었다.

'어찌 됐든 철원이 녀석이 인석을 거둬준 건 잘된 일이다. 어느새 일류 수준에 근접한 무공의 기초를 닦아준 걸 보면,

그 녀석도 제법 가르칠 줄 안단 말씀이야.'

내심 고개를 끄덕이는 운검에게 영호준이 갑자기 뭐가 생각난 듯 호들갑스레 말했다.

"사부님, 수해촌에서 사조님을 뵈었습니다!"

"사조님?"

"예, 사부님의 사부님이 수해촌을 지나가셨더랬습니다! 그래서… 케엑!"

영호준이 빠르게 말을 늘어놓다 갑자기 숨막히는 소리를 냈다. 어느새 불가사의한 동작으로 다가온 운검에게 멱살을 잡혔기 때문이다. 운검의 눈이 차갑게 불타오르고 있다.

"무슨 소리를 하는 거냐? 내 사부님이 돌아가신 지가 언젠데, 감히 헛소리를 지껄이다니!"

"어, 어찌 제가 사부님께 거짓말을 느, 늘어놓겠습니까? 정말로 저는 수해촌에서 사조님을 뵈었습니다. 곽철원 사형도 뵈셨어요……."

"뭐? 철원이도 사부님을 뵈었다고?"

"예에."

영호준이 어느새 자신의 멱살을 놓고 뒤로 물러선 운검을 바라보며 몰래 호흡을 가다듬었다.

문득 의아한 생각이 든다.

내공을 잃어버렸다는 운검에게 어떻게 느닷없이 제압당했는지 도무지 알 재간이 없었기 때문이다. 근래 들어 나름대로 무공에 대해 가지고 있던 자부심이 완전히 날아가 버리고 말았다.

그런 생각도 잠시뿐.

여전히 자신을 향해 불타오르고 있는 운검의 시선에 움찔 놀란 기색을 보인 영호준이 얼른 품속에서 때가 꼬질꼬질한 서신 하나를 꺼내 내밀었다.

"뭐냐?"

"사조님께서 사부님께 남기신 서신인 것 같습니다. 본래 있는지도 몰랐는데, 어느 날 품속에서 떨어지더라구요. 아마 저도 모르는 새 품속에 집어넣으신 모양입니다."

"……"

운검이 얼른 영호준의 손에서 서신을 가져갔다. 그러나 쉽사리 펼쳐 보진 못한다. 갑작스런 일을 만나 머릿속이 마구 헝클어져 버린 까닭이다.

'그러고 보면 구마련과의 마지막 대전이 끝난 후 사부님의 시체는 끝내 발견되지 않았다. 단지 장문지보(掌門之寶)인 태화신검(太和神劍)만이 발견되었을 뿐이야. 당시 죽은 정파인들이 워낙 많고, 화산파 역시 무수히 많은 인명 피해를 당했기에 난전 중에 돌아가신 것으로 알고 있었는데 설마 살아 계셨을 줄이야……'

당시 운검은 사경을 헤매고 있던 상황이었다. 사부 현명 진인의 죽음까지 확인할 정신이 있을 리 만무했다. 그래서 살아

남은 다른 화산제자들은 태화신검과 부상자만을 수습해 화산으로 돌아올 수밖에 없었다.

그 같은 저간의 사정을 떠올리면서도 운검은 의심을 완전히 풀 수 없었다.

사부 현명 진인은 화산파의 장문지존이다.

무슨 경천동지(驚天動地)할 일이 있기에 죽음을 가장하고 화산파가 무림상에서 오늘처럼 추락하는 걸 방조했더란 말인가!

아무리 생각해도 이해할 수 없는 일이었다.

어쩌면 평생 가장 존경했던 사부에 대한 애정을 저버리게 될지도 모른다는 위기감마저 느꼈다. 그 정도로 현명 진인을 잃어버린 화산파와 운검이 겪은 고난은 상상을 초월한 것이었기 때문이다.

잠시의 머뭇거림.

고뇌를 담고서 운검은 결국 때가 탄 서신을 펼쳐 들었다. 그리고 어느새 중원 정파의 태두인 구대문파의 최대 비밀이 운검의 두 눈을 통해 뇌리 속으로 각인되어 갔다.

*　　　*　　　*

새벽.

언제나와 마찬가지로 화악선거의 상방에 좌정한 채 밤을

지샌 운양 진인의 노안엔 고뇌가 가득했다.

무상지도!

죽은 줄 알았던 사부 현명 진인이 대막으로 떠나기 전 전해준 중원 정파무림 제일의 심득은 난해하기 이를 데 없었다. 평생의 참오 끝에 화천단의 도움 없이 자하신공을 대성한 운양 진인임에도 도무지 감조차 잡기 힘들었다.

만약 그가 아니라 다른 화산파의 인물이 접한다면 심마(心魔)에 빠져 일생의 절학을 잃어버리고 폐인이 될지도 모른다는 생각이 들 정도였다.

그래서 운양 진인은 사제 운검에게 큰 기대를 품고 있었다. 천재적인 재능과 주화입마를 이겨낸 정신력을 함께 겸비한 그라면 반드시 무상지도를 깨우칠 수도 있다는 판단이었다.

'허어! 그런데 하필이면 이러한 때 운검 사제가 다시 주화입마에 빠지게 될 줄이야! 사부님이 남겨주신 무상지도를 깨우칠 인재는 그밖에는 없음인 것을……'

사부 현명 진인은 무상지도를 남기며 한마디 경고를 잊지 않았다. 만약 처음 봤을 때 어떠한 깨달음도 얻지 못한다면 결코 욕심을 부려선 안 되는 점을 분명히 한 것이다.

옳은 말이었다.

처음 무상지도를 보고 자하신공의 미진한 점을 보완하는 데 성공한 운양 진인은 그 이상의 진전을 볼 수 없었다. 거기까지가 그에게 주어진 인연의 끝이었다. 두 번째 시도 중 죽음 직전까지 몰려야만 했었다.

그런 상황에서 운검이 다시 주화입마에 빠져서 돌아왔다.

그에게 마지막 기대를 품고 있던 운양 진인의 고뇌가 심각할 정도로 깊어진 건 당연했다. 자칫 그를 죽음으로 몰아넣을 수도 있을 위험을 감수할 자신이 없었기 때문이다.

그 같은 고뇌 속에 운양 진인이 연신 한숨을 내쉬고 있을 때였다.

갑자기 화악선거의 문 저편에서 운검의 목소리가 들려왔다. 늦은 저녁에 떠났던 그가 새벽이 밝자마자 돌아온 거다.

"장문 사형, 운검입니다. 잠시 안에 들어도 되겠습니까?"

"들어오게나. 그렇지 않아도 사제를 내 기다리고 있었다네."

"예."

운검이 대답과 함께 화악선거 안에 들어왔다.

간밤.

운양 진인과 마찬가지로 그 역시 뜬눈으로 지새웠음이리라!

아직 어둠이 진득하게 머물러 있는 도관으로 들어선 운검의 두 눈에 살짝 핏발이 서 있었다.

어둠 속에서도 운검의 그 같은 변화를 한눈에 알아본 운양 진인이 불을 밝히곤 한쪽 자리를 손으로 가리켜 보였다. 전날

'단검풍류'를 입에 담고 화산을 떠나기 전과 똑같이 마주 앉게 된 것이다.

털썩!

운검이 그다지 개의치 않고 운양 진인 앞에 앉았다. 그리고 여전히 핏발이 선 눈으로 말한다.

"오랜만에 돌아오니, 쉽사리 잠이 오지 않는 게지?"

"장문 사형, 이미 아시겠지만 저는 이미 도사를 때려치웠습니다."

"허허, 그렇다더군. 예쁜 처자들도 옥천궁에 데려오고 말야?"

"그래도 저는 한 번도 제가 화산문하임을 잊어본 적이 없습니다."

"알고 있네."

"그런데 어째서 사부님에 대해서 말씀해 주시지 않으신 겁니까?"

"그건……"

잠시 말끝을 흐린 운양 진인이 입가에 가벼운 한숨을 매달았다. 드디어 올 것이 왔다는 생각이었다.

"…사제가 다시 주화입마에 빠졌기 때문일세. 곧 화산은 본 파 역사상 최초로 무림대전의 중심이 될지도 모른다네. 어찌 내공을 잃어버린 사제한테 육 년 전처럼 희생을 강요할 수 있겠는가?"

"그래서 제게 자하신공으로 치료를 받아본 후 차도가 없다면 남봉의 태화동천에서 폐관 수련에 들라 권하신 겁니까?"

"남봉은 사제도 알다시피 화산에서 가장 험하고 높은 봉우리일세. 만약 화산에서 무림대전이 벌어진다 해도 그곳까지 전화가 번지진 않을 것일세."

"그야 그렇지요."

운검이 천천히 고개를 끄덕여 보였다. 운양 진인이 한 말에 두말없이 동의를 보인 것이다. 그리고 자리를 털고 일어선다.

"사제, 곧바로 태화동천으로 가려는 것인가?"

"그전에 할 일이 있는 것 같습니다."

"할 일?"

"오랜만에 대사형과 비무를 해보고 싶군요."

"……."

운검은 평소와 달리 장문인이나 장문 사형이라 운양 진인을 칭하지 않았다. 아주 오래전, 사부 현명 진인의 문하에서 죽기로 연무하던 때와 같이 대사형이라 불렀다.

운양 진인이 어찌 그 뜻을 이해하지 못할 것인가!

그는 잠시 어이없다는 표정으로 화악선거를 빠져나가는 운검의 뒷모습을 바라보다 역시 좌정을 풀고 일어섰다.

문득 운검과의 마지막 비무를 떠올리자 가슴이 크게 뛰었다. 자식뻘도 더 되는 소사제에게 완벽하게 패배했던 당시의 씁쓸한 기억을 씻어버릴 기회가 왔다는 생각이 들어서였다.

'허허, 근래 조그만 깨달음을 얻었다고 생각했거늘, 여전히 내 마음속엔 옹졸하고 어리석은 미망이 남아 있었구나! 그러니 중원 정파 무학의 총화인 무상지도에서 얻은 것이 그리 적을 수밖에 없는 게지!'

내심 고개를 흔들어 보인 운양 진인이 운검의 뒤를 쫓아 화악선거를 빠져나갔다.

第八十九章

결전전야(決戰前夜)
결전의 전야, 화산으로 영웅들이 모여들다!

華山
劍宗

'운검 사제와 마지막으로 비무를 벌였던 게 언제였던고? 그가 자하구벽검에 입문하기 직전이니… 벌써 열 개 성상이 훌쩍 지났구나!'

십여 년 전.

이제 갓 코밑에 검은 기운이 기웃거리던 운검과의 마지막 비무를 떠올리며 운양 진인은 입가에 씁쓸한 미소를 매달았다.

비록 과거의 옹졸함을 떨쳐 버리긴 했으나 당시를 떠올리자니 마음이 쓰려온다. 자신이 권장지보의 기본을 잡아주고 손수 검을 쥐어줬던 막내 사제에게 완패했을 때의 기분이란……

 그날 이후.

 운양 진인은 더 이상 운검을 사제로 생각하지 않았다. 언제가 됐든 반드시 극복해야 할 대상으로 봤다. 적이나 다름없이 적개심을 불태우며 미친 듯이 무공 연마에 매진했다.

 그랬던 세월이 벌써 십여 년이 지났다.

 한 사람은 화산파의 장문인이 되었고, 다른 한 사람은 승룡비천검이란 빛나는 명호를 얻었으나 주화입마로 모든 내공을 잃어버렸다. 어느 모로 보든 지금처럼 다시 비무를 해야 할 이유를 찾긴 힘들었다. 이해할 수 없는 상황이라 할 수 있었다.

 그러나 운양 진인은 군소리없이 운검의 뒤를 따라 화악선거를 빠져나왔다. 아직 어둠의 기운이 장악하고 있는 연무장에 운검과 함께 마주한 채 선 것이다.

 운검이 말했다.

 "대사형, 아시다시피 저는 현재 내공을 전혀 사용하지 못하는 상황입니다. 하지만 개의치 마시고 평소대로 공격해 주셨으면 합니다."

 "설마 사제의 깨달음이 내공의 유무를 벗어날 수 있는 경지에까지 이른 것인가?"

 "그럴지도 모르겠습니다."

 "확실치는 않다는 뜻이군?"

"예, 그래서 대사형께서 확인시켜 주셨으면 합니다."
"알겠네."

운양 진인이 천천히 고개를 끄덕여 보였다.

그는 화악선거에서 운검과 대화를 나눈 직후 이상한 점을 발견했다. 두 번째 주화입마로 내공을 잃어버린 운검이 첫 번째 때와는 비교할 수 없을 정도로 침착하다는 점이었다.

과연 자신이라면 내공을 잃어버린 후 이같이 평정심을 유지할 수 있을 것인가?

운양 진인은 자신할 수 없었다.

그것이 운검에 대한 사유를 넓히게 만들었고, 곧 한 가지 가설을 세우게 만들었다. 믿기는 힘들지만 운검이 내공의 유무에 개의치 않을 정도의 무공을 완성했다는 거였다.

'어쩌면 운검 사제는 화산파 역사에 남을 대종사의 자질을 지녔을지도 모르겠구나. 하지만 그래도 확인은 해봐야 할 테지. 나는 화산파의 장문인이니까 말야.'

내심 눈을 빛낸 운양 진인이 천천히 쌍수를 들어 올렸다.

죽엽수.

그것도 완성된 자하신공이 밑바탕되어 있었다. 그 위력이 어떠할지는 굳이 설명하지 않아도 알 수 있을 터였다. 적어도 운검에겐 그러했다.

'대사형, 과연 달라졌구나! 본래 이렇게 화끈한 성격이 아니었는데……'

운검은 내심 탄성을 터뜨렸다.

느닷없이 자하신공을 운기하더니, 번개같이 죽엽수를 뻗어온다.

이미 지척이었다.

알고도 감히 대항치 못할 만한 극강의 위력이 담겨진 일격!

물론 운검이 감탄만 하고 있을 사람이 아니다. 맹렬한 열기와 함께 파고든 죽엽수의 변화를 따라 그의 신형이 미묘한 움직임을 보였다.

스슥!

구궁보다.

더불어 운검의 신형이 공중으로 살짝 뛰어올랐다. 죽엽수의 변화를 뚫고서 반격에 나선 것이다.

파팍!

운양 진인의 견정혈과 천돌혈 부근에서 연속적으로 격타음이 일었다.

번개가 무색할 정도의 소엽퇴법.

그러나 공격 후 오히려 뒤로 물러난 건 운검이었다. 운양 진인의 자하신공이 호신강기를 만들어낼 수 있을 만한 수준에 올라 있었기 때문이다.

그래도 운양 진인으로선 놀라지 않을 도리가 없다. 도대체 어떻게 운검이 자신의 죽엽수를 피하고 반격까지 할 수 있었는지 짐작조차 되지 않았다.

'허허!'

내심 헛웃음을 터뜨린 운양 진인이 다시 죽엽수를 펼쳤다. 더불어 이번엔 구궁보 역시 밟는다. 수공에 더해 보법까지 겸비해 운검을 상대하기로 작정한 거다.

운검 역시 기다리고만 있을 리 만무하다.

그는 절묘한 구궁보의 변화와 함께 맹렬한 기세를 더한 죽엽수를 또다시 옆으로 흘려냈다. 마치 형태가 존재하지 않는 대기처럼 운양 진인의 공격을 무위로 돌려 버렸다. 반격 역시 다시 이어진다.

툭!

호신강기로 철저하게 방비된 운양 진인의 견정혈을 운검의 수장이 두드렸다. 그냥 건드리기만 했다. 그 이상의 공격을 가하면 오히려 강력한 반탄지기에 자신이 오히려 손해본다는 걸 알고 있었기 때문이다.

당연히 그것만으로 끝일 리 없다.

순식간에 운양 진인의 반대편으로 돌아간 운검의 수장이 다시 견정혈을 때렸다.

똑같은 곳을 노린 타격!

운양 진인이 그냥 당하고만 있을 리 만무하다.

그의 죽엽수가 장법으로 바뀌었다. 화산파에서도 몇 명 익힌 자가 없는 태을전진미리장(太乙全眞迷摛掌)이 펼쳐진 것이다.

콰르르!

운양 진인의 수장에서 섬뜩한 굉음이 일었다. 자하신공의 뜨거운 열기가 담긴 장풍(掌風)이 삽시간에 그의 전신을 에워쌌다. 그렇게 함으로써 미꾸라지처럼 움직이고 있는 운검을 뒤로 밀어내려 했다.

그러나 운검은 오히려 더욱 운양 진인의 곁으로 붙었다.

툭!

또다시 그의 수장이 견정혈을 두드렸다. 여태까지와 다름없는 속도의 타격이다.

그러나 일순 다시 장풍을 뿜어내려던 운양 진인의 노안이 일그러졌다. 놀랍게도 그의 호신강기를 뚫고 운검의 진기조차 담기지 않은 타격이 파고들어 왔다. 견정혈에 통증을 증폭시켜 평상시대로 움직일 수 없게 만들었다.

'어떻게 이런 말도 안 되는 일이 가능할 수가…….'

운양 진인이 결국 운검을 쫓기를 포기하고 뒤로 물러섰다. 재빨리 진기를 일으켜 욱신거리는 견정혈을 보호했다. 자칫 몸의 반신이 마비될 지경에 이른 까닭이었다.

촉진(觸診)!

운검이 운양 진인의 호신강기를 무너뜨린 방법이다. 그의 연속적인 타격은 똑같은 속도에 똑같은 위력을 담은 듯했으나 실상은 그렇지 않았다.

그는 한차례씩 견정혈을 때릴 때마다 속도와 위력을 달리

했다. 더불어 견정혈을 때리는 각도 역시 조금씩 다르게 하니, 결국 철통같던 자하신공의 호신강기마저 무너질 수밖에 없었던 것이다.

운양 진인이 이 같은 도리를 단숨에 깨우칠 수 있을 리 없다. 그는 잠시 믿기 힘든 표정으로 운검을 바라보다 결국 장탄식을 입에 매달았다.

"하아! 과연 운검 사제는 대단하네! 도대체 어떻게 이런 일이 가능한지 이 우둔한 사형은 짐작조차 할 수 없겠네……."

"그냥 저는 대사형의 완벽한 화산지학의 허를 찔렀을 뿐입니다. 만약 대사형의 죽엽수와 구궁보, 태을전진미리장이 완벽하지 못했다면 꽤나 고전했을 겁니다."

"됐네! 굳이 이 사형을 애서 위로해 줄 필요는 없네. 운검 사제의 천재적인 능력은 이미 오래전부터 알고 있었으니 말일세."

"죄송합니다."

운검이 슬쩍 고개를 숙이자 운양 진인이 천천히 고개를 흔들어 보였다. 여전히 운검이 펼친 기이무쌍한 움직임과 타격을 이해하기 힘든 기색이 역력했다.

잠시의 시간이 흐른 후 운양 진인이 입을 뗐다.

"사제는 사부님께서 사실은 살아 계셨다는 걸 전해 들은 것이겠지?"

"예."

"그럼 사부님께서 남기신 무상지도에 대해서도 들었겠구만? 하긴 그걸 확인해 볼 작정이 아니었다면 이 새벽에 갑자기 날 찾아오지도 않았겠지."

"……."

운검이 입을 다물었다.

그는 확실히 운양 진인에게서 사부 현명 진인의 무상지도의 흔적을 확인하고 싶었다. 영호준이 전해준 서신에 적혀 있는 당부를 외면할 수 없어서였다.

'하지만 대사형의 무공 수준은 생각했던 것보다 못하다. 만약 사부님의 무상지도를 대사형이 얻은 게 분명하다면 나는 기대를 접어야만 할 것이다.'

현명 진인의 서신 속에는 운검에 대한 미안한 감정과 함께 무상지도에 대한 당부가 남겨져 있었다. 대제자인 운양 진인이 무상지도를 제대로 수습하지 못할 것을 현명 진인은 이미 짐작하고 있었음이 분명하다.

당연히 무상지도를 사우영을 이길 비책으로 생각하고 있던 운검으로선 실망이 꽤나 컸다. 무상지도가 생각했던 것보다 대단치 못하단 생각이 든 까닭이었다.

운양 진인이 그 같은 운검의 속마음을 읽고 다시 고개를 가로저었다.

"사제는 잘못 생각하고 있네. 나는 사부님이 전해주신 무상지도에서 그다지 큰 심득을 얻지 못했다네. 그저 오랫동안 골몰해 왔던 자하신공의 미진한 부분을 보충받았을 뿐이야. 하지만 사제는 다를지도 모르네."

"어떻게 다르단 겁니까?"

"그건 나도 모르겠네. 다만 사제가 남봉의 태화동천에 가서 무상지도를 확인한다면 무언가 얻는 게 있을 거라 생각했을 뿐이네."

"태화동천에 무상지도가 있는 겁니까?"

"그렇네."

운양 진인의 대답에 운검이 갑자기 허리를 크게 숙여 보였다. 애초부터 그가 자신에게 무상지도를 수습하게 할 마음이 있었음을 비로소 깨달았기 때문이다.

새벽은 빨리 지나갔다.

다른 날과 마찬가지로 아침을 맞은 옥천궁의 화악문을 빠져나가던 운검의 눈에 이채가 떠올랐다.

계곡물이 흘러내리는 바위 부근에서 건들거리며 흔들리고 있는 두 개의 늘씬하게 뻗은 다리.

주인이 누군지는 굳이 염두를 굴리지 않아도 알 수 있다. 이와 같은 상황을 과거 한차례 경험한 바 있었기 때문이다.

"여어!"

운검이 손을 들어 보이자 진영언이 엉덩이를 걸치고 있던 바위 위에서 풀쩍 뛰어내렸다. 그리고 다시 한 걸음을 내딛으니, 어느새 운검의 바로 앞이다.

"꽤나 바빠 보이네?"

"늘 그렇지."

"일 년 만에 만나놓고 얼굴 한 번 보고, 아침 댓바람부터 이렇게 훌쩍 떠나갈 정도로 바쁜 거야?"

"근래 내가 좀 얻어맞았거든."

"대종교의 소존주 사우영이란 자한테?"

"소문 한번 빠르군."

"날 졸졸 따라다니는 쬐끔한 계집애가 정보 수집 하나는 기가 막히게 하거든."

"아아!"

운검이 소금주의 귀여운 얼굴을 떠올리곤 고개를 끄덕여 보였다. 강북 하오문의 지낭이라 불리는 그녀의 존재를 깜빡 잊고 있었음을 깨달은 것이다.

진영언이 불쑥 머리를 들이밀었다.

"그래서 이제부터 열심히 무공 수련이라도 하시겠다?"

"해야지."

"사우영이란 자, 그렇게 하루 이틀 무공 수련한다고 이길 수 있는 상대인 거야?"

"하루 이틀에야 힘들겠지."

"그럼?"

"일단 해보는 데까지는 해보려고. 일단 그 괴물 같은 녀석이 화산에 올 때까지는 시간적인 여유가 좀 있지 않겠어?"

"여전히 헐렁한 생각이군."

"내가 본래 좀 그렇지."

"웃기는!"

진영언이 징그럽다는 표정을 지어 보였다. 그래도 요염한 입가에는 작은 미소가 매달려 있다. 생각했던 것보다 운검이 여유있는 상태란 판단을 내린 까닭이다.

운검이 말했다.

"어쨌든 내가 남봉에서 내려올 때까지 어디 가지 말고 얌전히 옥천궁에서 기다리고 있어."

"명령이야?"

"부탁이라고 해두지."

"그 부탁을 들어주면 뭘 해줄 건데?"

"혼인?"

"죽여 버린다, 그 약속 지키지 않으면!"

진영언이 성난 표정으로 소리친 후 느닷없이 운검의 품속으로 몸을 던졌다.

쪼옥!

순간적으로 두 사람의 입술이 맞닿았다. 포개진 채 상당히 오랫동안 있었다.

그렇게 시간이 흘러 결국 두 사람이 아쉬움을 남긴 채 떨어졌다.

평소보다 살짝 홍조를 띤 진영언.

그녀의 볼을 한차례 매만져 준 운검이 신형을 돌렸다. 화산 오봉 중 가장 험악한 남봉을 향해 떠난 것이다. 언제 돌아오겠다는 기약도 남기지 않고.

'약속! 지키지 않기만 해봐라! 맹세코 반드시 어디든 쫓아가서 죽여 버리고 말 테니깐!'

떠나가는 운검의 뒷모습을 바라보며 진영언이 붉은 입술을 살짝 깨물었다.

방금 헤어졌는데도 그립다.

당장 남봉으로 운검을 따라가고 싶었다.

그러나 자존심이 걸렸다.

이렇게 너무 매달리면 후일 주도권 싸움에서 꽤나 불리하게 작용할 것이 걱정되어 그녀는 운검을 그냥 보내줬다. 나중에라도 정 보고 싶으면 남봉으로 찾아가면 된다는 안이한 생각을 한 것도 사실이었다.

'그러고 보니, 소금주 이 쬐끔한 계집애가 웬일로 보이지 않는 거람? 어떻게든 운검을 본 이상 그한테 찰싹 달라붙어서 절대 떨어지지 않을 거라고 생각했는데⋯⋯.'

진영언은 소금주를 떠올리며 미간 사이를 좁혔다. 항상 주변을 얼쩡거리던 그녀의 모습이 보이지 않자 괜스레 마음이 불안해졌다.

그새 정이라도 든 것일까?

그럴 리가 없다.
 단지 진영언은 소금주가 혹시 자신 대신 운검의 뒤를 쫓아갈 것을 걱정했다. 평소의 그녀라면 능히 그런 후안무치한 짓도 저지를 수 있으리란 판단이었다.

*   *   *

 소금주가 커다란 두 눈을 몇 차례 깜빡거렸다.
 사실은 소매로 눈가 주변을 몇 차례 훔치고 싶었다. 지금 눈앞에 보이는 여인의 절세적인 미모를 그런 식으로라도 부인하고 싶어서였다.
 '쳇! 하지만 그래 봤자 나만 초라해질 뿐이지……'
 내심 투덜거리며 입술을 삐쭉 내밀어 보인 소금주가 곧 얼굴 가득 생글거리는 미소를 만들어냈다. 사교적인 말 역시 뒤따라 흘러나온다.
 "호호, 역시 이런 곳에 계셨구나!"
 "하오문의 어린 아가씨로군. 어째서 화산에 있는 거지?"
 "그야 당연히 운검 가가 때문이지요. 소수여제 위소소 소저처럼 말예요."
 "……"
 위소소가 소금주를 물끄러미 바라봤다.
 얼음같이 맑은 눈빛.

결전전야(決戰前夜) 265

일순 몸 전체로 오싹한 소름이 끼치는 걸 느낀 소금주가 작은 어깨를 움츠려 보이며 목을 자라처럼 집어넣었다.

"그런 식으로 바라보지 마세요. 무서워요. 영언 언니처럼 금주는 운검 가가와 장래를 약속한 사이는 아니라구요."

"진 소저도 화산에 있는 모양이군?"

"예."

"그렇군. 그래……."

위소소가 뭔가를 깨달았다는 듯 미미하게 고개를 끄덕여 보였다.

그 모습이 묘하게 슬퍼 보여 소금주가 얼른 그녀 곁으로 바짝 다가가며 종알거렸다.

"그런데 어째서 운검 가가와 함께 옥천궁에 들지 않은 거예요? 아! 역시 마도와 정파 간의 신분의 벽을 넘지 못한 건가요? 하지만 그렇게 따지자면 영언 언니나 금주도 녹림과 하오문 출신이니 위 소저보다 나을 건 없어요. 으음, 그리고 보니 운검 가가는 정파 출신이면서 죄다 몹쓸 사마외도 여인들과만 친교를 맺은 셈이네요?"

'이 아이… 정말 말이 많구나!'

위소소는 끝없이 종알거리며 떠드는 소금주를 바라보며 내심 고개를 저어 보였다.

소수현마경을 완성한 후 감정의 기복이 현격하게 없어진 상황이 아니었다면 소금주의 이 같은 수다를 끝까지 참아낼 수 없었을 거란 생각이 들었다.

그 같은 생각은 소금주 역시 마찬가지였다.

그녀는 전날과 달리 참을성이 엄청나게 많아진 위소소의 모습에 살짝 당황했다. 이 정도 떠들었으면 어떤 식으로든 반응을 보일 줄 알았는데, 상대는 묵묵부답이다. 결국 밑천을 먼저 드러낼 수밖에 없어진 거다.

'쳇! 이런 식의 전개는 절대로 마음에 들지 않는다구! 하지만 어쩔 수 없구나……'

내심 투덜거린 소금주가 여전히 생글거리는 얼굴로 말을 이었다.

"위 소저, 저 좀 도와주세요!"

"나는 네게 도움을 줘야 할 이유가 없다."

"그럼 제가 아니라 운검 가가를 돕는 거라고 생각하시면 어때요?"

"어째서 널 돕는 게 운 소협을 돕는 게 되지?"

"그야 화산파가 지금 풍전등화의 위기에 빠져 있기 때문이죠!"

"풍전등화의 위기?"

"예!"

짜랑짜랑한 목소리로 대답한 소금주가 곧바로 다시 입을 놀리기 시작했다.

"영언 언니와 화산에 온 후에도 금주는 계속 인근 하오문과 긴밀한 연락을 취하고 있었어요. 청해와 감숙을 거쳐 섬서에까지 이른 사우영의 마도연합 세력의 추이를 주시하고 있었던 거죠. 그런데 근래 갑자기 인근의 모든 하오문의 정보가 차단되어 버렸어요. 마도연합의 다음 목표가 서안의 북궁세가가 아니라 화산파일 수도 있다는 정보를 들은 직후에 벌어진 일이에요. 어째서 그런 말도 안 되는 일이 벌어졌는지는 모르겠지만요."

"섬서에 들어선 사우영의 목표가 북궁세가가 아니라 화산파라고?"

"거의 확실한 정보예요. 그래서 금주는 어떻게 해서든 서안의 사부님께 가야 하는데, 영언 언니는 절대로 운검 가가의 곁을 떠나지 않을 거예요."

"호위가 필요한 거로군?"

"어쩔 수 없어요. 금주는 무공이 약하니까요."

소금주가 언제 생글거렸냐는 듯 시무룩한 표정을 지어 보였다. 무림에 속한 자로서 자신의 무공을 비하하는 건 꽤나 괴로운 일이다. 특히 하오문처럼 타 문파한테 무시를 당하는 곳에 속한 자에겐 더욱 그러하다.

그러거나 말거나 위소소는 관심이 없다. 잠시 고심 어린 표정을 지어 보인 그녀가 천천히 고개를 끄덕여 보였다.

"내가 서안까지 호위를 해주도록 하지."

"정말요?"

"앞서 네가 말했다시피 운 소협을 위해서야. 그리고 나는 사우영이란 자에게 볼일이 있다."

"에! 설마 사우영하고 싸울 작정이세요?"

"그래."

"하지만 그자는 괴물처럼 강해서 운검 가가조차 심하게 당했다고 하던데요?"

"운 소협의 무공은 강해. 하지만 당시 그는 사우영과의 싸움에서 자신의 전력을 몽땅 사용할 수 없었어."

"그래도 진 건 진 거잖아요?"

"그래, 분명히. 하지만 운 소협이 졌다고 해서 나 역시 질 거라고 생각할 수는 없어."

'위험해! 위험해! 위험해!'

소금주는 내심 꺄악거리며 소리 질렀다. 괜스레 위소소를 끌어들인 게 자칫 섶을 짊어지고 불속에 뛰어드는 격이 될까 봐 걱정이 된 까닭이다.

그러나 이미 주사위는 던져졌다.

반드시 서안에 있는 귀왕 소연명에게 달려가서 화산파에 대한 지원을 얻어내야만 하는 소금주로선 다른 방도가 없었다. 그저 위소소가 서안까지 성질을 죽이고 자신의 호위에 집중하기만을 기대할 따름이었다.

'우에에엥! 나, 살아서 다시 운검 가가에게 돌아올 수 있으려나?'

내심 울먹이며 소금주가 위소소를 바라봤다. 그녀의 차갑게 가라앉아 있는 아름다운 눈빛에 몸을 덜덜 떨면서 말이다.

       *   *   *

위남(渭南).
 여산과 화음현 사이에 위치한 장소에 진을 친 사우영의 마도연합은 어느새 칠천을 헤아리는 군세를 이루고 있었다.
 마도천하!
 육 년여 전 구마련조차 쉽사리 내세우지 못했던 기치(旗幟)이다. 자칫 중원의 정파무림의 공적이 되어 합공을 당할 소지가 다분했기 때문이다.
 그러나 반대로 말하자면 그 같은 기치 아래 몰려들 만한 사마외도의 숫자가 적지 않음을 뜻하기도 했다. 절대마조 이래 지난 수백 년간 중원을 지배했던 정파에 짓눌려 있던 자들이 결코 적은 숫자일 리 만무한 거다.
 하물며 사우영은 청해와 감숙에 이어서 섬서의 초입에서 무지막지한 괴력을 보여줬다. 무적도 팽무군과 하북팽가의 정예를 몰살시키고, 동창과 금의위의 고수들을 박살 낸 게 바로 그것이었다.

사패와 구대문파!

소위 명문정파에게 억눌려 있던 사마외도들은 사우영을 구원자로 여겼다. 그게 아니면 적어도 그의 뒤를 따르면 땅에 떨어진 콩고물이라도 주워먹을 수 있다고 여겼다.

어차피 대부분 인생 막장에 처한 자들이었다.

어찌 되든 손해볼 것 없다는 생각이었다.

그렇게 모인 군세는 임시 군사가 된 유성월이 효과적으로 배분해서 관리했다. 시의적절하게 사우영 앞에 나타나서 단숨에 마도연합의 중심 인물로 일약 도약한 거다.

"여전히 파단고림사한에선 아무런 연락이 없습니다. 오랫동안 준비했던 만큼 생각 이상의 전력을 구축해 성전으로 몰려간 것이 분명해 보입니다!"

"사부님은 무적이시다!"

"옳으신 말씀이십니다! 하지만 대존주님께서는 아주 오랫동안 교내의 일에 관심을 끊고 계셨습니다. 아마 성전이 완전히 괴멸한다 해도 마음이 내키지 않으시면 손수 나서진 않으실 거라 사료됩니다."

"그렇겠지. 사부님은 내가 진언한 중원 정벌조차 그리 대수롭지 않게 여기신 분이니까. 그러니 더욱 이번 중원 정벌에 성공해야만 한다. 그 첫 보는 섬서가 될 것이고."

"그러기 위해서는 삼 개월 이내에 화산파를 몰살시켜야만 합니다."

"삼 개월?"

진중을 뒤로한 채 정오의 태양을 바라보고 있던 사우영이 거대한 신형을 처음으로 돌려세웠다.

마기가 번들거리는 두 눈.

삼 보가량 떨어진 장소에 정중하게 시립해 있는 유성월을 향하고 있다. 답을 내놓으라는 재촉이다.

유성월이 그리했다.

"화산은 험준합니다. 그리고 공동파에 비교할 바가 안 될 정도로 많은 속가제자를 보유하고 있습니다. 만약 화산 장문 운양 진인이 옥천궁을 버릴 각오만 한다면, 험준한 화산오봉을 이용해 족히 몇 개월 이상 저항할 수 있을 것입니다."

"그렇군. 그럼 어째서 삼 개월 이내이지?"

"삼 개월 이상 화산에 본 연합의 대군이 묶여 있는 걸 그냥 두고 볼 우현이 아닙니다. 만약 삼 개월 안에 화산파를 몰살시키지 못한다면, 그는 반드시 본 연합의 후미를 북궁세가와 구정회의 전력을 집중해 공격해 올 것입니다. 어쩌면 나머지 삼패와 구대문파 역시 가담시킬지도 모르지요."

"화산에서 마정대전이 벌어질 수도 있다는 뜻인가?"

"충분히 가능한 일입니다. 그러니 이번 화산파 공략에는 반드시 최고의 전력을 집중시켜야만 합니다. 물론 후방에도 강력한 방비를 해둬야만 하겠지만 말입니다."

"그럼 내가……."

"절대로 안 됩니다! 무적도 팽무군을 칠 때와는 사정이 다릅니다. 화산의 지리에 밝지 않은 소존주가 산중으로 유인당해 본대와 유리(遊離)된다면 의외의 타격을 입을 수 있습니다. 본 연합은 많은 병력에 비해 고수가 그리 많지 않다는 점을 감안해 주십시오."

"흐음."

사우영의 눈에서 강렬한 마기가 번들거렸다. 평소보다 더욱 많은 양의 마기가 일어나 유성월의 등에서 식은땀을 흘러나오게 만들었다.

'갈수록 마기가 강해지고 있다. 과거완 기질도 조금 달라진 것 같고. 설마 진짜로 구천마제 위극양에게 잠식당하고 있는 것인가?'

귀원마공!

마황십도 중에서도 첫째, 둘째를 다툴 정도의 마공이다. 더불어 매우 위험한 요소도 품고 있다고 알려져 있다. 완벽하게 체내에 흡수하지 않을 경우 본래 주인의 기억과 의지가 강하게 발현되는 까닭이다.

운검에게서 구천마제 위극양의 마정을 빼앗아 흡수한 사우영은 과연 어떠한가?

그가 완벽하게 귀원마공을 흡수했다고 유성월은 자신할 수 없었다. 재회한 그에게서 전날과는 비교조차 할 수 없었던 강력한 마기의 발현을 목도해서다.

그렇다 해도 그는 아직 사우영을 떠날 생각은 없었다. 자신의 힘으로 천하무림 제패를 이룩하고 싶은 모사의 욕심이 그 원인이다.

그에게 있어 구천마제 위극양이나 사우영은 모두 도구에 불과했다. 반드시 두 사람 중 누구여야만 할 이유는 없었다. 그냥 천하무림 제패를 이룰 때까지 그럴듯한 기치만 내세우고 있으면 만족했다.

'대존주께서는 너무 높은 경지에 올라 버리셨다. 절대로 내 평생에 천하무림 제패 같은 일에 관심을 기울이실 분이 아니야. 하지만 모사인 나는 헛되이 일신의 재주를 썩히고 싶지 않은 것이 본심이다. 어떻게든 천하무림을 제패한 모사로서 역사에 이름을 올리고 싶은 거다. 그게 고작해야 작고 보잘것없는 만족감에 불과할지라도…….'

내심 생각을 정리한 유성월이 슬며시 허리를 숙여 보였다.

"그럼, 저는 이만 화산과 공격의 진형을 짜러 물러가겠습니다."

"언제까지 가능하겠나?"

"내일 동이 틀 무렵엔 옥천궁을 공격하고 있을 겁니다."

"좋군."

사우영이 흐릿하게 미소 지었다. 여전히 마기가 번들거리는 눈을 유성월에게 고정시킨 채였다.

그렇게 유성월이 물러가고 얼마 지나지 않았을 때였다.

언제나처럼 홀로 남은 사우영의 배후로 북궁상아와 백묘가 모습을 드러냈다.

그동안 받은 집중적인 치료가 주효한 것이리라!

북궁상아는 어느새 부상의 후유증으로부터 완전히 자유로워져 있었다. 아직 무공을 완전히 회복한 건 아니나 이미 전날의 건강한 미모를 거의 회복하고 있었다.

"오늘도 유 총관과 함께 못된 짓을 획책하고 있었던 걸 테지요?"

"못된 짓?"

사우영의 시선이 이번엔 북궁상아를 향했다.

다만 그의 눈에 항상 머물러 있던 마기는 현저히 약해져 있었다. 거의 미미한 흔적만 느껴질 정도였다. 만약 그렇지 않았다면 북궁상아는 감히 그의 곁에 다가올 엄두도 내지 못했을 게 분명하다.

"그래요, 못된 짓이요! 항상 두 사람이 숙덕거리고 나면 주변의 문파 한두 개가 몰살당하거나 병합되곤 했잖아요. 나는 그걸 알고 있어요."

"그래서 충고하러 온 것인가?"

"그건 아니에요. 당신은 내가 뭐라고 얘기해 본들 바뀔 사람이 아니니까요."

"그건 맞다."

사우영이 고개를 끄덕이며 인정했다. 북궁상아의 말을 성의있게 들어주고 있는 것이다.

그게 북궁상아에게 용기를 줬다.

그녀는 잠시 머뭇거리다 조그만 목소리로 말했다.

"북궁세가는 그냥 내버려 두면 안 되나요? 아버님과 오라버니들이 모조리 죽어서 북궁세가는 앞으로 당신의 앞을 가로막는 걸림돌이 되진 않을 거예요. 셋째 오라버니는 본래 그리 대단한 사람도 아니고요."

"내가 북궁세가를 그냥 내버려 뒀으면 좋겠나?"

"그래요. 그렇게만 해주신다면 앞으로 당신을 더 이상 비난하지 않겠어요. 당신은 나같이 작은 계집애 같은 건 본래 신경조차 쓰지 않을 테지만 말예요."

"그렇지 않다."

묵직하게 고개를 저어 보인 사우영이 진지한 표정으로 말을 이었다.

"나는 네가 무척이나 신경 쓰인다. 널 여자로서 좋아하고 있어."

"그, 그런……."

"모른 척하진 마라. 네가 오늘 찾아와 네 가문을 봐줄 것을 요구한 건 내 이런 마음을 알고 있기 때문일 테니까 말야. 그리고 나는 네 요구를 들어주겠다."

"저, 정말인가요?"

"그래. 나는 북궁세가가 내 뒤를 노리지 않는다면 먼저 서안으로 달려가지 않겠다. 네 셋째 오라비인 북궁휘의 목숨을 거두지 않을 거야. 그게 널 기쁘게 한다면 말이다."

"물론이에요! 그건 절 분명 기쁘게 하는 일이에요. 하지만 유 총관이 당신의 말을 들을지 모르겠군요?"

"그는 내 수하다. 조언을 할 수 있을진 모르나 강요할 위치에 있진 않다."

"……."

북궁상아는 얼마 전 북궁휘에 의해 주도된 북궁세가 수복전에 대한 소문을 들었다.

부친 북궁한경과 모친을 비롯한 혈육들을 몰살한 장본인!

대공자 북궁정의 죽음은 그녀의 고통을 일정 부분 경감시켜 줬다. 원수의 일원이라 할 수 있는 사우영에게 자꾸 기울어만 가는 마음의 부담 역시 덜어진 게 사실이다.

그런 터에 이같이 사우영이 자신의 말을 성의있게 들어주자 가슴이 크게 뛰놀았다. 부친 북궁한경을 뛰어넘는 강자인 그가 이토록 그녀를 존중해 주고 있는 것이다.

'생전의 아버님은 유아독존(唯我獨尊)하신 분이셨다. 이렇게 내 얘기를 성의있게 들어준 적은 한 번도 없었어. 어머님이나 다른 오라버니들 역시 마찬가지고. 하지만 이 사람의 이같은 애정은 기쁘면서도 부담스럽구나…….'

내심 염두를 굴리던 북궁상아의 얼굴이 발그레한 기운을 띠었다. 문득 사우영의 앞에 있는 게 기쁘면서도 두려워져 어찌할 바를 모르게 되었다.

"오, 오늘 약속한 거, 반드시 지켜주셔야만 해요!"

"다른 사람이 아닌 너와 한 약속이다. 지키지 않을 이유가 없다."

"그만… 갈게요!"

결국 얼굴이 시뻘겋게 변한 북궁상아가 얼굴을 두 손으로 가린 채 달려갔다.

백묘가 말없이 그녀의 뒤를 따랐다.

사우영은 멀어져 가는 북궁상아를 묵묵히 바라보기만 할 뿐 어떤 제지도 가하지 않았다. 마음속 깊숙이 좋아하고 있는 여인이다. 다시 자신을 찾기를 기대할 뿐 강제하고 싶은 생각은 없었다.

'오늘 내린 결정을 유성월이 듣는다면 잔소리를 좀 늘어놓겠군. 그래 봤자 결국 내 말을 따를 테지만.'

문득 흐릿한 미소를 입가에 매단 사우영이 시선을 멀리 구름을 뚫고 우뚝 솟아 있는 백색의 거산 쪽에 던졌다.

칼날을 거꾸로 꽂아놓은 것 같은 모양새!

다섯 개의 주봉에는 나무 한 그루 보이지 않는다. 산 전체가 거대한 화강암 덩어리로 이뤄져 구름을 허리춤에 오연히 두르고 있었다.

그 같은 화산의 모습이 사우영은 마음에 들었다. 천하를 오만하게 내려다보는 절대자와 다름없는 기상을 느낄 수 있었기 때문이다.

"기대되는군, 화산파! 저런 산의 정기를 받으며 성장한 무인들은 반드시 강하고 고고할 테니까."

나직한 중얼거림과 함께 사우영이 입가에 걸린 미소를 지웠다. 어느새 그의 두 눈엔 강렬한 마기가 다시 일어나 주변을 진저리치게 만들고 있었다.

    *   *   *

한 달 전 서안의 북궁세가를 떠난 북궁휘는 한 자루 장검만을 지닌 채 옥천궁 앞에 이르렀다.

어느새 화음현 주변은 마도연합의 세력권이 되어 있었다.

삼삼오오 짝을 이룬 녹림과 사마외도의 무리들이 일대의 관도와 소로를 장악한 채 주변을 통제했고, 정파무림인들을 보이는 족족 잡아 죽였다. 화산파에 대한 정파의 지원을 원천적으로 봉쇄하려는 의도임이 분명했다.

그러나 그 같은 상황하에서도 북궁휘는 그리 어렵지 않게 포위망을 뚫고 화산에 도착했다. 처음부터 밖에서 안으로 돌입하는 것은 그리 어렵지 않은 포진으로 이뤄져 있었기 때문이다.

결전전야(決戰前夜) 279

'과연 유 총관은 대단한 모사다! 이 포진은 단 한 번의 싸움으로 화산 일대의 정파 세력을 한꺼번에 괴멸시키려는 의지로 충만되어 있어. 아마 그는 하루, 이틀 사이에 이 같은 포진을 굳힌 채 화산파로 공격해 들어올 게 분명해.'

결전전야(決戰前夜)!

북궁휘는 자신이 늦지 않게 옥천궁에 도착한 것을 다행스럽게 생각했다.

화산파가 처한 현 상황.

대단히 힘들다.

바람 앞의 등불이나 다름없는 상황이었다. 그가 화산에 도착하기 전 파악한 마도연합의 세력은 상상을 초월할 정도였기 때문이다.

하지만 그는 겁나지 않았다.

이대로 물러설 생각 역시 전혀 없었다. 어떻게든 마도연합의 공격으로부터 화산파를 지켜내 우현이 움직일 수 있는 여지를 만들어줄 작정이었다.

'우현 선배는 대단히 신중한 성격이다. 그러니 마도연합을 제압할 확신이 서기 전까진 절대로 서안에서 병력을 움직이지 않을 거야. 그러니 나는 북궁세가를 걱정할 필요가 없다. 이곳에서 화산파 검종의 제자로서의 역할에 충실하기만 하면 돼!'

내심 중얼거린 북궁휘가 허리춤의 장검을 한차례 손으로

매만진 후 옥천궁으로 걸어 들어갔다.
 화악문의 저편.
 그의 등장을 알아본 몇몇 화산파 도사들이 긴장한 기색으로 다가들고 있었다.

第九十章

자하구벽(紫霞九擘)
아홉 층 노을빛 검광이 구름을 뚫고 솟구쳐 오르리니!

華山
劍宗

태화동천.

운검은 달리 낙안봉(落雁峰)이라 불리는 화산제일봉인 남봉의 동굴에 틀어박혀 하릴없이 세월을 보내고 있었다.

어느새 까칠해진 얼굴.

얼마나 많은 시간이 흘러갔는지 짐작조차 할 수 없다. 태화동천에 들어서자마자 발견한 한 점의 기이한 그림과 글귀에 완전히 정신을 빼앗겨 버리고 만 까닭이었다.

굳이 표현하자면 하도낙서(河圖洛書)를 닮았달까?

태화동천에서 발견된 기이한 그림은 복희씨(伏羲氏) 때 황하(黃河)에서 나온 용마(龍馬)의 등에 그려져 있었다는 문양을 연상시켰고, 글귀는 우제(禹帝)가 홍수를 다스릴 때 낙수(洛水)에서 나온 신귀(神龜)의 등에 쓰여져 있었던 것 같은 형상이다.

복희는 하도에 의해 팔괘를 그렸고, 우는 낙서에 의해 홍범구주(洪範九疇)를 지었다고 전해진다.

운검은 과거 동방에서 흘러들어 온 하도오행상생지도(河圖五行相生之圖)와 송(宋)대 소옹의 낙서오행상극지도(洛書五行相剋之圖)를 공부한 바 있었다. 모두 도가에서 중시하는 오행의 상생과 상극을 도상화하여 하도와 낙서를 설명한 것들이었다.

물론 그냥 그런 생각이 들었을 뿐이었다.

어쩌면 운검은 공상을 한 것일지도 모른다. 사부 현명 진인이 남긴 무상지도라는 커다란 존재감에 짓눌려서 말도 안 되는 상상력을 발휘한 것일 수도 있다는 뜻이다.

그도 그럴 게 한 점의 하도낙서를 살피는 동안 무수히 많은 시간이 흘러갔음에도 특별히 뭔가 잡히는 건 없었다. 단지 끊임없이 머릿속을 복잡하게 만들고 번뇌를 심화시킬 뿐이었다.

번뇌의 정체!

공동산에서 운검을 처참하게 패배시킨 사우영의 존재였다.

그는 천재적인 무학 재능을 타고 태어나 화산지학을 완성시켰다고 자부하던 운검에게 최초의 패배를 안겨줬다. 변명조차 할 수 없을 정도로 완벽하게 짓밟아서 한동안 정신적인 공황감에 진저리치도록 만들었을 정도다.

하지만 운검은 전날 구천마제 위극양이란 존재를 만난 바 있었다.

사패주에게 합공당해 부상당한 그를 암습으로 이기긴 했으나 내심 줄곧 마음의 가책을 느껴왔다. 마정의 저주에 괴로워하면서도 운명처럼 수긍하고 받아들인 건 일종의 자기 반성이라고도 할 수 있었다.

게다가 마정의 저주로 얻은 천사심공은 그에게 인간의 이면을 깨우쳐 준 동시에 깊은 성찰 역시 할 수 있게 만들었다. 구천마제 위극양의 괴롭힘이 오히려 쇠를 단단하게 만드는 담금질처럼 운검을 성장시킨 것이었다.

덕분에 운검은 사우영에게 당한 패배를 곧 극복해 낼 수 있었다. 정신적은 공황감을 떨치고 구천마제 위극양의 저주로부터도 자유로워졌다.

두 번째 주화입마?

위소소의 소수현마경의 도움을 받아 내상을 어느 정도 치료하고 나자 곧 벗어날 수 있었다. 본래 첫 번째 주화입마 자체가 구천마제 위극양의 마정의 영향으로 받은 저주였다.

사우영에게 마정을 빼앗기자 모든 건 본래대로 돌아갔다.

마정 속에 담겨져 있던 귀원마공을 비롯한 구천마제 위극양의 마공이 소멸하고 자하신공은 남겨졌다. 기경팔맥과 전신 세맥으로 분산되어 하단전에 축기의 형태로 남겨지지 않았을 따름이었다.

운검은 화산행 중 그 같은 사실을 어렴풋이 깨닫게 되었다.

천천히 화산지학을 다시 처음부터 연성하던 중 그동안 잊고 있던 중단전의 연기화신과 상단전의 연신환허를 되살리게 된 까닭이었다.

그 뒤부터는 쉬웠다.

운검은 위소소의 등에서 천천히 내상의 후유증을 치유하며 기경팔맥과 전신 세맥을 활성화시켰다. 그렇게 함으로써 하단전의 공허함을 보충했다. 그동안 화산지학을 조금 더 세밀한 곳까지 연성할 수 있게 된 건 일종의 덤이라 할 수 있었다.

하지만 운검은 화산에 다가갈수록 마음이 조급해졌다.

이것만으론 부족했다.

사우영과의 재대결에서 그를 이길 자신이 없었다. 고작해야 동귀어진(同歸於盡) 정도가 최대한 낼 수 있는 성과였다. 화산지학으로선 결코 대종교의 마황십도를 능가할 수 없었기 때문이다.

그런 운검에게 사부 현명 진인이 남겼다는 무상지도는 하나의 돌파구였다. 평생 익혀왔던 화산지학에 한계를 느끼고 있었던 터라 무척 달콤하게 다가왔다. 사우영을 이길 수 있는 가능성을 발견했다는 판단이었다.

심마(心魔)!

주화입마와는 다른 마음의 병이 찾아들었다.

운검은 태화동천에서 무상지도를 뜻하는 하도낙서를 보고 제멋대로 상상했다. 그리고 뭔가 대단한 걸 찾기 위해 날뛰었고, 제풀에 지쳐서 좌절했다. 사우영에 대한 강렬한 경쟁심이 여태까지 쌓아 올린 수양과 깨달음을 좀먹어 들어간 것이다.

그렇게 그는 무상지도에 함몰되어 갔다.

어느새 곽철원이 준비해 준 벽곡단을 먹는 것도 잊었고, 잠을 자는 것도 잊었고, 시간의 흐름마저 잊어버리게 되었다. 그저 무상지도의 환상 속에 빠진 채 넋을 잃어버렸다.

폐인.

누구든 그리 생각할 정도로 변해 버렸다. 여태까지 이뤘던 모든 것을 잃어버렸다는 뜻이다.

그게 새로운 시작이었다.

폐인화된 상태가 지속되던 어느 때부터다.

갑자기 운검은 무상지도 속에서 환상을 봤다. 느닷없이 어떤 것도 아니던 그림과 글씨들이 이지러지더니, 검은색 공간을 만들어냈다.

그리고 어느새 운검은 그 검은색 공간에 존재했다.

태화동천의 동혈을 떠나 시공간을 초월한 위치에 자리한

거다.
 더불어 이목(耳目) 역시 이상해졌다.
 운검은 검은색 공간의 저편에서 무수히 많은 광경을 보게 되었다.
 익숙한 화산오봉과 옥천궁의 전경.
 그런데 그 뒤에 이어진 광경은 매우 경악스러운 것이었다. 거진 천 년의 역사를 자랑하던 옥천궁이 시뻘건 불꽃에 휩싸여 전소되고 있었기 때문이다.
 "억!"
 운검은 비명을 터뜨렸다.
 그만큼 옥천궁이 불타는 장면은 충격적이었다. 마치 자신의 몸에서 살과 뼈가 함께 타 들어가는 것 같았다.
 하지만 그건 고작해야 시작에 불과했다.
 곧바로 이어진 장면은 운검의 두 눈을 있는 대로 부릅뜨게 만들었다.
 옥천궁에 이어 북봉이라 불리는 운대봉(雲臺峰)으로 향하는 주요 관문인 석문(石門)이 박살났다. 그리고 약왕동(藥王洞)과 군선원(群仙院) 역시 처참하게 훼손되었다. 화산오봉 중 하나가 단숨에 초토화되어 버리고 만 것이다.
 당연히 이유가 없을 리 만무하다.
 곧 옥천궁을 중심으로 화산을 노닐던 도사, 묵객(墨客)들이 마음껏 노닐던 운대봉을 새카맣게 메운 자들이 보였다. 바로 사우영의 마도연합 소속 사마외도의 무리였다.

수천에 이르는 녹림의 산적, 수적, 채화음적, 마인, 사파인, 살수, 패륜범, 파문제자 등등…….

화산의 청정한 정기는 자욱한 어둠 속에 더럽혀져 있었다. 완전히 더럽고 추잡한 도적들의 소굴이 되어버린 것이다.

"크으!"

운검의 입을 뚫고 신음이 흘러나왔다. 분노로 인해 그의 전신은 사시나무처럼 마구 떨리고 있었다.

여전히 아직 끝은 멀었다.

어둠 속에서 다시 환상이 보였다.

이번 무대는 봉황산(鳳凰山)과 북두평(北斗坪), 사자령(獅子岭)이었다.

중봉(中峰)인 옥녀봉(玉女峰)으로 오르기 전의 교차점에 위치한 중요한 거점이다. 옥천궁을 제외한 화산파의 가장 중요한 도관들이 집결한 장소이기도 했다.

그런 곳들이 공격받고 있었다.

수천 명이 넘는 사마외도의 무리에게 포위된 채 화산파의 도사들과 묵객들이 하나둘 피를 흘리며 쓰러져 갔다.

한 손이 열 개의 손을 당할 수 없는 법!

옥천궁을 버리고 운대봉을 포기하면서까지 구축한 세 군데 거점이 점차 피로 물들어갔다. 평생 산과 구름을 벗삼아 살아온 화산파의 수도자들이 목숨으로 지켰던 도관과 함께 그 명운을 달리한 것이었다.
 그 와중에 사마외도의 무리 역시 상당한 피해를 입었다.
 옥천궁과 운대봉을 공격했던 자들보다 무력이 꽤나 많이 떨어지는 자들이 오로지 숫자만을 믿고 공략에 나선 게 원인이다. 그렇다 해도 워낙 머릿수가 많았다. 그 정도 피해는 그저 화산의 아름다운 하얀색 바위를 더럽히는 정도의 역할밖엔 하지 못했다.
 이제 다음 무대는 중봉인 옥녀봉일 터였다.

 운검은 바보가 아니다.
 그는 북두평과 봉황산, 사자령의 삼대도관이 무너지는 환상을 보고 현 상황을 확실하게 깨달았다.
 명백하게 화산파는 현재 사우영의 마도연합에게 공격당하고 있었다.
 그것도 전면전이다.
 정마대전이라 해도 과언이 아닐 정도로 엄청나게 동원된 숫자가 이를 증명한다. 만약 이런 식의 인해전술(人海戰術)이 아니었다면 어찌 화산파의 중요 도관들이 일거에 무너질 수 있었겠는가.
 운검은 괴로웠다.
 당장 이 환상 아닌 환상에서 벗어나서 태화동천을 빠져나가고 싶었으나 어찌해야 할 바를 몰랐다. 피를 나눈 친혈육이나 다름없는 화산파의 동문들과 함께 환란을 같이할 수 없었다.

그게 그를 미치게 만들었다.

그는 마구 주먹질을 해댔다. 욕을 하고 전신을 마구 뒤틀어댔다. 어둠 속에 갇혀서 아무것도 할 수 없는 자신의 어처구니없는 상황을 어떻게든 타개하려 했다.

그러나 여전히 그는 어둠 속에 갇혀 있었다. 얌전히 좌정한 채 옴짝달싹도 못하고 눈앞에서 다시 바뀌기 시작한 환상을 바라볼 수밖에 없었다.

예상대로였다.

다음 무대는 중봉 옥녀봉이었다.

그곳으로 향하는 도문관(道門關)과 오운봉(五雲峰)이 맹렬한 공격을 당하고 있었다. 굵직한 쇠사슬로 연결된 협로로 꾸역꾸역 사마외도의 무리들이 밀려들고 있었다.

"바보 같은 짓을……."

운검은 자신도 모르게 중얼거렸다.

그는 화산오봉의 지리에 대해 누구보다 잘 아는 사람이었다. 당연히 도문관과 오운봉으로 이어지는 협로가 얼마나 위험천만한지 역시 숙지하고 있었다.

일반인이라면 오금이 저려서 한 걸음도 내딛기가 힘든 협로!

그런 곳이 무려 수리에 걸쳐 이어져 있었다.

 아무리 무공을 연마한 자들이라 해도 저렇게 일렬로 줄을 지어 몰려드는 건 멍청이나 할 짓이었다. 특히 화산의 지리에 익숙한 화산파 제자들을 상대로 한 싸움에선 말이다.

 운검의 예상대로 반격이 있었다.

 엄청난 피해와 옥천궁을 비롯한 중요 도관들을 포기해 가며 옥녀봉까지 후퇴했던 화산파 제자들이 일제히 모습을 드러냈다.

 도문관과 오운봉 사이의 협로.

 그곳으로 무수히 많은 강전과 수전, 비표가 날아들었다.

 화산파의 대표적인 암기 수법인 암향십삼탄이 주가 된 암습이었다.

 더불어 속속 모습을 드러낸 화산파의 고수들이 협로 위로 뛰어내렸다. 암향십삼탄을 비롯한 암습에 이미 엄청난 타격을 입은 사마외도들에게 가차없이 살수를 뿌려댔음은 물론이다.

 옥녀봉이 지진을 만난 것처럼 뒤흔들렸다.

 사우영의 마도연합의 공격을 받은 후 첫 번째 승리였다. 지리적인 이점을 충분히 살려 반격에 성공한 것이다.

 그러나 운검은 고개를 가로저었다. 비관적인 중얼거림 역시 뒤를 따른다.

 "곧 사우영과 쌍마종이 모습을 드러낼 거야. 암기를 이용한 기습에 충분히 대비를 하고서. 지리적인 이점을 살린 건 훌륭했으나 너무 성급했다. 사우영과 쌍마종이 나설 때까지 더 참고 기다렸어야 했는데……."
 운검의 예상은 틀리지 않았다.

 곧바로 이어진 환상.
 이번 주인공은 다름 아닌 쌍마종인 살왕 포진과 염왕귀수 노홍이었다.
 그들은 놀라운 경공으로 단숨에 도문관과 오운봉 사이의 협로를 돌파했다.
 우박처럼 쏟아진 암기 세례.
 쌍마종에겐 그저 우스울 뿐이었다. 그들의 얼굴에 땀조차 흐르지 않게 만들었다.
 그런데 그들이 막 협로를 돌파했을 때였다.
 갑자기 상황이 급변했다.
 오랫동안 모습조차 보이지 않던 운양 진인과 운유, 운송의 양대장로가 그들의 앞을 막아선 것이다. 더불어 곽철원을 비롯한 매화칠검수와 영호준의 모습 역시 보였다.
 건곤일척(乾坤一擲)!
 운양 진인은 이곳에서 승부를 보려 했음이 분명하다.
 "안 돼!"
 운검은 버럭 소리 질렀다.

화산파의 전력이 총동원되었다. 쌍마종이 비록 대단하다 해도 상대하지 못할 바는 아니었다.

단!

쌍마종의 뒤에는 사우영이 버티고 있었다.

그를 끌어들이지 않은 상태에서 이 같은 건곤일척의 승부를 걸어선 안 되었다. 그게 운검을 다급하게 만들었다. 안절부절못하게 했다.

그때 상황이 또다시 바뀌었다.

양측이 막 혈전을 벌이려 할 때 협로의 저편에서 엄청난 숫자의 살왕령 살수와 염왕대 무사들이 모습을 드러냈다. 느닷없이 양측의 전력이 역전된 것이다.

쌍마종의 얼굴에 미소가 번져 나왔다.

그러나 그때 다시 상황이 급변했다. 쌍마종에 맞서기 위해 모습을 드러냈던 운양 진인 등이 황급히 뒤로 물러선 것이다. 더불어 당황한 쌍마종의 머리 위로 강철 그물이 떨어져 내렸다.

아무것도 없던 하늘.

그것도 화산에서 가장 험한 곳 중 하나인 협로를 막 벗어난 장소에서 벌어진 믿기 힘든 일이었다.

운검은 곧 누가 이런 일을 할 수 있었는지 깨달았다.

익숙한 얼굴이 보였다.

진영언과 북궁휘.

두 사람은 불영신법과 유성삼전도를 환상적으로 펼치며 옥녀봉의 가파른 절벽을 타고 달렸다. 그렇게 모습을 드러내자마자 쌍마종의 머리 위에 강철 그물을 덮어씌우는 쾌거를 이룬 것이었다.

"으아아!"

운검이 환호성을 터뜨렸다.

설마하니 이런 상황에서 북궁휘와 진영언이 모습을 드러낼 줄은 몰랐기 때문이다.

하지만 그것도 잠시뿐이었다.

강철 그물에 덮어씌워진 쌍마종을 덮쳐 가던 운유, 운송 양 대장로가 벼락에 관통당했다.

하늘에서 떨어져 내린 벼락이 아니다.

과거 운검이 한차례 경험해 본 적이 있는 혈천강살의 강기가 화살처럼 두 사람을 직격한 거였다.

그리고 협로의 저편에서 모습을 드러낸 장대한 체구의 사내!

사우영의 등장이었다.

운검은 고개를 돌려 버렸다.

더 이상 눈앞의 환상을 볼 수 없었다.

운유, 운송 양대장로의 죽음은 단지 시작해 불과했다.

곧바로 강철 그물에서 벗어난 쌍마종과 함께 합류한 사우영은 아무렇지도 않게 화산 제자들을 도륙했다. 중간에 북궁휘와 진영언이 싸움에 끼어들었지만 아예 상대조차 되지 못했다. 그저 잠시 시간을 지연시킨 것에 불과했다.

결국 운양 진인은 피눈물을 흘리며 옥녀봉에서의 후퇴를 명할 수밖에 없었다. 이미 화산파의 본산과 속가를 포함한 총 전력의 칠 할 이상을 잃어버린 직후였다.

그때부터 운검은 침묵에 빠져들었다.

고개를 돌려도 눈을 감아도 회피할 수 없는 눈앞의 환상.

이제 그에겐 실제나 다름없었다. 아니, 그 이상의 고통과 번뇌로 다가오고 있었다.

화산파의 멸망!

그 생생하고 처참한 역사의 광경을 그는 옴짝달싹 못한 채 지켜봐야만 하는 것이다.

그렇게 다시 시간이 흘러갔다.

문득 운검은 깨달았다.

그가 태화동천에 들어 무상지도로 추정되는 하도낙서를 궁구하고 있었음을.

그 와중에 그는 심마에 빠져들었다.

두 번째 맞은 주화입마조차 대수롭지 않게 이겨냈던 그가 고작해야 한 점의 그림에 자신을 잃어버린 거다. 그게 사우영에 대한 지나친 의식 때문이라곤 해도 쉽사리 납득이 가지 않는 결과였다.

그는 그렇게 약하지 않았다.

마음과 육체.

모든 면에서 그러했다.

더 이상의 깨달음이나 수행은 필요치 않았다. 지금만으로 충분했다. 화산지학 역시 마찬가지다. 결코 대종교의 마황십도에 못하지 않았다.

"사우영은 사우영. 나는 나. 대종교는 대종교. 화산파는 화산파. 지극히 간단한 이치다. 어렵게 생각한 건 단지 내 착각이었을 뿐이다."

나직한 중얼거림.

오랫동안의 미망 속에서 벗어나는 마법의 말이었다.

벌떡!

운검은 언제 옴짝달싹 못했냐는 듯 좌정을 풀고 일어섰다. 그리고 여전한 환상 속에서 마구 움직이기 시작했다.

구궁보, 신행백변, 표미각, 소엽퇴법, 죽엽수, 태을전진미리장, 명령장법, 이형권, 비형권, 화형권, 복호권…….

운검은 기운차게 권장지각을 펼쳐 냈다.

모두 화산지학이다.

어느 하나 절학 아닌 것이 없고, 극상까지 연성한 후의 위력은 극강이라 할 수 있다. 마황십도와 비교해 결코 떨어지지 않는 훌륭한 신공인 것이다.

그러다 운검이 식지를 꼿꼿이 편 채 검법을 펼치기 시작했다.

육합검, 칠앵검, 희이검, 양오검, 구궁검, 낙영검, 옥녀검, 매화검……

식지가 향하는 곳에 검기가 일고 검화가 피어오르고 곧 찬연한 검강이 형성되었다.

앞서 펼쳤던 권장지각과 마찬가지로 어느 하나 절학 아닌 것이 없다. 어떤 마공이학이나 절세무공과 맞닥뜨리더라도 결코 뒤지지 않는다 할 것이었다.

드디어 운검의 식지가 자하구벽검을 그려냈다. 무아지경 속에서 시작된 화산지학이 드디어 최종 단계에 이르렀다.

십년마일검(十年磨一劍).
상인미증시(霜刃未曾試).
금일임휘시(今日臨揮時).
천우도무검(天祐到無劍).

운검의 식지를 따라 자하구벽검의 사대검결이 도도한 장강처럼 흘러나왔다. 마치 한 명의 절세검객이 한 자루 고검을 들고서 하늘을 우러르듯 그렇게 검을 휘둘렀다.

전과 달라진 점?

그건 바로 연결이었다.

흐름이었다.

운검의 자하구벽검은 과거와 달리 단락되지 않았다. 사대검결이 마치 본래부터 하나였던 것처럼 연환을 이뤘다. 그렇게 한 폭의 검협도(劍俠圖)를 만들어냈다.

그리고 드디어 자하구벽검의 사대검결이 완전무결한 하나의 초식으로 화해 어둠의 공간을 찢어발기려 할 때였다. 갑자기 무아지경 속에 빠져 있던 운검이 비명을 터뜨렸다.

다시 심마가 찾아온 것인가?

그런 게 아니었다.

그는 무아지경 속에서 두 개의 공허에 찬 눈을 발견했다. 완성된 자하구벽검조차 허물지 못할 무저갱과 같은 공허의 늪에 대경해 버리고 만 것이다.

후들!

결국 운검은 무아지경 속에서 빠져나왔다. 자기 스스로 환상의 공간을 깨부수지 못하고 타의에 의해 본래의 세계로 돌아오게 된 거였다.

'도대체 그건……'

운검은 본래의 태화동천으로 돌아온 공간을 살피며 눈살을 찌푸려 보였다.

그의 앞엔 여전히 무상지도가 담긴 하도낙서 한 장이 존재한다. 이젠 뚫어져라 쏘아봐도 아무런 감흥도 주지 않는 그림과 글씨에 불과하다. 아마 평생 동안 그러할 터였다.

무상지도를 이룰 수 있는 환상경.

그에게 주어졌던 기회는 이것으로 끝이었다. 본능적으로 그러하리란 걸 알 수 있었다.

"뭐, 어쩔 수 없는 건가?"

운검은 자신과 무상지도의 인연이 여기까지임을 깨달았다. 굳이 집착을 보일 까닭은 없다. 그에겐 지금 당장 처리해야 할 일이 있었기 때문이다.

슥!

진짜로 운검이 일어났다. 얼마나 오래 한자리를 지키고 있었는지 몸에서 우수수 먼지가 떨어져 내린다. 그게 그의 마음을 살짝 급하게 만들었다.

자연스레 한쪽 구석에 비치되어 있던 매화검을 낚아챈 운검이 태화동천을 벗어났다.

활짝 개방된 그의 오감.

아주 커다란 싸움이 임박했음을 소리치고 있었다.

*　　*　　*

삼 개월.

무지막지한 기세로 밀어닥친 사우영의 마도연합을 상대로 화산파가 버틴 기간이었다.

족히 칠천이 넘는 대병력!

웬만한 무림문파쯤은 단 하루 새에 몰살시킬 수 있는 전력이었다.
 화산파라 해서 다를 건 없었다.
 만약 화산파가 처음부터 옥천궁을 비롯한 주요 도관과 거점을 포기하고 옥녀봉에 방어진을 펼치지 않았다면 단 사흘도 버티지 못하고 무너졌을 터였다.
 화산오봉의 험란함과 지형지물을 적절하게 이용한 방어진.
 그것이 삼 개월 동안 화산파가 사우영의 마도연합에 맞서 싸울 수 있었던 이유였다. 그러나 그 같은 분전도 이젠 종막을 앞두고 있었다.
 오봉 중 마지막인 남봉 낙안봉을 등뒤로 한 화산파의 총전력은 이제 채 일 할이 안 되게 남아 있었다. 운양 진인을 비롯한 고수 급들은 대부분 부상을 당했고, 가장 숫자가 많았던 속가제자들 중 살아 있는 자는 거의 없었다.
 그나마 북궁휘와 진영언은 아직 경미한 부상만 당한 상황이었다. 가장 경공이 뛰어났기 때문이다.
 누가 봐도 절망적인 상황.
 그러나 누구도 겁에 질린 자는 없었다. 무수히 많은 동도와 문도들의 죽음과 희생을 기억하며 비장한 최후의 결전을 준비하고 있었다.
 장공잔도(長空棧道).

낙안봉으로 올라가는 중간에 존재하는 절벽길이다.

그 아래는 천 길 낭떠러지.

최후의 결전을 벌이기엔 더할 나위 없이 이상적인 곳이라 아니 할 수 없었다.

살왕 포진과 염왕귀수 노홍.

사우영이 이끄는 마도연합을 대표하는 고수인 쌍마종의 얼굴에는 피로감이 덕지덕지 내려앉아 있었다.

처음.

서안의 북궁세가가 아닌 화산파를 먼저 공략한다고 했을 때까지만 해도 그러려니 했다. 압도적인 전력 차를 가지고 이미 공동파를 멸망시켰다. 화산파라 해도 다를 것은 없다는 판단이었다.

잘못된 판단이었다.

화산의 험준함은 공동산과는 비교가 되지 않았다.

초반에 옥천궁을 비롯한 중요 도관과 거점을 과감하게 포기하고 험한 지형을 철저히 이용한 화산파의 저항 역시 예상 이상이었다.

그래서 그들의 전력을 깎고 깎아가며 오봉의 마지막인 낙안봉까지 밀어붙이는 동안 무려 삼 개월이 걸렸다. 죽고 다쳐서 전력 이탈한 자들의 숫자 역시 거진 일천 명이 훌쩍 넘어가고 있었다. 화산파의 총전력이 오백이 안 된다는 걸 감안할 때 예상을 훨씬 뛰어넘는 피해를 당한 셈이다.

당연하달까?

맨 처음 장악한 운대봉에 집결해 있는 사마외도 무리들의 불만은 이미 하늘을 찌르고 있었다.

마도천하를 한다기에 쫓아왔다.

뒤를 따르다 보면 반드시 맛있는 떡고물이 떨어질 거라 생각했다.

그런데 맛있는 떡고물이 뚝뚝 떨어지다 못해 발에 채일 정도일 서안을 포기하고 온 곳이 화산이었다. 무려 삼 개월이나 산속에서 칼바람을 맞으며 지내려니 부족한 보급과 더불어 불만이 속출하는 건 지극히 당연한 일이라 할 수 있었다.

게다가 근래 들어 서안 쪽 방면의 정보가 완전히 끊겨 버렸다.

처음 예상했던 대로 우현이 슬슬 북궁세가와 구정회 전력을 끌어 모아 마도연합의 후미를 공략하려 함이 분명했다. 정보가 완전히 끊긴 건 확실한 전조였다.

그 같은 사정으로 인해 쌍마종은 오늘 전의에 불타오르고 있었다. 어떻게 해서든 오늘이 가기 전에 지긋지긋한 화산파를 완전히 멸망시킬 작정이었다.

그렇게 끌어 모은 전력이 오천!

언제나 마찬가지로 선봉은 살왕령과 염왕대였다.

포진이 차갑게 눈을 빛내며 말했다.

"내가 선두에 서지."

"살왕, 다른 때 같았으면 무조건 동의했을 테지만, 이번은 아니야."

"날 무시하는 건가?"

"저 잔도는 끔찍해. 저번에 통과했던 협로와는 비할 바가 안 될 정도야. 한쪽 다리가 불편한 살왕에게 선봉을 맡기기엔 미덥지 못한 게 사실이잖나?"

"……"

포진이 노홍을 침묵 속에 바라봤다. 그의 말이 옳다는 걸 알고 있었기 때문이다.

잠시의 침묵 끝에 포진이 말했다.

"그럼 나는 잔도 뒤편으로 돌아 들어가겠다. 절벽을 기어 올라 가려면 조금 시간이 걸리긴 하겠지만, 잘만 되면 더할 나위 없는 양동작전이 될 것이다."

"그렇게 해."

"그럼, 먼저 출발하겠다."

포진은 평상시처럼 감정의 기복을 보이지 않고 살왕령 살수 백 명을 이끌고 낙안봉 뒤편으로 떠나갔다.

그 모습을 살기 어린 눈으로 바라보던 노홍이 신형을 돌려 우렁우렁한 목소리로 소리쳤다.

"오늘 밤은 운대봉에서 보내도록 한다! 뒤떨어지는 녀석은 내버릴 테니, 무조건 내 뒤만 따라와!"

"존명!"

염왕대가 복명했다.

'낭패다!'

북궁휘는 한쪽 어깨에 피칠을 한 채 눈살을 찌푸렸다. 포진이 살왕령 살수와 함께 낙안봉 뒤편으로 향하는 광경을 보고 그의 의도를 눈치 챈 까닭이다.

현재 화산파의 전력은 최악이었다.

그를 비롯해서 고수 중 부상당하지 않은 자가 없고, 그나마 숫자가 턱없이 부족했다. 사실 장공잔도로 돌진해 오는 적을 막는 데만도 크게 힘에 부칠 판이었다.

당연히 양동작전을 위해 나눌 만한 전력은 없었다.

하물며 양동작전의 한 축을 맡은 자가 살왕 포진이라면 더욱 그러했다.

'역시 내가 가봐야 하는가?'

현 화산파에서 포진을 일대일로 상대할 수 있는 자는 오로지 북궁휘뿐이었다. 며칠 전 운양 진인이 복부를 칼로 찔리는 중상을 당했기 때문이다.

하지만 가뜩이나 부족한 전력에서 북궁휘가 빠진다는 것도 문제였다. 자칫 장공잔도를 방비하지 못하고 돌파를 허용한다면 금일 낙안봉은 화산파의 무덤이 될 수도 있었다.

이러지도 저러지도 못하게 된 상황.

지난 삼 개월간 실질적으로 화산파의 방어전을 지휘했던 북궁휘로서도 쉽사리 결정을 내릴 수 없었다.

 그런데 번민에 가득 차 있던 그의 얼굴에 일순 해연히 놀란 기색이 떠올랐다. 느닷없이 어깨를 두드리는 손길을 느낀 까닭이었다.

 '도대체 누가?'

 북궁휘는 신형을 돌리는 것과 동시에 발검했다. 아니, 하려 했다.

 하지만 그의 검파 부위는 어느새 강인한 손에 가로막혀 있었다. 아예 발검을 원천봉쇄당한 거다. 그런데도 북궁휘는 이차 동작을 포기했다.

 익숙한 미소.

 꽤나 오랫동안 그리워했던 운검이 이를 드러낸 채 북궁휘에게 고개를 가로저어 보이고 있었다.

 "또 제 몸에 맞지도 않는 무거운 칼 따윌 휘둘러댄 게지? 인석아, 발검할 때의 섬세함이 완전히 사라져 버렸잖아!"

 "사, 사부님······."

 "이젠 사부라고 부르지 마라."

 "예?"

 "형이라고 해. 네가 검을 포기했으니 더 이상 화산검종의 제자가 아니다!"

 "잠시만······."

"잠시만 뭐?"

"…잠시만 더 화산검종의 제자로 남겠습니다. 이 싸움이 끝날 때까지만요."

"뭐, 그러던지."

흔쾌히 북궁휘의 청을 받아들인 운검이 장공잔도로 뛰어든 염왕귀수 노홍과 염왕대 쪽을 살피며 명령했다.

"휘야, 당장 남아 있는 모든 사람을 데리고 낙안봉 반대편으로 달려가라!"

"사부님, 하지만……."

"여기는 내가 맡는다! 절대로 뚫리지 않게 할 테니, 내 말대로 해!"

"……."

북궁휘가 다소 복잡한 표정으로 운검을 바라봤다.

그는 알고 있었다.

방금 전 자신과의 간격을 아무렇지도 않게 파고들어 감쪽같이 어깨를 두드린 운검의 무공이 완전히 회복되었음을.

하지만 그렇다 해도 장공잔도 반대편에는 무려 오천에 가까운 병력이 운집해 있었다. 어찌 일개인의 무위로 그 같은 대병을 막아낼 수 있을 것인가.

'하지만 선택의 여지가 없다. 그 점을 사부님도 알고 계실 것이고.'

북궁휘가 비장한 표정으로 고개를 숙여 보였다.

복명이었다.

그런 북궁휘와 부근에서 울고 있는 영호준, 진영언을 두루 살핀 운검이 다시 씨익 웃어 보였다. 처음에 세 사람을 만났을 때처럼 어디까지나 여유 넘치고 유들유들한 표정이었다. 태화동천을 나선 그는 전혀 변한 것이 없었다.

"자! 그럼 힘 좀 써볼까?"

운검이 수중의 매화검을 한차례 공중에 휘두르곤 장공잔도를 향해 걸어갔다.

북궁휘를 포함한 모든 사람이 그에게 포권해 보였다.

그가 불가능에 대한 도전에 나섰음을 누구 한 명 모르지 않았기 때문이다.

"컥!"

염왕귀수 노홍의 얼굴에 불신의 기색이 떠올랐다.

인후혈을 찌르고 빠져나간 검!

그는 단숨에 치명상을 가한 매화검의 평범한 움직임을 어째서 자신이 막아내지 못했는지 이해할 수 없었다.

그때 다시 매화검이 움직였다.

여전히 지극히 평범한 변화다. 그냥 손을 한차례 뻗는 것만으로 막아낼 수 있을 듯한.

그러나 노홍은 그러지 못했다. 이미 장공잔도 아래에 펼쳐져 있는 천장절벽 아래로 추락하고 있었기 때문이다.

운검의 두 번째 검.

노홍의 뒤를 바짝 따르던 염왕대 오대 대주의 가슴을 꿰뚫고 있었다. 애초에 노홍에게 두 번이나 검을 휘두를 필요가 없었다는 뜻이다.

물론 이건 시작에 불과했다.

노홍과 성질 급한 대주들이 목숨을 잃은 후에도 염왕대를 선봉 삼은 마도연합의 무리는 끊임없이 장공잔도로 몰려들었다.

전형적인 인해전술.

만약 처음 이 같은 상황을 경험한 자라면 제아무리 무신(武神)과 같은 무공을 지녔더라도 당황했을 거다. 그리고 어떤 식으로든 실수를 범할 수밖에 없었을 거다.

그러나 운검은 태화동천에서 이미 환상을 통해 이 같은 인해전술을 경험한 바 있었다.

심즉검(心卽劍)!

이미 검과 일체가 되는 경지에 오른 운검의 매화검은 끊임없이 움직였다. 꾸역꾸역 밀려드는 마도연합의 무리를 한 명 한 명 죽여 나갔다.

망설임도 없고, 거슬림도 없다.

그의 매화검은 최단의 거리와 최소의 변화로 움직였다.

바로 앞은 장공잔도다.

움직임의 제약이 큰 만큼 보신경의 도움도 필요없고 내공 역시 굳이 사용할 가치를 못 느꼈다. 그냥 자연과 동화된 채 매화검을 휘둘러 죽이고 또 죽였다.

놀라운 점이 또 있다.

어느새 운검은 눈을 감고 있었다.

굳이 눈의 도움이 필요치 않았기 때문이다.

그러던 어느 때였다.

마치 다시 태화동천에 들어앉아 무상지도를 궁구하던 때로 돌아간 것처럼 자유롭던 운검의 매화검이 움직임을 멈췄다.

그와 함께 흔들려 버린 명경지수(明鏡止水).

또다시 몰아의 경지에서 벗어난 운검의 머리 위로 어느새 거영(巨影)이 쇄도해 들어오고 있었다. 장공잔도의 인해전술이 먹히지 않자 사우영이 직접 마신비행을 펼쳐 기습을 감행해 온 것이다.

두 눈에 담긴 끔찍한 마기!

보기만 해도 오금이 저릴 정도이나 처음 운검이 그를 만났을 때와는 다르다. 당당하고 우직할 정도의 패도로써 운검을 제압했던 사우영이 이미 아닌 것이다.

'기도가 바뀌었군!'

운검의 눈에 이채가 스쳐 갔다. 그러나 단지 그뿐이었다. 그의 매화검은 다시 앞으로 뻗어지고 있었다. 한 걸음 뒤로 물러선 것과 동시에 벌어진 일이었다.

지잉!

검명이 일었다.

사우영의 혈천강살 사이를 파고든 매화검이 기갑호신에 가로막힌 것이다.

그러나 운검의 매화검은 다시 움직였다.

검명 역시 또다시 일어난다.

단!

이번에 일어난 검명은 기갑호신에 가로막혀서가 아니다. 순간적으로 촉진을 일으켜서 기갑호신의 강기막을 송곳처럼 뚫어버린 탓에 일어난 소리였다.

푸욱!

단 이 검 만에 사우영의 기갑호신이 뚫렸다. 그의 좌측 어깨가 매화검의 침습을 받은 것도 거의 동시에 벌어진 일이다.

사우영의 얼굴에 놀라움의 기색이 떠올랐다. 노홍과 마찬가지로 어떻게 이런 일이 벌어졌는지 이해할 수 없다는 표정이다. 그러나 그와 다른 점도 있었다.

콰릉!

매화검이 빠져나가자마자 바닥에 착지한 사우영의 전신에서 엄청난 굉음이 터져 나왔다.

마벽음!

더불어 폭풍같이 일어난 풍우뇌벽의 지강이 운검을 노렸

다. 마신흉갑을 탈취할 때와 다름없이 운검의 몸에 구멍을 뚫어놓으려 했다.

그러나 운검의 매화검이 또다시 움직였다. 마벽음의 살인적인 음파를 개의치 않고 풍우뇌벽의 폭풍 속으로 뛰어들어 지강을 검봉으로 짓눌렀다.

또다시 울리는 검명.

결국 사우영의 거영이 감당해 내지 못하고 뒤로 물러섰다.

그가 중원에 들어선 후 처음 있는 일이었다.

더욱 참담한 건 단지 매화검의 평범한 변화에 밀려 이런 꼴이 되어버렸다는 것이었다.

"무슨 검법이냐?"

"자하구벽검!"

"헛소리! 본좌는 화산파의 자하구벽검에 대해 잘 알고 있다! 자하구벽검에 이런 위력은 없어!"

"본좌?"

운검이 매화검을 늘어뜨린 채 사우영을 바라봤다.

그의 전신에서 뿜어져 나오는 지독한 마기!

왠지 모르게 익숙하다. 마치 아주 오랫동안 공생했던 것처럼 생생하게 운검에게 전해져 온다.

"쯧! 구천마제 위극양이로군. 어쩐지 예전에 봤던 사우영의 기도와 다르다 했더니만……"

"애송이! 결국 알아차렸느냐?"

"못 알아차릴 수가 없지. 무려 육 년 동안 한 몸을 공유했던 분인데 말야."

"……."

구천마제 위극양이 마신비행으로 날아올랐다. 운검의 매화검이 다시 그를 노리고 있었기 때문이다.

이를 운검이 놓칠 리 없다.

그 역시 장공잔도 위의 암반을 구궁보로 밟으며 위극양을 쫓아 뛰어올랐다. 한 치의 망설임도 없이.

그때다. 일순 위극양의 두 눈이 백안으로 변했다.

탈혼백안!

더불어 섬광과도 같은 환사전광이 운검의 전신을 휘어감는다. 탈혼백안으로 정신을 혼미하게 만든 직후 환사전광의 날카로운 경기가 몰아닥친 것이다. 절대 운검의 매화검이 닿지 않는 간격에서의 공격!

빙글!

운검의 매화검이 회전을 일으켰다. 위극양을 향해 곧게 뻗어 있던 검봉이 몇 송이 매화를 만들어내어 전신을 검기로 에워싸 버렸다. 그렇게 함으로써 환사전광의 칼날로부터 자신을 지켜낸 거다.

그것만으로 끝일 리 없다.

운검의 매화검은 환사전광의 칼날을 튕겨낸 후 재차 앞으로 뻗어나갔다.

목표는 여전히 위극양이다.

연속된 그의 마공이 고작해야 한 호흡의 여유조차 만들어 내지 못한 거다.

위극양 역시 그 점을 알고 있었다.

스스스슥!

위극양이 분신을 일으켰다.

수십.

아니다. 족히 수백 개나 되는 그림자를 만들어냈다. 그럼으로써 운검의 매화검이 자신을 직접적으로 노리지 못하게 만들었다.

더불어 그의 전신에서 일어난 수천개의 뇌강!

수백 개나 되는 그림자 모두에게서 혈천강살이 폭발적으로 터져 나왔다. 혈천강살에 환사전광을 섞어버린 거다.

장엄할 정도의 광경!

아예 방어의 의지조차 갖지 못하게 만들 정도의 일격이다.

'허실(虛實)의 분간이 안 된다! 이런 마공이 있다는 얘기조차 들어본 적이 없거늘······.'

운검의 마음속에 처음으로 망설임의 기색이 떠올랐다. 설마 이런 말도 안 되는 마공을 상대하게 될 줄은 몰랐기 때문이다.

그러나 그것 역시 잠시뿐이었다.

문득 운검의 뇌리 속에서 하나의 영상이 그려졌다.

지극히 아름다운 검로! 자하의 광채다!

―십년마일검, 상인미증시, 금일임휘시, 천우도무검…….

문득 운검의 매화검이 꿈결같이 휘둘러졌다.
무상지도의 공간 속에서 최후로 깨달은 자하구벽검의 사대검초 연환이다. 그 인세에 존재하지 않을 것 같은 검초가 환상처럼 낙안봉 전체를 휘감았다. 그리고 일어난 믿기지 않을 광경을 보라!
자하구벽!
일순 매화꽃 모양의 화산오봉 위로 아홉 층 노을빛 검광이 구름을 뚫고 솟구쳐 올랐다.
전설 그대로 위력!
순식간에 수백 개가 넘는 그림자를 에워싼 혈천강살을 제압하더니, 사우영을 먹고 환생한 위극양이 일으킨 열여덟 겹 강기를 꿰뚫어 버린다. 가차없이 그의 미간으로 파고들어 가 자줏빛 혈흔을 남긴 거였다.
그것만으론 부족했다.
다시 가해진 일검!
귀원마공의 핵심이라 할 수 있는 심장을 꿰뚫어 버린다. 다시는 누구에게도 저주할 수 없고 환생 역시 하지 못하도록 종지부를 찍은 거다.

"크아아아악!"

 단말마의 비명과 함께 사우영의 탈을 쓴 위극양이 장공잔도 아래로 떨어져 내렸다.

 여태까지 운검이 상대했던 자들과 다를 바 없다.

 단지 몇 차례 검을 더 휘둘렀을 따름이었다. 그것만으로도 충분했다. 남의 몸을 빼앗아 삶을 연명하려던 비겁한 마인을 상대하는 데는 말이다.

"아악!"

 사우영의 탈을 쓴 구천마제 위극양의 추락에 북궁상아가 비명을 터뜨렸다.

 지난 삼 개월.

 점차 위극양에게 심령을 잠식당해 가던 사우영이었으나 북궁상아 앞에서는 마기를 거둬들이곤 했다. 그녀에 대한 마음이 결코 거짓이 아니었기 때문이다.

 그런 사우영에게 북궁상아 역시 은연중 마음을 허락하고 있었다. 그가 가문의 원수이자 정파무림의 대적이라는 걸 알면서도 마음이 기우는 걸 어찌할 수 없었다.

 가련한 여심(女心).

 그렇게 사랑했던 사우영의 죽음을 북궁상아는 견딜 수 없었다.

 흔들!

사우영의 죽음을 보고 공포에 질린 마도연합의 사마외도들의 도주를 뒤로한 채 북궁상아가 천장단애 밑으로 몸을 날렸다.
낙화(洛花).
무림의 꽃 하나가 그렇게 사라져 갔다.

*   *   *

파단고림사한.
뜨거운 열사의 땅인 대막을 수개월간 걸어서 대종교의 성전에 도착한 한 사내가 있었다.
보통 사람보다 족히 머리 하나는 큰 체구!
그러나 아쉽게도 몸이 마치 대꼬챙이처럼 말라 있었다. 일반인보다도 근육량이 적어서 만약 뜨거운 대지에 쓰러지기라도 하면 절대 일어나지 못할 것 같았다.
그 같은 사내가 어떻게 대막인들의 성지인 대종교 성전에 이른 것일까?
문득 따가운 햇볕 아래 드러난 얼굴이 모든 걸 설명해 준다.
사우영.
한때 대막 대종교의 소존주로서 위풍당당하게 중원 정벌을 떠났던 마도의 일대 기린아가 사내의 정체였다. 그는 놀랍게도 화산의 천장단애에서 떨어지고서도 목숨을 건져서 파단고림사한으로 돌아온 것이다.

모든 것은 구천마제 위극양의 귀원마공으로 귀결된다.

사우영은 귀원마공을 흡수한 후 위극양에게 심령을 거진 제압당했다. 운검 대신 그에게 몸을 빼앗겨 버린 거다. 그러나 그게 전화위복이 되었다.

운검의 자하구벽검은 확실하게 위극양을 죽였다.

더불어 사우영을 살렸다.

위극양의 영혼이 깃들어 있던 귀원마공이 박살나며 사우영은 기적적으로 영혼 금제에서 벗어난 것이었다.

그러나 단지 그뿐이었다.

사우영은 목숨만 건졌을 뿐 일신의 모든 무학을 잃어버렸다. 수개월간의 고된 여정 끝에 성전에 이른 그의 몸이 절반 이하로 줄어들어 버린 건 바로 그 때문이었다.

어찌 됐든 그에겐 아직 희망이 있었다.

사부 대막마신!

그는 살아 있는 신이었다. 사우영의 망가져 버린 몸 정도는 아주 간단히 고쳐 줄 수 있는 것이다.

'하지만 나는 패배자다! 과연 사부님이 내게 두 번째 기회를 주실지 모르겠구나……'

성전을 바라보며 내심 고개를 가로저은 사우영이 힘겹게 걸음을 옮겼다.

주사위는 이미 던져졌다.
이제 와서 망설일 까닭이 없었다.

성전 안에 들어선 사우영은 구토가 치밀 정도로 살풍경한 광경에 일시 넋을 잃었다.
거진 백여 개에 이르는 장창!
하늘을 향해 거꾸로 꽂혀 있는 이 일 장 길이의 장창의 끝에는 하나도 빠짐없이 사람의 인골이 매달려 있었다. 필경 산 채로 장창에 꿰뚫린 채 죽어갔음이 분명한 광경이었다.
'이들은 중원의 무인들······.'
사우영의 뇌리로 문득 사부 대막마신을 암살하기 위해 중원을 떠났던 현명 진인과 사패의 무인들이 떠올랐다. 눈앞의 끔찍한 광경이 바로 그들의 최후란 생각이 든 까닭이다.
그때 장창의 숲 저편에서 신비로운 목소리가 울려 퍼졌다. 대막을 떠나기 전에도 몇 차례 본 적이 없는 사부 대막마신이 놀랍게도 직접 그를 마중 나온 것이다.
"귀원마공의 회수에는 성공했더냐?"
"제자, 대막과 대종교의 살아 있는 신인(神人)이신 사부님을 뵙습니다!"
"쓸데없는 허례. 내 질문에나 대답하거라."
"회수를 하기는 했으나, 제 몸속에서 부서져 버렸습니다."
"부서져?"

"화산파의 자하구벽검에 당했습니다. 그래서……."

"더 이상 말할 필요 없느니라! 내가 직접 확인하면 될 일인즉."

"……."

 바닥에 부복해 있던 사우영 앞에 어느새 사람의 그림자가 나타났다.

 그리고 인당(印堂)에 대어진 손 하나.

 문득 무어라 다시 입을 열려던 사우영의 두 눈이 부릅 뜨여졌다. 일시 머리로부터 모든 기억과 의지가 한 방울도 남지 않고 모조리 인당을 통해 빠져나가 버렸기 때문이다.

 "허허, 그렇게 된 것인가? 어쩐지 얼마 전 내 파황경(破荒境) 주변을 얼쩡거리던 어린아이 하나가 보이더라니……."

 뜻 모를 뇌까림.

 어느새 사우영의 인당에서 손을 떼어낸 그림자가 장창의 숲에서 자취를 감춰 버렸다.

 새로 생긴 시체 한 구를 남겨놓은 채.

그 후의 이야기 몇 가지…….

華山劍宗

그날.

사우영과 쌍마종 모두를 잃어버린 마도연합은 자연스럽게 사라졌다. 우현이 이끄는 북궁세가와 구정회가 중심이 된 정파연합에 의해 깨끗하게 정리가 되어버린 것이다.

화산파의 기적 같은 삼 개월간의 분투!

그것이 또 하나의 정마대전을 중원 전체가 아닌 섬서의 한쪽 귀퉁이에서 끝나게 만들었다.

당연히 그 후 한동안 섬서를 비롯한 천하 정파인들의 이목은 일제히 화산을 향했다.

전설적인 자하구벽검을 대성한 승룡비천검제(昇龍飛天劍

帝) 운검과 어떻게든 줄을 대보려는 사람들로 한동안 화산 전체가 문전성시를 이뤘을 정도였다.

그러나 마도연합과의 대결이 끝난 직후 운검은 화산의 서봉(西峰)인 연화봉(蓮花峰)에 초옥 한 채를 짓고서 틀어박혔다. 그의 곁에는 두 명의 화용월태(花容月態)한 미인이 함께 있었는데, 종종 강북 하오문의 총순찰인 소금주와 화산검종 문하 제자들의 방문만을 허락할 따름이었다.

이유가 없을 리 만무하다.

운검은 종종 어째서 젊은 나이에 은거를 감행했냐는 주변의 질문에 담담한 표정으로 대답하곤 했다. 무상지도를 완성하지 못해 사부님의 복수조차 못했으니, 다시 천하를 주유할 흥취조차 나지 않노라고.

물론 질문을 던진 사람들은 그의 이 같은 말에 그다지 동의하지 못했다.

양손의 꽃이라던가?

두 명의 미인과 함께 희희낙락하고 있는 운검의 모습이 현생활을 꽤나 열심히 즐기고 있음을 단적으로 보여주고 있었기 때문이다.

우현은 무척 바빴다.

그는 사우영이 죽은 후 마도연합의 잔당들을 처리하느라 몇 년 이상을 소진해야만 했고 서패 북궁세가를 북궁휘 중심으로 완벽하게 재편해야만 했다.
 전혀 쉴 시간이 없었다.
 게다가 막판에 마신흉갑과 함께 종적을 감춘 소리장도 유성월로 인해 그는 심각한 두통까지 얻게 되었다. 두 번에 걸친 정마대전으로 인해 동배의 친우들 상당수를 잃어버려 가끔 외로움이 뼈에 사무치기까지 했다.
 말년에 완전히 더럽게 꼬여 버린 것이다.
 그래도 우현은 여전히 정파제일의 지자로서 나름대로 최선을 다해 구정회와 정파무림을 관리했다. 종종 정파제일의 고수가 된 승룡비천검제 운검에게 대종교의 대존주인 대막마신과의 싸움을 부추기는 것도 결코 포기하지 않았고 말이다.
 절대마조를 추종하는 대종교의 멸망과 대막마신의 죽음!
 그가 필생의 업으로 삼는 것이었다.
 어떻게든 운검을 대막으로 보내고 싶어하는 건 지극히 당연한 일이었다.
 물론 운검은 항상 정중하게 거절하곤 했다. 화산파의 재건을 이유로 들면서 말이다.

 수해촌의 운옥객점은 해를 거듭할 수록 번성했다.
 수해촌을 뛰어넘어 섬서성을 대표하는 요식업계의 기린아로 성장했을 정도였다.
 그러나 일약 상계의 거물이 된 유옥은 평상시와 다름없이 검소한 삶을 영위했다. 도사를 비롯해 거지나 탁발승, 가난한 사람들을 잘 거둬 먹이는 버릇 역시 결코 포기하지 않았다.

덕분에 화산파의 매화검수가 되어 다시 수해촌으로 찾아온 영호준은 계속해서 바쁜 나날을 보내야만 했다. 운옥객점의 규모가 커지고 수입이 늘수록 기하급수적으로 지출 역시 증가했기 때문이다. 당당한 화산검종의 매화검수임에도 그는 여전히 식재료를 사러 다녀야만 했고, 온갖 궂은일 역시 도맡아 처리했다. 그게 유옥을 사랑하는 그의 방식이었음은 두말하면 잔소리겠다.

결국 수년이 흐른 후 두 사람은 운검을 비롯한 화산검종 문하들이 모인 자리에서 하늘에 고하고 동방화촉을 밝히게 된다. 운검이 괜스레 밤새도록 대제자와 술자리를 함께하며 꼬장을 부렸음은 물론이다.

『화산검종』 제9권 終

은하의 계곡
무천향
武天鄕

허담 新무협 판타지 소설

뿌리를 찾아가는 목동 파소의 여행.
그 여정의 끝에서
검 든 자들의 고향 대무천향(大武天鄕)을 만난다.

검객 단보, 그는 노래했다.

…모든 검 든 자들의 고향 무천향.
한 초식의 검에 잠든 용이 깨어나고, 또 한 초식의 검에 잠든 바다가 일어나네.
검의 흐름을 따라가다 보면 어느새, 세월도 잊어버리고, 사랑도 잊어버리고,
무공도 잊어버려…….
결국에는 자신조차 잊어버리는…….

은하의 가장 밝은 빛이 되어버린다는
그 무성(武星)들의 대지(大地).

아, 대무천향(大武天鄕)이여!

유행이 아닌 자유추구 -
WWW.chungeoram.com
Book Publishing CHUNGEORAM

閻王眞武

염왕진무

김석진 新무협 판타지 소설

"그, 그럼 어디서 오셨습니까?"
무심하게 고개를 돌리며 진무가 속삭이듯 말했다.

……지옥에서.

인간이라면 절대 익힐 수 없다는 강호삼대불가득!
그것에 얽힌 비사를 풀기 위해 그가 강호로 나섰다!
피처럼 붉은 무적의 강기, 혼돈혈애를 전신에 두르고
수라격체술과 염왕보로 천하를 질타하는 쾌남아, 진무!
염왕의 진실한 무학을 발현하여 무림삼패세와 고금십대천병을
이겨내고 속세의 악업을 심판하는 진정한 염왕이 되어라!

이제 강호는 진무의
일거수일투족에 열광한다!

WWW.chungeoram.com
Book Publishing CHUNGEORAM

絶代君臨
절대군림

장영훈 新무협 판타지 소설

문피아 골든베스트 1위, 선호작 베스트 1위

「표표무적」,「일도양단」,「마도쟁패」에 이은 장영훈의 네 번째 강호이야기.

절대군림

"왜 나를 선택했지?"
"당신은 좋은 어른이니까."

호북 제패를 시작으로 적이건의 강호 재패가 시작된다.

"비록 아버지의 강호가 옳다 해도, 난 어머니의 강호에서 살 거야.
아버지의 강호는 너무… 고리타분하거든."

왼손에는 군자검을, 오른손에는 지옥도를 든 천하제일 과일상 행운유수의 장남 적이건.
그의 유쾌하고 신나는 강호제패기

"문파를 세울 거야. 이 강호에서 가장 강하고 멋진."

신일룡
新무협 판타지 소설

풍신유사

**태초에 우주를 구성하는
세 개의 기운이 있었다.**

그것은 빛[光], 땅[地], 그리고 물[水]이었다.
이것들이 서로 조화되어 만휘군상(萬彙群象)을 이루었다.
그리고 이들 사이에서 또 하나의 기운이 탄생했으니,

그것은 바로 바람[風]이었다.

'풍령문' 제삼십구대 전인 관우.
제세(濟世)의 사명을 위한 길이 그의 앞에 펼쳐졌다.

"사람이 어찌 하늘의 뜻을 다 알 수 있을꼬?"

바람에 미쳐 바람이 된 자.
사람이되 신이 되어버린 자.
하늘의 뜻을 좇아 하늘을 거역한 자.

이것은 그에 관한 '남겨진 이야기[遺事]'다.

유행이 아닌 자유추구 -
WWW.chungeoram.com
Book Publishing CHUNGEORAM